浪花朵朵

Seawalkers

海行者

营救海豚女孩

[德]卡蒂亚·布兰迪斯 著

[德]克劳迪亚·卡尔斯 绘

邱海颖 译

海峡出版发行集团

海峡文艺出版社

故事主要人物

蒂亚戈	虎鲨变形人
约翰尼	石斑鱼变形人
米萨奇	海鳗变形人
杰克·克利尔沃特	白头海雕变形人
阿丽莎·怀特	虎鲸变形人
艾拉	蟒蛇变形人
托克	短吻鳄变形人
贝瑞	梭鱼变形人
贾斯帕	犰狳变形人
芬妮	蝠鲼变形人
莎丽	宽吻海豚变形人
布璐	海豚变形人
诺亚	黑海豚变形人
法林·加西亚	海豚变形人
拉尔夫	礁鲨变形人
诺克斯	鹦鹉鱼变形人
克里斯	海狮变形人

内斯特	短吻鳄变形人
雷奥诺娜	电鳗变形人
奥利维娅	刺尾鱼变形人
佩拉吉乌斯	海龟变形人
朱娜	蝶鱼变形人
达芙妮	红嘴鸥变形人
莉迪亚·雷诺克斯	蟒蛇变形人
火箭	老鼠变形人
卡拉格	美洲狮变形人
诺艾米	佛罗里达黑豹变形人
蒂卡妮	北极狼变形人
霍莉	松鼠变形人
斯克特·安德森	虎鲨变形人
伊利丝·安德森	蓝鲨变形人

目 录

在蓝礁中学的日子里，我已经慢慢适应了身为虎鲨变形人的生活。然而并非所有人都欢迎我在蓝礁中学就读，比如说艾拉的母亲莉迪亚·雷诺克斯。她对我很恼火，因为我让她女儿出了丑，还愚蠢地伤害了她女儿——我真的不是故意的。在这里，我找到了像莎丽和贾斯帕这样支持我的好朋友，这种感觉真好。但是我还不知道，应该如何看待这所学校的其他同学和老师……

重 陷 危 机

“现在振作起来，你这无聊透顶的大灰鱼！”

你不会整天被人这样数落吧，特别是被一头刚刚交过手的成年虎鲸这样数落。我曾请求格斗老师怀特小姐给我开开小灶，教我如何更好地控制自己的愤怒情绪。她答应我的同时警告我，她会想方设法激怒我。现在是周日的晚上，我们已经在远离蓝礁中学的公海上训练了一个多小时。就在刚才，第二形态的怀特小姐像固定航线上的潜水艇一般向我猛冲过来。

我大吃一惊，本能地往海底钻。这里的海是那么深，深到不见底。

现在，这头黑白分明的巨兽稳稳地跟着我。“你为什么游得那么慢，快不了吗？”怀特小姐嘲笑道，“就算是一只臀部受伤的乌龟都比你快啊！”“乌龟可从来没有超越过我。”我一边回嘴，一边迅速掉头转到她身后，试图咬住她的鳍。我差点就成功了，但仅仅是差点而已。

怀特小姐优雅地浮上水面，发出扑哧扑哧的声音。“你想成为这所学校最危险的动物吗？如果不想，那你这一口牙齿是做什么用的，可怜的呆鲱鱼？”

可怜的呆鲱鱼？尽管我试图压制这股愤怒，却仍然感到怒火中烧。我告诉自己，她想激怒我。我挡住她的道，让她知道，我能狠狠咬住她。

于是我一边在水面上游，一边切断了她前进的路线。然而这种雕虫小技根本无济于事，她猛冲过来，一跃而起。只见一个巨大的黑白色肚子从我头顶跃过，一转眼，这个庞然大物已经跑得远远的了。该死！我拼尽全力，想追上怀特小姐，但她就是比我快。我真是受够了。

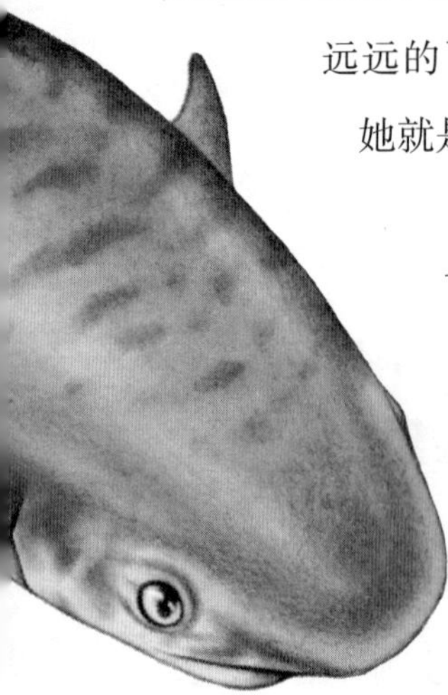

“怎么样，来啊，加把劲儿，你这差劲的沙丁鱼！”

“好，我会努力的。”我恶狠狠地说。我张开了鲨鱼嘴，铆足劲向她冲了过去。但这一次，大虎鲸并没有躲闪，而是转身朝向我，一动不动地悬停在水中，张开了黑洞洞的大嘴。她那圆锥形的巨齿显然比我的牙齿大多了。我又停住了。

“哈哈，你吓坏了吗，可怜兮兮的有鳍动物？”

她戳中了我的痛处。我强压怒火，告诫自己，不要让她得逞。这一切都是阴谋。我一旦发火就输了。我像人那样深深吸了几口气，笔直地向前游去，让新鲜的海水流过我的鳃。突然，我想到了一个打败怀特小姐的好办法。海豚的好奇心都很强……而虎鲸可以算是巨型海豚。

我掉头向海岸游去，就好像我对身边的虎鲸毫无兴趣一样。果不其然，几秒钟之后，怀特小姐跟了上来，靠近我，想看看到底发生了什么事。

正当怀特小姐闭着嘴探头张望的时候，我闪电般快速掉转身子向她撞去。如果这是一场真实的打斗，我是能够结结实实咬她一大口的。她的皮肤就像一块光滑、坚硬的橡胶。

“我得分了，是吗？”我说。

“你得分了。”怀特小姐确认，这听起来有点戏谑的味道，“漂亮极了。蒂亚戈，你控制住了自己。我很高兴。”

“那个呆鲱鱼的说法很恶心。”我说。

“还好没人听见，”怀特小姐边说边笑，“虽然惹恼学生很有趣，但这并不在规定的授课计划内。”她的黑眼睛注视着我，“今天就到这儿吧？咱们回学校。”

这着实是一场艰苦的战斗。我真想胡乱塞点东西进肚，立刻倒在床上，一动不动。正当我变回人形，穿上放在码头的游泳裤然后跳上码头的时候，我瞧见蟒蛇变形人艾拉正坐在木板桥的壁龛里——她穿着一件价格不菲的白底绣彩花连衣裙。好吧，怎么到哪儿都能看到艾拉。我们讨厌彼此。她的崇拜者托克和贝瑞恰好都不在她身边，他们俩这几个周末都和家人在一起，还没有回来。

“怎么，鲨鱼男孩？”她微笑着对我说，这微笑真令人讨厌，“你在海里干什么……约会吗？”

“你怎么知道的？”我装作漫不经心地问道。其实，我的心里紧张极了。真希望怀特小姐看到这儿有人，不要浮出水面！我试图用意念之声悄悄告诉怀特小姐：“您在海里再待一会儿好吗？有人在盯着我们！”可惜已经太晚了。

尽管怀特小姐立马转身游走了，坐在礁湖边的艾拉还是看见了她黑剑一般耸立的背脊。艾拉的笑容变得有些不自然。“你和怀特小姐约会了？真行！你有点喜欢上她了吧？”

“真遗憾，太阳已经把你的脑子烤焦了。”我回道，表现出一副故作轻松的样子。然而艾拉的目光仿佛鱼叉一般看透了我。“还是……她教了你什么我们没学过的东西？或许她希望你取得更好的成绩……”

艾拉似乎从我的脸上看到了答案。她狞笑着跳了起来，大步流星地离开了。“我想，我得马上告诉克利尔沃特先生，你偷偷收买了怀特小姐，她正在做她不该做的事！”

我条件反射式地抓住了她的手腕。“别，别那样做。求你了！”

这时，我突然意识到这么做很蠢。艾拉尖叫着慌忙甩开我的手。显然，她比她自己愿意承认的还要害怕我。我惊愕地放开了她的手，就在她将手猛抽回去的那一刻。艾拉滑倒在码头光滑的木板上，一只手撑住了地面。

哦，不。我一眼看到她的衣服被擦破了，绣花处露出松散的线头。糟了！

艾拉骂骂咧咧地爬起来检查衣服的破损处，然后狠狠地瞪了我一眼。“你这个混蛋！”她怒吼道。此时此刻，变回人形的怀特小姐正向我们走来，她也被艾拉尖刀般的目光狠狠地剜了一眼。“你们这些傲慢的海洋动物不会一直得势的，咱们走着瞧！”

“艾拉……”怀特小姐大声喊着她的名字，但蟒蛇变形人却头也不回、气鼓鼓地向内湖一瘸一拐地走去。

怀特小姐瞪了我一眼。“这样不好，蒂亚戈。一点儿也不好。你为什么抓她的手？太蠢了！”

我只勉强点了点头。“是的。对不起。我也不知道，我……”

“你不需要跟我道歉，而应该跟艾拉道歉！有一点是明确的，你学的比规定内容要多。”

我只能默默听她数落，都是我自找的。我怎么能如此完美地让自己在蓝礁中学身陷困境？

“我被警告了吗？”

“这次没有，但你得小心点儿！”

我如释重负地点点头。离开怀特小姐之后，我很快拐进了学校餐厅。我一放下东西，就立刻去找艾拉道歉。这时，艾拉正在盥洗室清洗衣服。当我向她道歉时，她既不看我，也不说话。至少我努力了。

我筋疲力尽地倒在床上。我的好室友狁狳变形人贾斯帕歪着脑袋看着我，他举起我的手臂，一旦他放开，它就无力地垂下来。“怀特小姐狠狠教训了你一顿吧？”

格斗老师是我的有力支持者，这点只有少数人知道，贾斯帕算一个。

“是的，让我趴一会儿吧。”我哀求道。

“你确定吗？我们正在餐厅玩贝壳游戏。”

“祝你们玩得开心……别把贝壳吞下去了啊。”事实上，我还在想刚才的事……不仅是艾拉那件破衣服，还有她那句阴阳怪气的话。海洋动物不会在学校得势了，这是什么意思？我们从来没有得势过。是的，学校里的海洋动物居多，但所有人都享有同等权利，白头海雕克利尔沃特先生也不是海洋动物。

但愿这件倒霉事不会让我的奖学金泡汤。我们说好了，只要我的成绩足够优秀，林行者委员会就会支付我的学费。但如果我惹了麻烦，他们会另做打算。幸亏我没有受到警告，委员会不会知道这件倒霉事。我只能指望艾拉不要向她母亲告状，说我欺负她。不过，她一定会告状的。

莉迪亚·雷诺克斯的形象突然出现在我脑海中。她一边恶狠狠地看着我和贾斯帕，一边郑重其事地送给她女儿一条鲨鱼牙齿项链和一个犰狳皮手提包。为什么你不离艾拉远一点，你明明知道她的家人多么令人讨厌！我懊恼不已地咒骂自己，但愿我不会马上为我的愚蠢行为买单！

课堂报告和意外事件

第二天，贾斯帕在他的床下酣睡，一半身子埋在土堆里，闹钟都没把他吵醒。或许昨天他睡得太晚了。因为离上课时间还早，我没叫醒他，独自一人前往餐厅用餐，其他的朋友一定在那儿。经过昨晚的意外事件，我太渴望和喜欢我的人待在一起了。在去餐厅的路上，我瞅见了怀特小姐。她正一如既往地绕圈晨跑。目送着她离开后，我在朋友们中间坐了下来。

“我们变成人形去城里玩，好吗？我还从没进过城呢！”说话的是莎丽。她的棕色眼睛兴奋地闪着光，金色的鬈发微湿，因为宽吻海豚是在海里过夜的。每次看到她，我的心都快融化了，但我不会让别人发现的。

“你确定要这样做吗？”我边说边走到了诺亚面前，他是来自新西兰的黑海豚。他充满怀疑的眼神和张大的嘴告诉我，他心里想的正是我刚才说的。

“当然，为什么不呢？”莎丽立刻回应道。她目光坚定地看着我，这令我感到有些担忧，因为这通常会导致两类事件：风险事件与违禁事件。

“因为海豚不属于城市吗？”诺亚问，“还是因为变形不是你的强项？”

“哦，可别这么说了。”布璐是蓝礁中学的第二位海豚女生。她始终对我心怀恐惧，所以尽可能离我远远的。她坐在诺亚身边，这样她就可以用胳膊肘戳他的肋骨。“我对迈阿密也十分好奇！那么多人类生活在这座城市里。如果我们不深入其中，怎么能了解更多呢？不过，莎丽，你确定可以一起去吗？”

“当然。我的变形功夫进步了不少呢。”莎丽大声地喝着百香果饮料。最近，她发现了果汁，并开始一一品尝餐厅里提供的所有果汁饮料。

“等我们变成人形时，再讨论哪些人一起去，”我说，“或许我可以做大家的向导，我就是从迈阿密来的。”

“哇，这太棒了！或许你可以带我们去看看你住的地方。”莎丽喜出望外地看着我。

可是，约翰尼现在住在一位老朋友那儿，得住到找到新住处。我不知道，那个老朋友会不会欢迎我。

海豚姑娘们不知道我们公寓的事，也没发现我的心事，她们嘻嘻哈哈、叽叽喳喳地离开了。

“过会儿见，蒂亚戈。”莎丽向我告别。

我向她挥挥手，坐下来等贾斯帕。啊，他来了，一个矮矮胖胖的、戴着眼镜的小男生。当他蹚过餐厅齐膝深的水向早餐区走来的时候，还是一副没睡醒的样子。“快，快点，你快点呀！”我为他加油鼓劲，因为厨师兼舍监约书亚已经来清理剩余的食物了。他通常在 30 秒钟内就能清理干净。

贾斯帕加速穿过水面，他甚至划出了一个船首乘浪[①]。然而为时已晚。“自助餐结束了。”我们的厨师在最后一位客人抵达前三秒宣布。

“可您还没有开始清理呢。”贾斯帕抗议道，并试着从约书亚身边跑过去，抢了一份炒鸡蛋和培根放在盘子里。

“因为我刚到。”约书亚说。他的手臂局部变形了——身为章鱼，他有八只手——并开始收拾奶酪香肠拼盘、酸奶和面包篮。就在盛满三文鱼面包圈的盘子被一股脑儿收走之前，贾斯帕孤注一掷地冲了上去。哦，好吧，他成功了！

贾斯帕爬进了改造成餐桌的红白相间的船里，骄傲地向我展示他的战利品。他狠狠地咬了一口面包圈，放下盘子。“为什么你不叫醒我？下次尽管叫醒我，这样我就不会迟到了。”

就在这时，有人俯身凑近我们大喊了一声，我们都被吓了一跳。

“嗨，你们两个！”是莎丽，“我们刚才离开的时候，你看上去有点不对劲，蒂亚戈。你还好吗？”

我的心里顿时暖洋洋的。她是因为我才回来的。“是的。不，不完全是。”我告诉了她和贾斯帕我昨晚的经历，他们听了之后面色阴沉。可惜我们没有时间继续聊下去，还有五分钟就要上课了。

周一第一节是加西亚的数学课。他是蓝礁中学最严厉的老师之一。尽管他为人非常友善，并且和美洲狮男孩在委员会奖学金

① 专有名词。船首乘浪，鲸豚类行为的一种，指乘着船只或鲸类前方的压力波浪而行。

的事情上帮助过我，我仍然对他心存畏惧。每次放学后，如果遇见他在船屋旁摆弄他的蓝色皮卡车或者学校的快艇时，我都会绕开他。不过这次我没能逃掉，他在教室前拦住了我，并示意我站到边上。这感觉太像在备用车道上被警察招手示意在路边停车。

“早上好，蒂亚戈。”他说道，“说说看……你和莎丽在大沼泽地里探险了几天，在你的印象中，她能熟练地变形了吗？”

我清楚地意识到，这话意味着什么。我正在面临考验。如果我实话实说，说莎丽以小姑娘的模样爬上了一棵树，又以海豚的模样从树枝上摔了下来，那么她向往的城市旅游就要落空了。如果我撒个谎，说她表现完美，那也一样糟糕。因为如果她在城市旅游中出了事，我就要负责任了。

我深吸了一口气，想起了今天早晨莎丽在谈到迈阿密之旅时，她的眼睛闪闪发亮。于是我回答道：“嗯……那……当然不是一件容易的事，但她做得很好。”

“好，谢谢。”加西亚先生说。

我松了一口气，飞快地逃出了教室。在接下来的一个小时里，我没有时间细想这件事，因为数学课之后就是怀特小姐的课。今天我们学习的是与海牛有关的知识。玛拉就是一头海牛，人形的她是一个身材丰满的女生，留着一头长长的金发，一双棕褐色的眼睛非常友善。她正坐在她的好朋友朱娜身边。我们了解到，海牛的第二形态不与鲸同源，而与大象同源。他们在海底的草地上吃海草，就像母牛一样。在佛罗里达州的海域，海牛的背部经常被螺旋桨划伤。

“这太糟糕了！我的一个姑妈就碰到了这种倒霉事。人们就不能小心点吗？”玛拉快哭出来了。

“你们就不能游开吗？”艾拉翻了一个白眼。跟玛拉一样，艾拉穿了一条超短裙——在水深至膝盖的教室里，超短裙很实用——但艾拉的超短裙的款式和风格不太适合上课，更适合拍照。

“我们游开了，但是……”玛拉说。

“这不是什么技术难题。船在一英里[①]之外的时候，就能在水下听见了。”艾拉尖锐地指出。

“对！”艾拉的忠实信徒梭鱼变形人贝瑞一如既往地附和道，还有那个红头发的短吻鳄变形人托克也是这副德行。

“我们无法那么快地避开船只。”玛拉略显无助地看着我们三个人。

我真是受够了艾拉。“你不明白是怎么回事吗？”

莎丽补充道：“这就像你被别人指责，身为一条蟒蛇，你居然没有腿，还满身的斑纹！”班里一些人忍不住大笑起来，布璐发出甜甜的、尖细的笑声，我们的魔鬼鱼女孩蝠鲼变形人芬妮刚好相反，她的笑声就像蒸汽机火车。

就连艾拉的死党们也咯咯地笑出声来。不过，当他们看到艾拉望向我和莎丽的恼怒的眼神时，他们立刻停住了。“蛇当然没有腿，这谁都看得到。”她的声音冷冰冰的，“谁说这样的蠢话，谁就在沼泽地里活不了多久。”

哦，棒极了，蒂亚戈。在艾拉因为我而跌倒在码头上仅仅数

---

① 英制长度单位，1 英里约等于 1609.344 米。

小时之后，我又一次来到了风暴中心。我暗暗问自己，她妈妈会怎么收拾我呢？上一次，我差点因为她妈妈而被逐出校园，还失去了迈阿密的家。我为莎丽出手相助感到骄傲，同时也为她感到担忧。

“到此为止。”怀特小姐生气地打断我们的话，“艾拉，我能提醒你一下学校的规定吗？每个人都要尊重别人的特质。你还记得吗？”

艾拉气恼地点点头，终于闭上了嘴。学校里的每个人都很尊重怀特小姐，即便是那些热衷于捣乱的人。

相比之下，矮小年迈的佩拉吉乌斯夫人就困难多了。我无法想象，如果那些肥头大耳的鳄鱼和蟒蛇变形人——就是我们在沼泽探险时被艾拉邀请的人——真的来到蓝礁中学就读，佩拉吉乌斯夫人能不能让课堂保持安静。好在这几天还没有人来。真希望他们别来了！

有时候，水文、地理、历史和音乐老师会给大家分发一堆小纸条，并宣布：“今天你们要准备下周四关于水文的课堂报告。请和你们的学习伙伴好好商量，认真准备，课堂报告的总分是口语总分的两倍。”每当这个时候，艾拉、贝瑞和托克就显得百无聊赖。

黑豹诺艾米花了好一会儿才弄明白纸条上写的是什么。指导她的学生谢尔比——二年级的燕鸥变形人——负责辅导她的阅读和写作，以便她能跟上班里的其他同学。

“哦，这很简单，我应该写一篇关于大沼泽地的水质报告。”诺艾米开心地说，“我太想念那个地方了。”

我不由得笑了。她拿到这个题目，绝非偶然。其他人对分到的题目也比较满意——据说，海豚会谈一谈海洋里的塑料垃圾，班长蝶鱼朱娜和贝瑞将一起说一说鱼类。只有刺尾鱼奥利维娅不太满意。“浮游生物？真是个无聊透顶的话题！我能换一个吗？”

“不，不行。”得到了这样的答复，奥利维娅叹了一口气。

在我以前的学校里，课堂报告是这样的：做报告的同学从互联网上获取一些信息，然后站在教室前面，低着头念手中的小纸条。通常情况下，做报告的人都迫不及待地想回到自己的座位上。但蓝礁中学不是一所普通的中学，而是一所为变形人创立的秘密寄宿学校。我不知道，这里的课堂报告会是什么样的。我只知道，当佩拉吉乌斯夫人把写着报告题目的防水纸条递给我和我的搭档们时，我有些不开心。其他人瞧了一眼纸条，就去图书馆找资料了。而我看了题目之后，吓了一跳。“等一下……我要……但是……”

“什么？”佩拉吉乌斯夫人问道。作为海龟变形人，我面前的她正浮在水面上。她把带有厚厚角质层的脑袋伸出水面。“你不喜欢珊瑚礁的话题吗？”

我勉强挤出一丝笑容。“喜欢，喜欢。虽然我对此一无所知，但是可以学。”

“那么，是你的搭档们不同意？”

“同意，嗯……不过诺克斯是一条鱼。”我无助地说道。

“你还有第二形态。”佩拉吉乌斯夫人反驳道。

“是的，但他是一条生活在水族箱里的鱼。”我试图争辩，

“克里斯……嗯，您知道的。”

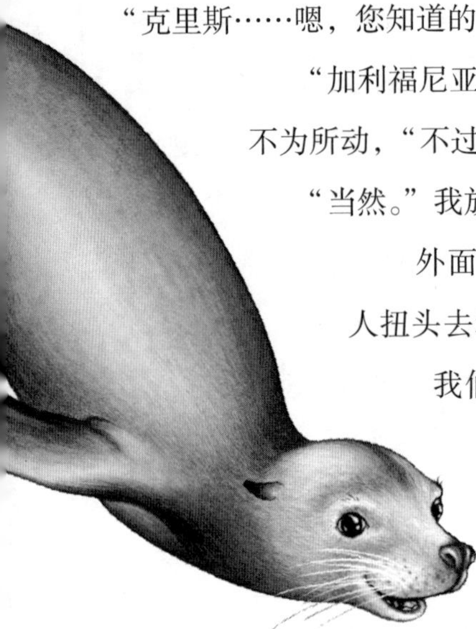

“加利福尼亚海狮有点难以捉摸。”佩拉吉乌斯夫人不为所动，“不过你们是彼此了解的。”

“当然。”我放弃辩解。

外面突然传来一阵骚动声。佩拉吉乌斯夫人扭头去看，我也想知道发生什么事了。于是我们——一个男孩和一只在干燥的入口大厅艰难爬行的海龟——朝声音传来的地方走去。

在门厅处，几个学生围住了身材娇小的二年级学生燕鸥变形人谢尔比，她看上去累极了，她正对学校秘书说：“你们必须马上准备好病房。我们的生物学郊游出事了。我已经飞回来了，其他人随后就到……我担心，有人情况不妙。”

毒水和鱼粪

“出什么事了？”我问谢尔比。然而，米萨奇小姐已经让人匆匆地把她送进了办公室，办公室的门在他们身后重重地砸了一下。

贾斯帕也听到了风声，知道这里发生了不同寻常的事。“真奇怪，”他说，“为什么那只信天翁马里斯没飞回来？脑袋在天上被砸了吧？我读到过，有这样的事。”

“在哪里读到的？科幻小说里吗？”我问道。我们焦急地继续等待着。

“嗯，至少有宇宙飞船。”他满腹狐疑地朝办公室望去。

我们还得忍受西班牙语和各种故事，直到我们听到有人回来，并看到加西亚先生。我们迫不及待地要知道发生了什么事。在回来的学生中，有人情况很糟。马里斯，那个信天翁变形人，在克利尔沃特先生的搀扶下，显得面色苍白。卡门，那个锤头双髻鲨女孩，看上去就像被迫把蠕虫当成早餐吃了。水龟谭力和另外一个我不认识的女同学身上都起了珊瑚红色的疹子——他起在胳膊上，她起在腿上。

“出什么事了？”我问谭力。他是二年级成绩最好的学生，除非与人发生什么矛盾，否则总是和和气气的。

谭力还没来得及回答，米萨奇小姐和约书亚已经匆匆忙忙地把他和其他人送进病房了。杰克·克利尔沃特校长扭头对我说："我们已经通知警察了。"当他转身面对大家时，看起来既愤怒又忧心忡忡，"又有人往大沼泽地里倾倒了不知名的化学废料。我们恰好从那片被污染的废水中游过。这些该死的投毒犯，我希望我们能够制止他们！"

"难以置信！"加西亚说，他听起来很生气，"这些人根本不在乎自己对动植物做了什么。我们不把孩子们送到医院去吗？"

"医生在电话里告诉我们，可以先在这里进行急救。警察已经让人对水样进行分析，我们必须根据水样分析……"校长和加西亚跟着生病的学生去了二楼，我不知道他们还谈了些什么。

这件事当然成了午餐时间餐厅里的头条新闻。没人有胃口。

"人们为什么这么做？"玛拉无助地问。

"因为他们想赚快钱。"我难过地说，"他们声称，可以根据法律规定回收化学废料。但这是一种成本高昂的处理办法。实际上，他们只是把这些废料直接扔到了某个地方，因此省了很多钱。"

"为什么警察不管他们？"布璐问。"该死，这本该是警察的工作！"莎丽的话里充满了责备。她才上岸两个多月，仍然坚信人类世界是公平的。

我用刀叉戳着碗里的意大利面。"警察已经根据我的描述绘出了模拟像，并且已经张贴出去了。不过，事情仍然毫无进展。反正我不相信警察真的在想方设法抓他们——现在还没人因此而丧命。至少像人的还没有死，可能浣熊和佛罗里达黑豹不算在内。”

“希望他们正在加倍努力破案，毕竟有年轻人受伤了。”连克里斯也愤怒地站起来了。

饭后，贾斯帕、莎丽和我在棕榈树林里继续讨论。

“你们知道吗？”贾斯帕突然说，“我们可以在城市旅行期间调查一下，到底投毒犯是谁。警察们可能还是抓不到那些倾倒有毒废料的坏蛋。”

“当然，我们就这样做。”我边说边看莎丽，“毕竟我们了解的信息比警察多……我偷偷听到艾拉这么说的。莎丽，怎么样，你加入吗？”

“当然，”莎丽兴奋地说，“我们有你画的人像，我们还知道名字。艾拉有没有更确切的说法？”

“她认出了其中的一个人，说他曾经为她妈妈工作过。”我若有所思地说，“那是一个很奇怪的名字，我从来没有听说过。‘斯威特林’之类的名字。”

“斯威特林？这名字听起来好傻啊。”贾斯帕说，“像是一个宠物的名字或者糖果品牌。”

“或许我们可以四处打听打听——这可能是一个林行者，说不定他们彼此都认识呢。”莎丽建议。

“我不确定这是否是一个好主意。”我说道。这些家伙中有人曾经为莉迪亚·雷诺克斯做过事，这虽然不能代表什么，但是难逃嫌疑。雷诺克斯会不会为了利益染指其中？如果是，那么这种调查是危险的。艾拉的母亲是律师，她和艾拉一样是蟒蛇变形人，热衷于奢侈品，她的恶劣也是同样罕见的，就像被她从监狱里救出来的那帮家伙一样。此外，她的贴身保镖是老虎变形人。

“我们必须对雷诺克斯保持警惕，不能对她走漏半点风声。”莎丽说，她看上去有些不安，“以防万一。万一他们真的有关系。”

“哦，是的！”贾斯帕一边点点头，一边把最后一口鸡蛋塞到嘴里。

我们必须立刻离开，就要上课了。

我对破案完全没有概念。事实上，根本没人知道怎么破案。贾斯帕、莎丽和我都没有太多时间去做调查。我们又无法置之不理，除非找出真凶。作为一个 14 岁的中学生，我的主业是学习。一旦我的成绩不好，就会惹来麻烦。还是认真准备那篇讨厌的课堂报告吧。就在这时，我的脑袋里已经冒出好几个在城市旅游之前就抓住真凶的好主意！

午休时，我穿过了入口大厅，朝宽敞的水族馆走去，诺克斯最喜欢在那里闲逛了。

与此同时，我这位纺锤形身材的、蓝紫色的同学因为把牡蛎叼在嘴里，砸到了海葵变形人蒙克小姐而惹恼了她。“停！”她抱怨道，“要不然，我就让别人把去屑洗发水倒进池子里！”

诺克斯听后只是笑了笑。

“嗨！”我向他打了一声招呼——我知道，他能透过玻璃缸听到我的声音。当这个鹦鹉鱼变形人看见我的时候，他转过身来，用圆鼓鼓的眼睛注视着我。“嘿，小家伙，你也在为报告主题感到兴奋吗？鹦鹉鱼和珊瑚是一体的，就像一只牡蛎的两面壳。而你，只有你，可以从我这儿了解到关于珊瑚礁的丰富知识！”

“你一生中的大部分时间都是在一个牙科诊所的水箱里度过的吗？”

“是的，怎么了？”诺克斯语气强硬地回答道，“不过从那之后，我就在海里遨游了，还不止一次呢。”

“哦，不错。”我马上说道，“你觉得我们应该怎么做？今天下午我们要不要碰一下头，准备准备课堂报告？我去告诉克里斯。”

“就这么办吧。”诺克斯一边说，一边开始在装饰性岩石前疯狂地扇动胸鳍。他看上去非常紧张。而克里斯呢，他的问题不仅仅是他和我一样喜欢莎丽，还包括他爱逃避问题，总是不在他该出现的地方出现。不过，这一次他必须伸出援手，我们三个都要全力以赴——我必须取得好成绩！不幸的是，我必须具备双倍的优秀才能获得委员会奖学金。那是公开的条件，尽管我在以前的学校成绩并不差，我也相信自己可以做到。

午休时我与克里斯聊天，他穿着随意，阳光下一头齐肩金发闪闪发光。“我们是一个报告小组的，”我对他说，“你知道吧？”

“当然，我知道。”他说着咬了一口手中的麦棒[①]，抬起眉毛翻了翻《潜行侠》漫画。

“今天下午三点我们碰个头，你行吗？在1号项目室。”

他没点头，我不确定他是否听清了我的话。“那些投毒的人

---

① 一种以燕麦为主材的食品。

是不是疯了？我听说，二年级的同学们好多了。”

“绝对疯了。”我肯定地说，“如果投毒犯们不仅把化学废料倒进沼泽地，还把它们倒进海里，该怎么办？”

“说不定他们已经这样做了，只是没人发现而已。”克里斯厌恶地说，“没人去监控整个海岸或者大沼泽地。也就是说，这些家伙一定会继续干坏事，直到有人阻止他们。”

“我也担心这样。”我说道。不过我并没有告诉克里斯，贾斯帕、莎丽和我正试图阻止这些家伙。这暂时是个秘密。我甚至还不知道克里斯是不是一个好搭档，我可不能轻信他。

下午的变形课上，加西亚先生对我们进行了远程联络技术的训练。不幸的是，我对此缺乏天赋，正如我对其他变形人毫无感觉那样。好吧，没有进步。不过更重要的事情是，我要在课堂报告和类似的任务中获得高分。

下午三点，我准时出现在二楼的 1 号项目室里。这个项目室通过一条注满水的有机玻璃隧道与学校的其他部分相连。诺克斯已经到了，他在水箱里漂浮着。只缺克里斯。三点，三点一刻。

“我就知道。”我叹了一口气。

“哦，他很快就会来的。”诺克斯安慰我道，“我会告诉你很多信息，这样你就不必问太多白痴问题了。”

他向我解释说，当成千上万的微小的珊瑚虫——它们是动物——在自己周围形成保护性的石灰岩洞穴时，便形成了一块礁石。从外表看，它们共同构建的东西像鹿角，像巨型大脑，像风扇或者变异的巨型生菜。几乎一切都是石头做成的，除了柔软的珊瑚。逐渐地，它们变成了一座越来越大的水下花园，形状和颜色都各不相同。

“这种‘生菜’能吃吗？”我一边漫不经心地开着玩笑，一边看表，因为那个讨厌的家伙还没来，我变得越来越紧张。离周四没多少时间了。

“当然，”诺克斯说，“你觉得像我这样的人会怎么生活？我啃掉珊瑚，吃掉藏在里面的美味多汁的珊瑚虫。”

我目瞪口呆地看着他。“可是你说过，大多数珊瑚都和石头一样坚硬。你连石头一块儿吃掉吗？”

“是的。”诺克斯自豪地回答，“然后，我会排出沙屑，渐渐地这些沙屑就会变成一片神奇美丽的白色沙滩。”

“哈哈，这笑话不错。”

诺克斯有些生气。“笑话是什么意思？很多岛屿上的沙滩都是这么形成的。”

“真的？是由鹦鹉鱼的粪便形成的？”那些躺在沙滩上的人知道这回事吗？不过他们可能不在乎。沙子就是沙子。

克里斯还没到，我真是受够了。“没办法，我得去找他，否则我们就无法开始。”我气愤地站起来，“我们俩把活儿做完了，他却在闲逛，这我可没法理解。而且，如果没有他，我们也做不了，他比我们更了解大海。你知道他会去哪儿吗？”

“如果我知道，我一定游过去，狠狠掐他的屁股。”诺克斯向我保证。

我别无选择，只能憋着一肚子气，开始四处寻找这位临阵脱逃的小伙伴。

我在学校里没看见他——他一定出海了。可惜海豚变形人都不在，否则他们一定会帮我把他找回来。

到现在为止，我已经习惯在礁湖里蹚水，然后变成一条虎鲨，变成海洋里最危险的动物之一。这对于一些在沙滩上闲逛的人来说，仍然令他们恐惧。

当然，贾斯帕不怕。他正坐在宿舍前玩填字游戏。但是，当他看到红嘴鸥女孩达芙妮和奥利维娅因为我变形为虎鲨而急匆匆地钻出大海时，他有些生气了。

“怎么，你要去狩猎吗？”芬妮一边问，一边放下了手中的恐怖小说。

“是啊，去抓海狮，本来他应该加入我们小组的。”我看着我的手臂转成灰色，变成了胸鳍。

“啊，你在找克里斯吗？”贾斯帕急忙问，他的手向西一指，说，“他在那边游泳呢。告诉他你的想法！”

我正有此意。我可没法忍受被放鸽子。

作为鲨鱼潜入海底，那是一种奇妙无比的感觉。我的嗅觉极其灵敏，当水流划过我的身体，我能感知周围的一切。我可以通过我的电场感应到沙子下面一只正在爬行的螃蟹——因为当它的肢体活动时，会产生极其微小的电流。

太阳的光线在海底跳舞，勾勒出一幅美丽的画面。慢慢地，我发现自己变得更加镇定，并开始享受待在这里。沿着通往西边的海岸，我好奇地查看了路过的几个塔形珊瑚。或许我可以带几只小珊瑚虫回去做报告。然而，即使我已经把鼻子凑得很近了，还是找不到一只珊瑚虫。或许它们都藏起来了，正在嘲笑我呢。

糟糕的是，我离这些珊瑚太近了，以至于我的鱼鳍无法向后划水。我的大鼻子撞上了珊瑚，有一小块东西从珊瑚上跌落下来，滚到海底。哦不，我做了些什么！我吓了一跳，试着用前鳍抓住那块东西，可惜没成功。我又用嘴衔住那块掉落的珊瑚重新放了回去。可惜，珊瑚看起来已经歪歪斜斜，并且留有牙印。

在另一个海行者来到之前，我羞愧地溜走了。我的报告题目可不是“如何重新锚定珊瑚”！

我搜遍了整个海滩，还是没有发现海豚们和那只倒霉的、靠不住的海狮。正当我失望地掉转身准备打道回府的时候，我闻到了一股诱人的香味。死鱼！

我没有细想，迅速转身向海岸靠近。一股毛茸茸的海洋哺乳动物的气味钻进我高度敏感的鲨鱼鼻子里。难以置信。我闻到的是克里斯的气味吗？一定是他，在佛罗里达州附近活动的加州海狮并不多。

为了确保没人因为我的背鳍而受到惊吓，我小心翼翼地潜入海中，逐渐向码头靠近——我看到了难以置信的一幕。

野蛮与温顺

码头边，克里斯像舞者一样优雅地扎入海中，向前跳跃，又潜入海中，闪电般快速变换方向……他嘴里叼着半条鱼。等等，他在哪里弄到的？如果是他抓到的，我应该看得见。

这一切让我想起，我曾秘密跟踪芬妮并发现她的爱好之一是恐吓海钓者。难道班里每个人都有秘密吗？

我尽量把头靠近水面，以便模模糊糊地辨认岸上发生了什么……我看见码头上人潮涌动。“让我来，我要喂它！”一个小男孩兴奋地大声喊道。他使劲把一个正在向克里斯投食的小姑娘往旁边挤。克里斯，我的同班同学，腾空跃起，不早不晚地接住了抛出来的鱼。人群一阵欢呼，掌声不断。

克里斯高高地跃出海面，发出海狮特有的吼叫，他的胸鳍拍打着，就像在鼓掌一样。他获得的几条鱼，都被他一口吞掉了。

一个女人往水面上低头俯身。“给我一个吻，给我一个吻！”她喊道。克里斯向她游去，把鼻子伸出水面，来回蹭她的脸颊。

真令人尴尬！

几秒钟之后，克里斯发现了我。他迅速离开了码头，就像身后有一头虎鲸在追赶。太晚了，我早就看见他在做什么了。

“哦，嗨，蒂亚戈。”他装作随意地跟我打招呼。

我盯着他。“说真的，你让人们‘喂养’你，还表演‘技术’给他们看？”

“来吧，我们游远一点——如果人们看到你，会开始大喊大叫的，他们以为你要吃了我呢。”克里斯说，“你不会这么做的，对吧？”

我不准备让他转换话题。“你经常这么做吗？”

克里斯的话里带了一丝挑衅的味道：“是又怎么样？这是我的事。”

“可是你为什么要这么做？”我有些吃惊地问道，“你绝对不是因为饿，你午餐时吃了两大份虾乳蛋饼。”

克里斯转过身，露出了他的牙齿。“我不想谈这个，明白吗？换个话题或者闭嘴，鲨鱼！”

我也露出了牙齿，我的牙齿要醒目得多。克里斯立刻后退了一截。我又合上了嘴。“好吧，换个话题——你为什么不来参加小组的课堂报告讨论？”

我的这位同班同学露出惊讶的神情。“我去过那里，可你不在。我等了几分钟，你还是没来，我才离开的。”

我在疑惑中加速划动尾鳍，巨大的身体向前弹射过去。“呃？你几点到的？我们三点就在那儿了。”事实证明，虽然克里斯变成人形的时候戴着手表，但手表经常不准，因为他已经不止一次忘记在入水之前摘掉手表了。或许他去早了。我的怒气慢慢消退了。“好吧，我们周三再约一次。明天要参加城市旅行，我们都没有时间。”

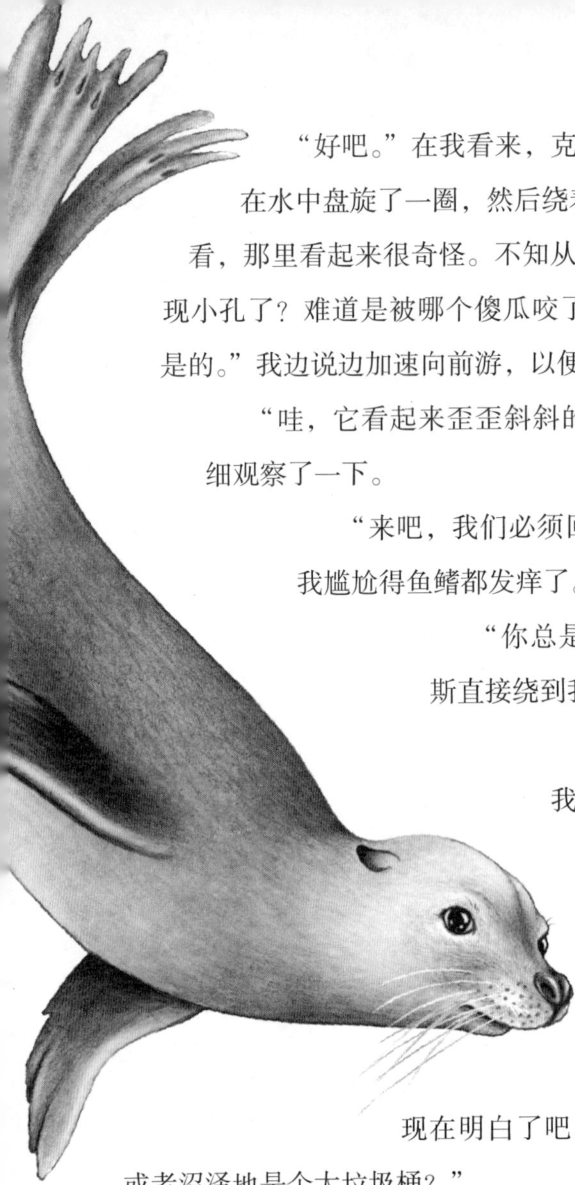

“好吧。”在我看来，克里斯的回答有些冷漠。他在水中盘旋了一圈，然后绕着珊瑚平稳地转过身。“你看，那里看起来很奇怪。不知从什么时候起珊瑚的顶端出现小孔了？难道是被哪个傻瓜咬了一口吗？”“哦，看起来是的。”我边说边加速向前游，以便尽快离开我的受害者。

“哇，它看起来歪歪斜斜的。”克里斯凑近珊瑚，仔细观察了一下。

“来吧，我们必须回去了。”我催促道，因为我尴尬得鱼鳍都发痒了。

“你总是这么匆匆忙忙的。”克里斯直接绕到我的鼻子前，“冷静一点。”

“好的好的，我会的。”我懊恼地说。幸运的是，克里斯忘了珊瑚的事，他发现海底躺着一个空塑料杯。他把它放在自己的鼻子上，一边游，一边保持平衡。“你现在明白了吧，为什么有些人认为海洋或者沼泽地是个大垃圾桶？”

“不，我永远不明白。”我痛苦地回答道，同时还认真想了想，我们应该如何进行调查。到目前为止，我一点儿头绪都没有。这太糟糕了。如果我们要阻止那些人，就要尽快有一个方案。

当我们抵达蓝礁中学的礁湖时，一只宽吻海豚异常兴奋地向我们致意。“我可以去，我可以去！”莎丽在我脑海中欢呼着，她从水中跃起，划出一条巨大的弧线，阳光在她灰色的身体上发出耀眼的光，“克利尔沃特先生刚刚公布了参加迈阿密之旅的班级人员名单。”

“太棒了！”克里斯先我一步欢呼起来。

“对，是啊，这太好了。”我立刻补充道，并试图赶上已经在礁湖中兴奋地嬉闹追逐的这两个人。我渐渐停了下来，心里空落落的。莎丽觉得克里斯怎么样？我知道她觉得他不错，但她有多喜欢他呢？不过克里斯还没有愚蠢到公开与她调情，导致他自己退出角逐。他或许明白，如果莎丽知道自己在学校这么受男生青睐，她会感到很奇怪。她不会相信大家都觉得她很美，因为她觉得自己的人形很丑。

“不管怎么样，你已经成为她的朋友了，你还想怎么样？”我试图安慰自己。我游回海滩，在浅水区变回人形。总是有几条

毛巾预备在那里，这样变形人就不必赤身裸体地上岸了。贾斯帕一如既往地乐于助人，他把我的泳裤扔给了我。我们一起走过两座小桥，快步向主楼走去。我们走进自助餐厅，来到告示板前，想看看谁获准去迈阿密。“几乎班里所有人都上了名单——除了那些从未变过形的同学。”我高兴地说。名单上只少了海马变形人，因为作为雄性海马他正在孵化小宝宝。“利努斯不能一起去，因为他还在待产，无法变形。但是为什么塞尔达不在名单里？她的变形有时候会出问题，是吗？”

“对，这不公平！”塞尔达，我们的水母变形人，几乎要哭出来了，“我爸妈不让我去。他们担心我在城市里会渴死，尽管我已经向他们保证，我会喝很多水！”

“哦，你不用去应该开心才是啊。反正我不想去。”一条在我们小腿边游来游去的蓝色小鱼说，“万一我在路上饿了，我总不能直接走进餐厅说，给我来一份珊瑚虫吧。”

贾斯帕思索片刻之后，说：“你可以试试橡皮熊软糖，诺克斯。它们吃起来味道几乎一样。”

“‘城市’是什么？”露西问。她的触手从一旁那个她最喜欢的大陶罐里伸出来，“有点像水下车站吗？”

“好吧，就像一千个水下车站这么大，里面站满了人。”我说。

“哦！”露西把触手缩回陶罐里，“那里有很多两条腿的人。太多了。”

我又向她解释了汽车以及我们要寻找的不友好的两条腿的人。

这个时候，艾拉来到了告示牌前，好奇地打量这份名单。她的护卫们不见了。

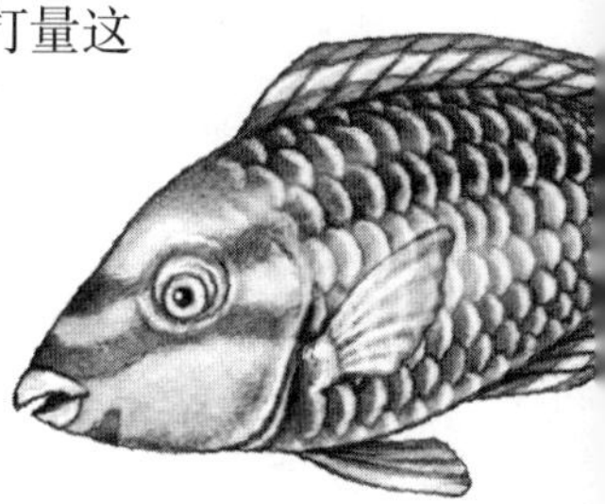

我立刻意识到，这或许是我唯一的机会，能从她嘴里套出有关投毒者的信息。她显然知道点什么。贾斯帕与我的想法不谋而合。他既不安又兴奋地看着我。我试图用意念与他沟通，但什么都听不见。只有当我们俩至少有一个人处在第二形态或者部分变形的情况下，才能成功地进行意念沟通。

很明显，唯有出其不意，我才能从艾拉口中套出点话来。

我开始行动了。“告诉我，艾拉……谁是斯威特林？”

“什么？”艾拉的表情就像我把一只垃圾桶放到了她鼻子底下，一只装有鱼骨头的、三天未倒的垃圾桶。

“你认识他们当中的一个人，就那次在高速公路旁的打斗。因为他有时候为你妈妈工作。”

“怎么……”艾拉有些惊讶。但是后来她似乎想起来了些什么，如果在探险结束之后我没有偷听过她和她朋友们之间的谈话，我就只知道这些了。她的脸就像贝壳感觉到敌人正在靠近一样合上了。“你不会知道更多了。没有黑帮替我妈妈做事！我妈妈是一位伟大的女性，她比你将来任何时候都成功，明白吗？”

“至少你尝试过了，”贾斯帕叹了口气，“真勇敢。”

我们没能从约书亚那儿弄到一根麦棒。我们在自助餐厅里溜达，从楼梯走上二楼，再顺着装在墙上的梯子爬出天窗，来到屋顶。如果要拜访我们从沼泽地里救出的黑豹诺艾米，最好从这里走。由于放着太阳能电池板和雨水收集器的漏斗，屋顶并没有多大的空间。但是诺艾米总能找到一处地方好好地伸展身体。

“她真的是猫科动物。”当我们坐在她身旁时，听到一阵呼噜声，她那黝黑的皮毛在阳光下闪着光。“能学这么多东西，真好。可惜的是，那头美洲狮必须回去了。卡拉格，他真是太好了。”

“是的，”我说，“我很快又会给他写信，我会替你问候他，好吗？”

“他不喜欢自助餐厅和教室里到处都是水，”贾斯帕回忆说，“你是怎么和他和睦相处的，诺艾米？”

“哦，还好。大家都很友好，饭菜味道好极了，比我在鲍勃那儿吃的好多了，我在他那里住了很久。”诺艾米打了一个大大的哈欠，我们都看到了她那手指一般长的尖牙。她正在用掠食性猫科动物的绿眼睛观察着我们。

“是的，这我们也听说了。”一个陌生的声音钻进我们的耳朵，“嘿，大家好，我们来了，我们的欢迎宴在哪里呀？大家好！你们都是聋子吗？”

我们从屋顶边缘偷偷往下看。一只灰色的鳄鱼和一条巨大的蟒蛇挂在房子前面。

“哦，他们可能是艾拉的朋友或者亲戚。”我说。

“只有两个。”贾斯帕松了一口气。

“是的，目前是——她其实邀请了十来个人呢。”我苦笑着说道，并向楼下的两位友好地打了声招呼。

“老板在哪儿？我们是新来的，想和老板谈一谈！”鳄鱼问，“告诉他，汤姆金在这儿，好吗？”

“对，他还带他最好的朋友杰罗姆来了。”蟒蛇变形人补充道。

“我得马上去把杰克·克利尔沃特叫来。”贾斯帕边说边往天窗跑去。

“好主意——快点！”蟒蛇用巨大的下颌咬住了门把手，门开始摇晃起来。我急忙爬下了消防梯，否则不出几秒，这个门把手就要被咬断了。

“嗨，你们想在这儿念书吗？”我跳到地面上，微笑着对鳄鱼和蟒蛇说。还好我以前学校的人不在这里，否则他们会大惊小怪地打开手机摄像头，然后给最近的疯人院打电话，叫人把我抓走的。

“是的，我们想，不过进不去。”蟒蛇嘟囔着。他的斑纹颜色非常鲜艳，就像皮肤得了白化病。他开始在我腿上缠绕，并且越来越紧。这种感觉就像是被老虎钳夹住了。“让我们进去，否则就有你们好看的，我们要和校长说话！”

“你们想得到优待，让一校之长来校外见你们吗？你们不如先在海里洗个澡吧！”我偷偷地环顾四周，暗暗地想，“为什么每当需要老师的时候，老师却不知去向呢？”

“你想摆脱我们，是吗？你不喜欢爬行动物，对不对？”短吻鳄目露凶光，步步逼近，慢慢地张开了他布满牙齿的下颌。

就在鳄鱼碰到我之前，一道黑色的闪电击中了我们，并落在我们中间。尽管诺艾米爪伤未愈——即便她没有爪子——她还是一把抓住了蟒蛇，蟒蛇被迫放松了对我的控制。诺艾米又扭头冲鳄鱼发出低沉的吼声：“对他客气点，他可是我的朋友！”

“真的吗？他可是人类。”鳄鱼咕咕哝哝地说。

“我不是。”我抗议道，并试图让手开始变形。不幸的是我没成功。不过没人注意到我，所有人的目光都被诺艾米吸引了。她就像保镖一样，镇定而威严地挡在我的面前。她真好。

哦，杰克·克利尔沃特！他终于来了。“你们是来参观，还是想申请就读？”他一边问两位不速之客，一边向我和诺艾米示意，我们的任务完成了。我们松了一口气，退了出去。

“他们不太可爱，是吗？”当我们走远后，我对黑豹小姐说道，“我们可以用意念交流一下，他们是怎么判断我是人类的？”

“电视里说过，短吻鳄的大脑只有一根小手指那么大。”诺艾米告诉我，她发出呼呼的声音，“要是杰克把他们送走，就可以恢复太平了。”

“当然。谢谢你保护我。”我对她说。我们简短告别之后，她转身回到了屋顶。

看来，克利尔沃特先生没能把那两个家伙送走。我和贾斯帕在自助餐厅看见那两个家伙穿着像是借来的、不合身的校服在我们的厨师兼舍监约书亚的带领下参观。其中一个家伙因为无法通过大门，一头撞了上去。他使劲地揉着一头金毛，骂骂咧咧地叫嚷着。他的行动像蛇一样流畅。啊，那绝对是杰罗姆。而另外一个人——短吻鳄汤姆金——一头黑发，肌肉发达。他看上去有点好莱坞明星的派头，但我只注意到他那张毫无表情的脸和呆滞的眼神。

“说真的，他们会留下来吗？”我对贾斯帕说，“即便他们很好，也永远付不起高昂的学费。”

“米萨奇小姐说，莉迪亚·雷诺克斯会为他们俩支付学费。”贾斯帕说道。

我惊讶地看着他：“什么？为什么？她这么好，不太可能吧！”

“或许她只是对其他蟒蛇很好。”贾斯帕说。

“可能吧。或者她感到有义务这么做，因为她女儿在大沼泽地旅行时邀请了所有的爬行类变形人到我们这儿来。不知道艾拉这么做是否得到了批准？”

我突然想起艾拉在码头对我说的话，顿觉蹊跷。整个事情背后有什么阴谋吗？这个阴谋难道是把越来越多的爬行动物吸收进学校，以便他们掌握更多的话语权？我还记得很清楚，在学生和家长拒绝“学校成为主题公园”的计划之后，莉迪亚·雷诺克斯甩出的狠话：“你们会看到你们将为此而付出代价——这里会成为废墟。你们做出了错误的决定，就必将灭亡。”

“或许这是她的新计划，要把蓝礁中学变成爬行动物中心。”我一边说，一边咧嘴笑了，因为这不太可能。

“这可需要比刚才那两个家伙多得多的爬行动物。”贾斯帕说。

我忍不住笑了。“除非他们是特工，哈哈。”

晚餐时，这两个新来的家伙并排坐在一艘改造成桌子的小船里。他们看上去并不像特工，倒更像打手。我们惊讶地看着他们吃了三人份的晚餐。

“有没有人听说过他们的名字？”莎丽问大家。

“杰罗姆和汤姆金。”我答道。

“杰罗姆是蟒蛇变形人。”刚好经过我们船桌的芬妮说道。

傍晚的光透过玻璃墙照射进来，使芬妮的蓝头发闪着光。“他曾跟我说过，他喜欢猎浣熊。有一次，他和汤姆金偷了一艘汽船，还把它弄坏了。”

“我在男卫生间遇见过他。他当时正为自己皮肤上的花纹而赞叹不已。”诺亚汇报说，“他还问我，我是不是也觉得他的花纹很棒。”

“你怎么说的？”我好奇地问。

“我说，我更喜欢格子花纹。”诺亚耸耸肩说道，“我还提议，用我的防水笔在他身上画一个。”

莎丽、芬妮和我咧嘴笑了。

“另一个人，那个美男子，也很自恋吗？”莎丽问。

“不。”诺亚说，“那个人只说，他会打我的嘴。”

“有人看到名单上有这两个家伙的名字吗？那个去迈阿密的城市旅游名单。”芬妮问大家。

“哦。”贾斯帕说，“无论如何，我们需要准备一根棍子。”

我还清楚地记得他的棍子——实用的鳄鱼嘴锁。“呃……但是他们将变为人形。”

“好吧，那就是一根很小的棍子。”贾斯帕张开嘴，用手指测量。

“即使他们俩去了，我们仍然会玩得开心！”莎丽对我们喊道，“谁也阻挡不了我们去调查，是吗？”

我和贾斯帕同时摇了摇头。

“调查”这件事让我想起了克里斯，以及他是如何在人们面前耍花招的。我想告诉朋友们这件事，但是似乎总有谁在警告我别这么做。后来，当我拿甜点时——香草冰激凌，噢耶——我注意到克里斯在用眼角的余光观察我和海豚小姐。他是不是担心我会泄露他的秘密？还是只是对莎丽倾慕而已？调查可不是他喜欢的消遣方式。

明天就是城市旅行的日子。在这之前，我们要制订一个寻找投毒犯的方案。我们只有两条线索——那个奇怪的名字和我画的模拟像。我和贾斯帕整个晚上都在搜索迈阿密电话簿中听起来像“斯威特林”的名字，然后把电话号码抄下来。大概有 30 个。“现在呢？”莎丽急切地问。

“现在给他们打电话，问一个棘手的问题。”我刚说完，就突然想到，贾斯帕和莎丽都没有手机，只能用我的手机打电话，而这些都会算在我的账上。我偷偷做了一个鬼脸。

“可我们说什么呢？”贾斯帕想知道。

莎丽的眼睛闪闪发亮。“我有主意了！我们以莉迪亚·雷诺克斯的名义向他们表示问候。如果有人知道这个名字，那么就表示这个人就有嫌疑。然后，我们顺路去看看，这个人是不是我们要找的人。”

我想不出更好的办法，只好点点头。

为了不被打扰，我们来到二楼的一个项目室，那里有几台连接了互联网的电脑。“不过，我们还是要小心，最好有人在门口望风。”莎丽建议，“我们海豚家族总是会有侦察兵和警卫值守的。如果他们发现异常，会立刻向大家发出警报。”

我开始打电话。“你好。”电话那头传来一个男人的声音，电话簿上的联系人是迈阿密椰子林“布拉德·斯威特林”。

“嗯，你好。我代莉迪亚·雷诺克斯向您问好……”

“代谁？”他真的很惊讶，而且他的声音听起来太年轻。

“对不起，拨错了。”我按下了红色按钮，拨通了下一个电话号码。然后一个接着一个。我在“G. 斯威特秦”这个名字后面画了一个星号，因为当我在电话里转达问候时，他没有说话。另外，他的声音听起来比犯罪嫌疑人的声音要年老。我继续拨电话。

“C. 斯维特金。”一位女士在电话里那头说。“我可以和您先生说话吗？”我问。

“他五年前就扑腾扑腾飞走了……”她嘟嘟囔囔地说，“这个倒霉的、谎话连篇的……”

我挂了电话。这个家伙“扑腾扑腾飞走了”，这并不意味着他是一个蝙蝠变形人。

与此同时，贾斯帕在网上搜索了莉迪亚·雷诺克斯和这个罕见的名字。“蒂亚戈！迈阿密有一家商店叫‘甜蜜之王’，这会有什么关系吗？”

“当然有关系。”我嘟哝道，“这家商店很有可能是卖糖果的。”

“对。”贾斯帕皱了皱眉，“不过，你难道不觉得这有可能是一个秘密接头点吗？在这里交换关于水中投毒的情报之类的？”

“是的，当然。”我一边说，一边拨下一个电话号码，“说不定我们到的时候，投毒犯正在买柠檬味的棒棒糖呢。”

当我再次以莉迪亚·雷诺克斯之名向对方致以问候的时候，门开了。我吃了一惊，原来是我们的哨兵莎丽。

“让我打个电话好吗？”她问，“我们还没有在人类研究中使用过电话，不过没关系吧？如果我拨十个 8，会怎么样？ 8 是我最喜欢的数字，它看上去就像海藻一样。”

我和贾斯帕惊恐地对视了一眼。不过不是因为这十个 8，而是因为贝瑞刚好从外面的走廊经过。

“你们和莉迪亚·雷诺克斯什么关系？”贝瑞满腹狐疑地问，“我刚才听到你们说她的名字了。”

“你弄错了。”我不禁打了一个冷战。

“哦，真的吗？”贝瑞直视着我的眼睛。这又一次让我注意到，他的眼睛是我见过的最冷酷的眼睛。他几步来到贾斯帕面前。

我紧张地想，我的犰狳朋友可能会因为恐惧而瘫倒。谁知道，实际情况有过之而无不及。贾斯帕吓得变形了……当犰狳受到惊吓时，它们会跳起来。当贾斯帕落下时，四只爪子打在键盘上，原来的页面消失了，弹出了其他的页面，屏幕疯狂地闪烁着。贝瑞只看到了下周的菜单，比如牡蛎烩紫菜和青椒浮游生物酱肉排等难吃的食物。

梭鱼变形人耸耸肩膀，走回门口，看了看四周。“一点提示：你们唯一要为莉迪亚·雷诺克斯做的，是亲吻她的脚。”

他离开之后，我们沉默了片刻。贾斯帕小心翼翼地说：“你们说，他会去告诉艾拉我们在谈论她母亲吗？”

“这和潮起潮落一样是确定无疑的。不过，没人知道我们在谈论什么。”莎丽竭力安慰我们。

“你做得很棒，贾斯帕。”我称赞道。当他重新变回人形，穿上衣服的时候，我移开了目光。“你是故意在跳下来的时候，用爪子拍打键盘，好让画面消失吗？”

“键盘？哦，当然，故意的！”

我们都没有心情继续调查了。“今天就到这儿吧。”我建议，“不管怎么样，我们已经识别出一个可疑人物。这家伙住在南海岸，离我们学校郊游要去的迈阿密街角不到一英里。我们很容易就能查出来。”

“就这么办，”莎丽说，“我们现在去礁湖打会儿水球好吗？不过，蒂亚戈要变成人形……否则我们就要不停地换新球了。”

“好主意！”我立刻答道。只要能和这个女孩待在一起，我玩什么都行。

“是的，不过只有我不在水里的时候，才是好主意。”贾斯帕迟疑地说。

我们向他保证不会像他想的那样。贾斯帕镇定地许诺自己可以做裁判。

倒计时开始了——明天一早，我们将开启城市之旅。

咖啡喷泉与嫌犯调查

第二天是周二。当我们租来的大巴车驶进迈阿密时，不止莎丽一个人把鼻子压在窗玻璃上。布璐、莎丽和内斯特都是在动物形态中长大的，对他们来说，纵横交错的道路和高速公路上五颜六色的汽车太令人称奇了。他们三个和奥利维娅（她的变形功夫还不太好）自称“蓝色组合”，那是他们的代号。说实话，他们应该被称为“高风险学生”，不过，这听起来不太友好。另外，还有一个三人“红色组合”，他们是托克和两个新人杰罗姆和汤姆金，我们立刻将其重新命名为“麻烦组合”。

当我们的窗外不断掠过不同街区的风景时，莎丽着迷又惊喜地问道：“外面就是迈阿密的全部吗？这就像一片灰色的海洋……房屋的海洋。”

“不仅有灰色的，还有彩色的。”我立刻纠正。迈阿密是我的故乡，我忍不住为它辩护。我们的大巴刚好行驶在海洋大道的棕榈树长廊上，道路两边随处可见著名的粉红、浅蓝和浅绿的房屋。

“怎么样，漂亮吧？”我问莎丽。她与布璐坐在我的前排。

“好吧，那所房子看起来像一只褪色的火烈鸟。”莎丽说。

“旁边的箱子就像长满了海藻似的。”布璐说。

我叹了一口气。在这样的事情上，海豚真令人绝望。

“这里都很好，不过你们去威尼斯人岛看看——那才是最好的社区，我父母在那里拥有最漂亮的别墅。”艾拉说。

同学们纷纷低声议论起来。

我们的老师没有接话。“杰罗姆、汤姆金，你们别再拆座位了好吗？立刻停止。”加西亚先生说。开车的杰克·克利尔沃特担忧地望了一眼后视镜。“雷奥诺娜，你再激动也不要碰汽车的金属部件。”

“我一点儿也不激动。”这位电鳗姑娘答道。

终于下车了。我们步行穿过街道，走过服装店、餐馆、小食品店和宾馆。路边的棕榈树排成一列，兴奋的游客在对面的露天咖啡馆互相拍照留念。

我真的无法放松下来。老师们当然知道他们在做什么，但是对于海行者而言，在陆地上是危险的。老师们带了水箱以备不时之需，但它们只有一只冷却箱那么大，最多够朱娜和奥利维娅用的。如果玛拉不小心变形了，这只冷却箱就会在海牛腹下被压得扁扁的。

“你好吗？”加西亚问莎丽，“如果你感到有什么不对劲，要马上说。你有照片吗？”

“一切都很好。当然。”莎丽说着拿出一张塑封照片给他看。照片上，变成人形的莎丽穿着比基尼在沙滩上坐着，正冲着镜头开心地笑。我们所有人都随身携带一张这样的照片。

我原本也应该感到害怕。因为自从我知道自己是虎鲨以来，我比以前更容易出现意外变形的情况。不过对我来说，迈阿密的海滩如往常一样熟悉。我更担心莎丽会遇到麻烦。

据我所知，我们的老师选择了林肯路购物中心作为此行的目的地。购物中心里有很多商店和餐馆，而且——在紧急情况下可能很重要——在购物中心外面的马路中间，棕榈树、蕨类植物和观赏灌木之间有一条潺潺流淌着的绿松石色的水道。

我急切地想找到一家可以买到冷冻酸奶的商店。可惜我带来的钱快用完了——只剩下十美元，这是从我的委员会奖学金里划出的每周零用钱。

“你们当中的大多数人有一个小时的自由活动时间。之后，我们在这家咖啡馆碰头。”克利尔沃特先生宣布道，他接着放低声音，“红队和蓝队各由一位老师带队。”

“这里还不错。”英俊的鳄鱼男孩汤姆金说。他、托克和杰罗姆一起向咖啡馆里的两张椅子走去——可惜有一张桌子已经被一对穿着白色网球衫、看上去并不寒酸的夫妇占了。当汤姆金一脚把印有品牌标志的购物袋踩破时，夫妇俩看上去满脸愕然。

“嘿！”女人大喊，“哦，不，我的新牌子……”

可惜，我们没能听到是什么新牌子的东西遭了殃，因为当邻桌的人纷纷离场时，汤姆金抓起那位女士剩下的半杯咖啡，毫不迟疑地倒进嘴里，又在一秒钟之内吐了出去。咖啡就像一股棕褐色的喷泉射向那对时髦的夫妇。那位女士尖叫着举起双手，她的伴侣试图躲避袭击，但衣服仍然被溅上了棕色的污渍。他的脸色变得极为难看。

“我该怎么样帮助人们喝下这令人作呕的东西？”杰罗姆恶

狠狠地说。

两位老师都火速赶到了事发现场。莎丽调皮地看着我说："好吧，我觉得，现在没人会反对我们去调查那个犯罪嫌疑人了。"她转身向她的海豚伙伴嘱咐道，"如果有人问起我，就说我去某家商店了，会准时回来集合。"

"你们尽可能不要待在比你们强壮的人当中。"诺亚说。他很快看到了我，似乎想起了我的第二形态。"嗯，好吧，可能这样的人没那么多。"

布璐似乎对这个主意不太满意。"如果那个家伙很危险……认出了你们怎么办？"

"不会的，在大沼泽地的那场战斗是在夜里进行的。"我安慰她。我之所以能够把这家伙的模拟像画出来，是因为我和其他变形人一样擅长夜视。"来，莎丽，我们必须走了。"我们的老师正忙于收拾混乱场面。在他们结束之前，我示意贾斯帕开始行动，我们可以和莎丽一起悄悄离开这里。

我领头穿过街道。在陆地生活时间不长的莎丽好奇地注视着周围的一切：游客、被丢弃的比萨店传单、在路灯旁抬起腿的狗。

贾斯帕给我们殿后。出于紧张，他不停地擦拭着眼镜。或许他还在担心，我们有没有绕路。

我们要找的嫌疑人"G. 斯威特秦"住在一栋单层的房子里，房子粉刷成淡黄色，门前有一棵棕榈树。现在，可不是闹着玩了，我犹豫了。布璐说得对，如果那家伙真的是投毒犯，他会认出我们吗？"我来，"莎丽决定了，"等会儿他打开门的时候，我应该说什么？”

我塞了一个募捐罐给她，这个募捐罐是我在学校用空可乐罐做的。“你请求他为身处困境的海豚捐款，然后把这个伸到他面前。”

莎丽担心地看着这个罐子。“天哪！这里有身处困境的海豚吗？”

我尴尬地清了清嗓子。“好吧，你和布璐，你们几乎身无分文，因为你们是以动物形态长大的，不是吗？”

“嗯，是的。”莎丽思忖片刻后说道，“如果我们遇到一只更拮据的海豚，我就把募捐款都给他。”

她挥挥手示意我们离开，然后按了按门铃。我们往后退了几米，紧张地等待着。因为现在正是上班时间，如果运气不好，就会毫无收获。

这时门开了。一个身材矮小、体形丰满的黑发女人探出身来。她披着一件防尘罩，手里拿着一根鸡毛掸子。“嗯？找谁？”她问。

“你好！”莎丽冲她友好地微笑，“请为……呃……捐款……”

女人茫然地看着莎丽，然后劈头盖脸地对莎丽说了一连串西班牙语单词。我立刻大步走到莎丽身边，告诉她募捐已经成功，并拿出那张模拟像照片以及开始搜肠刮肚地调动出脑海中的西班牙语知识。“我们在找这个男人，他住在这里吗？”

“不住在这里，我从没见过这个人。”女人一边向我们保证，一边皱着眉仔细地看了看那张照片。

我自己是不看这张照片的，不仅因为这张脸已在我脑海中极其清晰，更因为每当我看这张照片时，都仿佛再次尝到砾石的味道，再次闻到泄露的化学溶液的腐蚀性烟雾，再次看见了枪管，恐惧瞬间淹没了我的身体。

我们离开了这里，失望地往回走。

“如果第一次尝试就能找到投毒的凶手，那也太幸运了。”我试图安慰大家……然后，我就像撞到了树一样停住了。

两位高挑的年轻女士挡住了我们的路。她们俩像模特一样苗条，腿部修长，面容姣好，留着齐臀的泛红的金发。

她们行走自如，高跟鞋几乎没有在沥青路上发出声音。我和莎丽、贾斯帕都立刻认出了她们，周围的空气凝固了片刻。

她们是老虎双胞胎姐妹——莉迪亚·雷诺克斯的贴身保镖。

她们走得如此之近，以至于我能感觉到她们就是变形人。她们的杏仁眼真令人着迷。

“谁能想到，我们这么快又见面了？我是拉蒂莎。”其中一位年轻女士说。她的声音如此甜美，就像金色的蜜糖在嗓子里流淌；她的眼睛比她的双胞胎姐妹看起来更像亚洲人，一侧的脸颊有一个黑色的小斑点。

“是啊，真巧。”她的双胞胎姐妹一边说，一边溜到了我们后侧，切断了我们的退路，“顺便介绍一下，我的名字是娜塔莎。”

“嗯……你们好！”我只能想到这些。

“我们知道你们在找什么。”拉蒂莎说。当她微笑的时候，我瞥见她的犬齿已经局部变形。“这边请。”

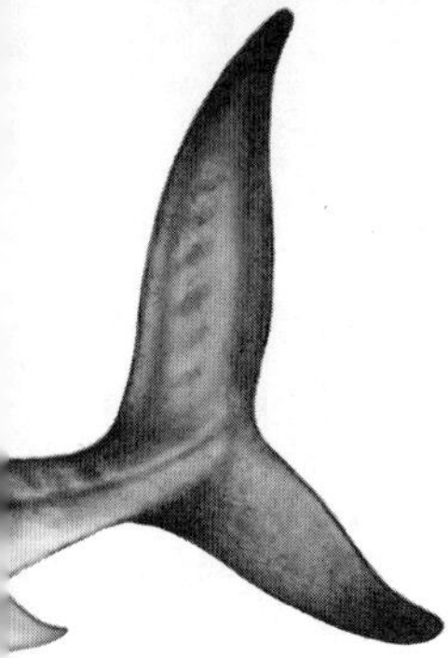

老虎与T恤

我似乎失去了个人意志，双腿机械地服从了她们的命令。贾斯帕和莎丽也和我一样跟着她们走了。

老虎双胞胎把我们引到一栋房子的车库入口，这样我们就被灌木丛挡住了，街上的人再也看不见我们了。没人发现我们正受到威胁！不过，或许没有人会相信这对年轻美丽的双胞胎很危险，或许还会有人问，她们俩是不是参加过电视节目，是否可以和她们约会?

我站住了，张开嘴，试图引起别人的注意。拉蒂莎立刻瞪着我，露出了尖利的牙齿。“可别想这事了！”她一边吼，一边把我们推向前面的灌木丛深处，“来吧，继续走！”

糟糕，她们是认真的。尽管受到威胁，我们仍然要想方设法自救。无论如何，莎丽不能出事——如果在高压之下，她变形了可如何是好?

我鼓励地看了她一眼，她勇敢地动了动嘴角。好在她看上去还算冷静，她的皮肤上看不出海豚的灰色阴影。

我并没有像老虎所想的那样容易被吓到，毕竟我在自由城长大，那里是世界上治安最混乱的街区之一。我的手悄悄地滑入短裤口袋，那里藏着我的手机。我的手在手机显示屏上摸索着，试图盲拨一个快捷键。我的手机上存了三个快捷键——一个是约翰尼叔叔的号码，那是我自己存进去的，另外两个是我父母的，那是他们在把手机交给我之前就存进去的。我胡乱按了一通，希望我真的能够拨出去一个数字——必须有人来救我们，尽快！

可不论我按中了哪个数字，手机那头都没有任何回应。糟糕的是，老虎姐妹敏锐的耳朵听到了我口袋里发出的微弱的嘟嘟声。

“算了吧。”她们当中的一人咆哮着扑向我，差点把我撞倒在地。我的手机从口袋中滑落，滑过地面掉进了灌木丛中，我再也够不着它了。

这个老虎变形人的脸紧贴着我的脖子，我可以感觉到她的呼吸里夹杂着生肉和墨西哥胡椒的味道。我低头看见她的指甲已经局部变形为虎爪。“我们听说了，你们好奇心有点重。”娜塔莎说道。

“好奇心重是一种很丑陋、讨人厌的品质。”拉蒂莎补充道，“对于海豚、鲨鱼和犰狳来说，好奇心常常导致伤害。”

她的爪子抓破了我的T恤，一股钻心的疼痛袭来。我疼得呻吟起来，爪子却更深地嵌入了我的皮肤。我咬住下嘴唇，闭上了嘴。

“我们什么也没做。”贾斯帕向她们保证，他的声音有点刺耳。

我们的对手笑了——那笑声轻轻柔柔的，又带着点恶意。

莎丽的脸色变得十分苍白。“放开他！”她说，“立刻。

我刚刚用意念与克利尔沃特先生联系过了，他已经知道这里发生了什么。”

“哦？真的吗？”拉蒂莎微微一笑，她的眼睛里闪过一道危险的光，“我觉得你在骗人。只有训练有素的变形人才有这个本事。而你们呢？最多只有小蝌蚪的本领。”

“那你们为什么还要缠着我们？”我斗胆问了一句。令我懊恼的是，我的声音听起来是喘不过气的样子。

接着，我看见了令我极其不安的事情。娜塔莎抽出她的手机，按了一个快速拨号按钮——我能想到，她在给谁打电话。

贾斯帕也心知肚明，他突然竭尽全力大声喊道：“救命啊！我们在这儿！”

我和莎丽就像老虎双胞胎姐妹一样满脸困惑，尤其是车库门突然神奇地打开的时候。有人进行了远程操控……房子的主人回来了！他听到贾斯帕的呼救声了吗？拉蒂莎的爪子不自觉地松开了。我趁机挣脱了虎爪，用尽力气向她撞去。

穿着高跟鞋被推倒在地上滑行是很不舒服的。拉蒂莎史无前例地再次迅速地获得了身体平衡。一辆银色的宝马驶入车道，贾斯帕、莎丽和我正好有机会逃走。我一边跑，一边俯下身去抓我的手机，然后继续向前跑。

莎丽巧妙地躲过了来抓她的娜塔莎，然后迅速从娜塔莎和汽车旁擦身而过，向大街飞奔去。

那一瞬间，我们都看清了宝马驾驶员惊讶的脸。我们跑到了第 17 号大街，以最快的速度向前飞奔。老虎双胞胎在后面穷追不舍吗？这会不会引起路人的关注？为了安全起见，我们没有停下来，而是绕道冲过了小巷。

我和莎丽跑起来毫不费力——鲨鱼和海豚的耐力很好。令我担心的是贾斯帕，他的喘气声越来越重，整个脑袋涨得通红。当然，犰狳通常不会长距离奔跑。我按照他的速度调整了奔跑步伐的节奏，以便他不被落下。与此同时，我还在紧张地环顾四周。没有人……还是狡猾的双胞胎姐妹躲起来了？

幸运的是，我们很快到达了班级集合点，贾斯帕终于可以喘息片刻了。他喘着粗气，脸像龙虾一样通红。

能见到其他人，真令人感到安慰和惊喜：芬妮和克里斯刚买了冰冻的酸奶；拉尔夫正在观看街头杂耍；那两个新来的家伙——杰罗姆和汤姆金——正趴在咖啡馆的桌子上打盹。显然，这些新东西让他俩有些疲于应付。毕竟，他们不久前还是生活在沼泽地中的动物。

诺亚和布璐坐在棕榈树下的长椅上，沉迷于冰柠檬水和爆米花味的软心糖豆。“好吧，有多少人想把你们撕成碎片？”诺亚咧嘴一笑。

“哦，只有两个。”莎丽说。她的海豚朋友们几乎都瞪大了眼睛。

贾斯帕自豪地宣布：“看起来，我们的调查研究做对了。”他的脸色恢复了正常，“否则雷诺克斯没必要把她的保镖派过来，不是吗？”

“呃，是的，可能是。”我说。可惜我没兴趣再玩侦探游戏了。“很幸运，莎丽！虽然遇到这样的危险，但是你没有变形。你的控制力比以前更好了。”

莎丽尴尬地耸了耸肩，把手伸进了软心糖豆袋。“我最近一直在练习。”

“什么？你遇到危险了吗？”克里斯显然已经听懂了我们在说什么。于是，他搂着莎丽并上上上下下检查了一遍。“感谢上帝，你没有受伤！”

“故意无视我，当我不存在啊。”我愤怒地移开视线。我倒想看看这两人关系有多好。我对和这个家伙一起做报告的兴趣自然而然地降低了。

“哦，蒂亚戈……你的衣服上沾有血迹。”莎丽说，她那蜜棕色的眼睛担心地看着我。克里斯便被遗忘了。看吧，有时候受伤是值得的！

“一点儿也不痛。”我不好意思地撒了一个谎。实际上，伤口在火辣辣地痛。但是虎爪留下的伤口已经不再流血，由于T恤衫的彩色图案，几乎看不出血迹。除非你像我们班长那样仔仔细细地看。

“如果克利尔沃特先生看到了，一定会大发雷霆，严厉地质问你们的。”朱娜刚好走了过来。她的胳膊下夹着两本刚买的新书，“来吧，我们去给你弄件新T恤。还有20分钟就要发车了。你们到底发生了什么事？”

“你不会想知道的。”莎丽扮了一个鬼脸说。还好，我们的同学没有被惊扰到。

“我也和你们一起去。”玛拉大声说，“我在最近的一次变形中搞砸了我最后一个好排名。”

朱娜把她的新小说递给了爱读书的诺亚。然后，她和她的朋友护送我去了一家价格实惠的服装店。她们很快又陷入了一场关于哪种颜色最适合我的棕色皮肤的争论中。

“黄色的！黄色一定适合他。”玛拉说。

“但是黄色和他的蓝眼睛不配。”朱娜表示反对。

我眨了眨我的蓝眼睛。“我不在乎。我只想要一件最普通的T恤。”

“是的，是的，我们也是这么想的——你们继续，我马上回来。”朱娜说罢消失在商店的后门，她也许去洗手间了。玛拉抓住机会，把三件黄色T恤硬塞进我的手里，催我去试穿。反抗是徒劳无益的。

当我的头和胳膊被套在一件T恤里时，我听到了一声尖叫——一个女生的尖叫声。我立刻把T恤扔在衣服架子上，环顾四周。

“听起来像朱娜！”玛拉惊愕地说道。

“是的，糟糕。”我说。

我们急忙向女洗手间跑去。

厕所潜水员

在洗手间附近，一个女人朝我们迎面走来。她一脸困惑地对我们说："我也不知道哪来的尖叫声。我打开洗手间隔间门的时候，像是有人刚冲过马桶，不过里面没人，除了一堆衣服，没有其他东西。"

玛拉和我对视了一眼，同时冲向那个隔间。结果，我们在门口撞到了一起，谁都没法进去。我往前挤了挤——是的，那是朱娜的东西！我两步走到了马桶前，马桶里只有水、白瓷内壁和一堆堵住了马桶下水口的湿衣服。没有蝶鱼。与此同时，玛拉用她百磅①重的身体挡住了门，没有人能打扰我们了。

"救命，快救救我。"一个微弱的意念之声传入我的耳朵。

我不必真正张嘴回答，而只需在脑海里想一想就可以进行对话了，这让我很开心。那个陌生女人仍然站在旁边，还有一名女售货员冲了进来。

"朱娜，发生什么事了，你在哪儿？"

"我忘了关隔间的门，一个女人推门进来……我吓得变形

① 英美制重量单位，1 磅约等于 0.45 千克。

了。”朱娜抱怨道，“碰巧那个时候，我刚刚按下冲水键。”

朱娜把自己冲到马桶里去了。哦，神奇。

“你在下水道里吗？”我担心地问。可惜，这并不像《海底总动员》里那样，她很难游到海里去，最多只能进污水处理厂。

“不，我想，我还在管道里。这里漆黑一片。我担心自己游错了方向，就再也出不来了。两个方向都是封死的。快救救我，我不知道自己还能坚持多久！”

“到底出什么事了？你们在这儿干什么？”我听到了那个女售货员的声音，“刚才是谁在大喊大叫？”

“一切都很好，只是我们有东西掉进马桶里了。”玛拉试图转移她的注意力。

这不是一个好的答案。“你们？究竟有几个人在洗手间里？”

当玛拉正在绞尽脑汁地找一个更好的借口时，我在想我们能做些什么。我用马桶刷从马桶深处捞起朱娜的湿淋淋的衣服，这是把她堵在里面的原因之一。但是看起来和朱娜一起冲下去的衣服不止这些，很难说管道哪里被堵住了，我们的蝶鱼又在哪儿？幸运的是，这个马桶有冲水停止模式，我立刻有了主意。“如果我按一下冲水键，你有力气在水流冲击中稳住吗？这样你就知道水往哪个方向流了。然后我快速按停止。”

“必须有。”朱娜尖声答道。

我稍稍想象了一下这样一个恐怖的场面，就是我——人人害怕的海行者——把班长冲到污水管里的水耗子那里去了。“我是不是应该找老师来救你。”

“不，那样就太久了，你快点，快点呀！哎呀，这里真令人恶心。”

我很快按了一下冲水键。几乎就在同一刻，玛拉满脸泪水地大喊道：“别这么做，别这么做！”然后，像事先约定的那样，我很快按了冲水停止键。玛拉是不是说对了，我刚刚犯了一个可怕的错误？

玛拉“砰”的一声把隔间门在女售货员面前关上并锁好。这个小隔间里如此拥挤，以至于我困在玛拉柔软的圆形身体和墙壁之间，就像被囚禁在一个棉花糖包装里似的。不过，我不在乎。我们担心地弯腰查看马桶里水位不断上升，期待能发生点什么。朱娜设法逆流而上了吗？希望管道的另一端已经被她的衣服完全堵住了。

是的，马桶里有了动静——有什么东西在水下蠢蠢欲动！很快，一条黄黑色的蝶鱼出现在我们眼前，她正在抽水马桶里费尽力气地转着圈。

“你做到了！”玛拉尖叫，“快，你必须马上变形回来，五分钟内我们就要赶到集合地点。”

玛拉打开隔间的门，我被推到了门外。里面一阵沙沙作响。玛拉终于出来了——还有穿戴整齐、变回人形的朱娜。朱娜的头发湿漉漉的，散发出一股洗手间清洁剂的味道。她虚弱地冲我微笑。

“谢谢你，蒂亚戈！你必须发誓不会对任何人说起这件事。我被冲下马桶！这太尴尬了。”

“我会像牡蛎一样沉默。”玛拉也郑重地答应道，“一只死牡蛎！”

我说："我会像珊瑚一样默默无语。"毕竟，我必须为自己的报告做好心理准备。我一把抓起了血迹斑斑的旧 T 恤——没时间买新的了。

那个售货员和女顾客都满脸疑惑地看着我们，我们只得离开了这家商店。当我们冲出去时，玛拉大喊了一声："再见，美丽的发夹。"

时间不算太早，其他人都已经聚集在咖啡馆里了。他们都在好奇地四处张望，寻找还没到场的人。我看到杰克·克利尔沃特在和莎丽说话，可能是因为她没有和蓝队的伙伴待在一起而惹上了麻烦。克利尔沃特胳膊底下夹着一个什么盒子？

"一个巧克力喷泉！他买了一个巧克力喷泉！"奥利维娅兴奋地说道，"他说那个东西会被装在地上。"

"真的吗？那是什么？像我们学校的喷泉一样的东西吗？那东西只会喷出巧克力吗？"雷奥诺娜问道。她直到现在还是以动物形态生活着，"这有什么用处呢？"

"这种喷泉要小得多，大家可以在流动的巧克力里吃到水果粒。"我们年轻的带队老师说，"会给大家带来惊喜的。我们计划从现在开始，每个周日晚上都把这个巧克力喷泉放在自助餐厅里。"

我再次为自己决定在这所中学就读感到庆幸。

为了不让老师发现我衣服上的血迹，我特意站在玛拉旁边，让她挡住了我。终于，克利尔沃特先生下令出发了。大家一边开心地聊着天，一边穿过人行道，向停在第 17 号大街西区的大巴走去。贾斯帕和芬妮背着冰柜大小的应急设备。

我们很快就要回学校了，我边想边松了一口气。我望向四周，寻找可疑的人。还好，没人。我还仔细观察了一下艾拉、托克和贝瑞。他们已经知道老虎双胞胎姐妹的事了吗？莉迪亚·雷诺克斯有没有告诉他们这件事？如果他们知道，那么可以说他们表现得丝毫不露痕迹。

“那两个保镖真吓人，不是吗？”贾斯帕猜中了我的想法。我们终于踏上了返回蓝礁中学的路，这令他感到如释重负。

“旅行快结束了。到了学校，她们就不敢把我们怎么样了。”我向他保证。

但是，城市旅行还没有结束。我注意到，雷奥诺娜想向莎丽展示自己为南美的家人买的佛罗里达纪念品。

那一定是糟糕透顶的纪念品。至少对我们当中的一个人来说是这样。

我看到莎丽愣住了，目瞪口呆地看着雷奥诺娜的购物袋。

“哦，糟糕！”莎丽说完便倒在地上，双腿变成了一条灰色的尾鳍。几秒钟之后，一条五英尺[①]长的宽吻海豚在人行道旁的草丛中来回挣扎。

---

① 英制长度单位，1 英尺等于 0.3048 米。

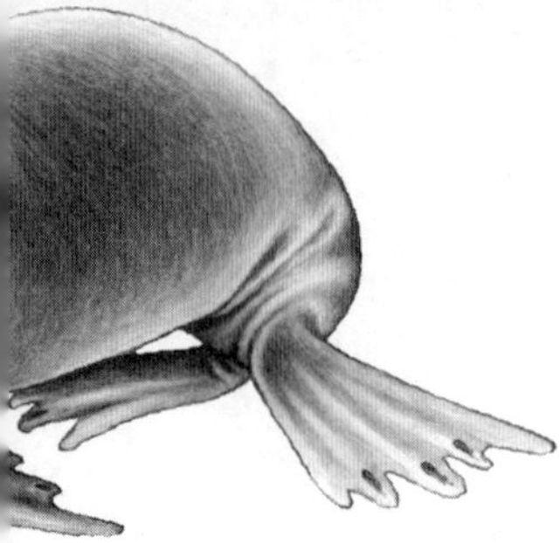

搁　浅

“该死的！我又栽在这里了，我一直在练什么呢！”莎丽骂自己。布璐用手臂搂着她，向电鳗女孩投去充满敌意的目光。“那里面是什么，雷奥诺娜？”

“我真的很抱歉。”雷奥诺娜结结巴巴地说。我偷偷瞥了一眼她的袋子，我发现她买了五个一样的小东西：五只灰色的小海洋哺乳动物的脸上正挂着傻傻的笑容。它们在袋子里跳跃着，蓝色的水花泛起泡沫。

“哦，老兄！”我说。

当加西亚先生和克利尔沃特先生赶到时，莎丽正吹着口哨，试图扇动胸鳍维持生命。她急促地呼吸着，额头上的气孔一开一合。乐于助人的贾斯帕马上从应急口袋中拿出一个花洒，并开始往莎丽的皮肤上浇水，然而帮助不大。芬妮、克里斯和我用饮料瓶里的饮料帮忙。

加西亚先生背过手，叹了口气说：“我真的以为她已经准备好了。”

“没关系，法林。”克利尔沃特对他喊道，“我们必须把她放进水里！她在无水环境下待得越久就越危险。”

“我真的很抱歉。”莎丽那双乌溜溜的大眼睛望着我们，“我们现在怎么办？这里离海边太远了，不是吗？”

“是的，很不幸。”我对她说。我们在第 17 号大街和杰斐逊大街的拐角处——一边是高耸的公寓楼和办公楼，另一边的杰斐逊大街通往一个绿树成荫的安静住宅区。街角处是一栋红瓦屋顶的浅褐色别墅，莎丽正躺在这栋别墅前的草坪上。

我不安地守在莎丽身边，翻看她的随身物品，我找到了她的人形照片。或许她还在设法变回去！她最好快点，因为在繁忙的第 17 号大街上，已经不断地有汽车停下来，人们好奇地朝我们张望。看起来，他们似乎在怀疑这里是不是有隐藏的恶作剧照相机。

“你们把这只海豚带到了这里？这样对它很残酷！”一位穿着绿松石色 T 恤的老先生激动地喊道，他的身子从副驾驶位置的车窗里探出来。

“搁浅了吗？”一位年轻的古巴女人不解地问道。她把银色的豪华轿车开到路边，下了车。“不，不可能，这里没有海滩。”她抽出手机，或许正在拍摄照片立即上传到油管（YouTube）上，而这个时候，莎丽正在全神贯注地努力变回人形。

杰罗姆、托克和汤姆金出人意料地想出了一个好主意。他们同时撞到了那个古巴女人。除了模糊的照片，她的手机什么都没拍到。

又有五个司机拿出了相机。我想，我们学校的这次城市之旅将会出现在今天的晚间新闻中。没关系——重要的是，我们突然想到了把莎丽抬进水里的办法。

“围成一个圈！”克利尔沃特先生命令道。我和同学们围在莎丽身边，挡住了人们好奇的目光。与此同时，我最好的朋友莎丽正在努力变形，然而她只是迅速地把一只鳍变成了手臂。

红嘴鸥女孩达芙妮像往常一样与周围的人窃窃私语。“……真是太可怕了，不是吗？她现在怎么样了，会死吗？肯定不会吧？我跟你们说过我买了什么纪念品吗？是镶嵌着贝壳的相框，特别可爱，还有……”

“闭嘴！”芬妮说，“你没注意到现在没有人对你的纪念品感兴趣吗？”

我本来想安慰一下莎丽，但由于同学们围着她七嘴八舌地说话，我无法靠近她。幸运的是，布璐和诺亚已经镇定地握住了她的鳍。“加西亚先生，今天太热了，她体温过高了！”诺亚担心地说。莎丽正躺在热带地区的炎炎烈日之下。

“是的。我们必须帮她降降温，然后再带她回大海。”加西亚先生回答道。他很清楚这一点，毕竟他的第二形态就是海豚。

“这里的房子有游泳池吗？”芬妮的眼睛闪烁着。

“有，有一些……房子的后面有游泳池。”我下意识地说。我突然想起来，我曾经在这个地区干过除草的工作。有一次，天特别热，我热切地凝视着一个宝蓝色的小水池，偷偷地把脚伸了进去。倒霉的是，那里的主人当场抓住了我，并大叫着“立即把脏拖鞋从池子里面拿出来”之类的话。

加西亚先生皱着眉头看着我和芬妮。“这是一个好主意，但是水中的氯怎么办？我担心这对莎丽的皮肤不好。”

现在是我作为人类专家发挥作用的时候了。“现在很多游泳池都用氧气消毒了。”我立刻解释道。克利尔沃特先生立刻做出了反应。

“达芙妮，你去打探一下，哪些别墅有游泳池。克里斯，你去闻一闻，哪个泳池没有被氯化。快！”

莎丽发出尖细的叫声。“是的，请快一点。我太热了。”

我们想办法帮莎丽遮住阳光。达芙妮只回答了一句“好的，好的，先生”，便立刻钻到了最近的灌木丛后面，变形为红嘴鸥出现在我们面前。“嘿，等等我！”克里斯在大街上追赶着天上的达芙妮。几分钟之后，他们就有所收获，折回来给我们带路。克里斯说：“离这儿不远。快点，走这边！”

“我去把大巴直接开到门口，这样我们就可以运莎丽过去。”克利尔沃特先生疾步离开了。

我们当中最强壮的几个人——加西亚先生、我、克里斯和芬妮——抬起莎丽，将她拖到杰斐逊大街的人行道上。这真是一个烈日炎炎的日子。令我欣慰的是街道两旁的热带树木给我们送来了一片树荫。街道两侧都是联排别墅，里面是精心修葺的花园，屋前有棕榈树和白色的邮箱。

“哇哦，我很高兴意外变形的不是玛拉。”克里斯叹口气说道，“否则，我们只能用叉车运送一头海牛了。”

“为什么要把叉子堆起来？”[①] 莎丽试着抬起头。可以肯定的是：朱娜是最好办的，我们可以把她放在果酱瓶里运输。

---

① 克里斯提到的 Gabelstapler 意为叉车，是一种工业搬运车辆。莎丽误解为 Gabeln stapeln，意为将叉子堆放起来。

“如果那里的人不让海洋动物进入他们的泳池，该怎么办？”芬妮喘着粗气说，一滴汗珠顺着她的额头从眼睛旁滑落。

“哦，人人都喜欢海豚。而且，这是紧急情况。”我回答道。

很幸运，花园门没上锁，我们穿过门，踏过厚厚的、精心修理过的草坪。那里竟然有两个池子可供选择。不过被芦苇覆盖的池子真的太小，于是我们将莎丽抬到了一个椭圆形的、蓝色平坦的泳池里，泳池周围放着几把躺椅。我们就要成功了！莎丽兴奋地扭动着身体。

“冷静——这比你变形课的成绩重要多了！”加西亚先生抱怨道。

经过最后的努力，我们把莎丽抬进了水中。她发出如释重负的哨音，滑入冰凉的水中。“哦，感觉太好了。谢谢大家，多亏了你们帮忙！”她开始在泳池里转着小圈，在这个水坑里也没有其他可能了。我跪在泳池的边缘，向她伸出手。莎丽用她浅灰色的鼻子蹭了蹭我的手。“嘿，虎鲨先生，你不想到池子里来吗？”

我们很快意识到，这里不是只有我们几个人。在别墅的后排露台上站着一位老人，深蓝色丝绸睡袍包裹着他瘦削的身躯，下巴上垂着胡须，他正注视着我们。

“下午好……”我们的变形课老师向他打招呼。但是房东并没有让他说下去。“你们一定是弄错了。”房东发牢骚道，“我原本给池子买的是金鱼！”

“哦，真的吗？我们马上换。”芬妮笑容灿烂地吹了一声口哨，“给我们五分钟，让海豚在池子里养养精神，然后我们就回营地。”

“好！这头灰色的大家伙怎么办？你们可以把它送到最近的游乐园去。”

“是的，是的，人人都喜欢海豚，不是吗？”池中传来痛苦的声音。

“我们也可以为您给海豚镀金，这样，它就与金鱼相差无几了。”我们的蝠鲼女孩补充道。

“够了，芬妮。”加西亚先生抱怨道。他试着向不情愿的房东解释，这一切与金鱼无关，而与紧急情况有关。“您这儿有没有铁桶可以卖给我们？当然，还包括水。”

老人眼中立刻闪现出贪婪的光。“当然。我当然有铁桶。一只二十美金。水要另算。”

“二十美金？”我激动地喊起来，“在建材市场只需要一美元！”

老人轻声笑着。“这儿不是建材市场。那么，怎么样，你们要不要铁桶？”

加西亚先生压制着怒火从他手中买下了铁桶，内斯特、克里斯、我和其他人则恨不得用目光把房东刺穿。但我们尽力了。无论如何，学校已经很拮据了，我们很缺钱。

路上有人在按喇叭——原来是大巴到了。可惜车内没有足够的空间可以容纳海豚，成排的椅子也无法折叠。因此，我们只能将在泳池中恢复良好的莎丽推进了巴士底部的行李舱——这里其实很凉快。

“好吧，大家伙，我们需要一些东西来使她的皮肤保持湿润。”克利尔沃特先生大声宣布，“谁能够捐出自己的T恤？”克里斯和内斯特立刻开始脱衣服，不过，我比他俩至少快了两秒。杰罗姆和汤姆金也想捐出自己的T恤。嘿，这两个家伙也有可爱的时候呀！但是托克抱怨道：“算了吧。我说过海豚是我们的朋友吗？”他苍白的皮肤显示出晒伤的迹象，他的T恤依然穿在身上。

一些浸透了水的衣服放在莎丽的背部，另一些则被塞在行李舱底部，以防她的鳍会被擦碰到。布璐和诺亚爬进了行李舱，以便抱住她并照顾她。我们把装货口的盖子打开了，以便有足够的新鲜空气流入。

最好途中没人看到我们：在拥挤的行李舱里，一群半裸的少年和一只气喘吁吁的大海豚在一起。

幸运的是，这里距离比斯坎湾海滩只有几英里，那里没有迈阿密海滩那么拥挤。途中，克利尔沃特先生好好批评了雷奥诺娜纪念品的事情。大巴终于在海滩上停了下来，我们小心地把莎丽搬出行李舱，把她抬入海中。

“恐怕你要自己游回学校了。”克利尔沃特先生说。

“没问题。”莎丽爽快地答应后，围着他游了一圈，“反正我刚好需要运动和零食，我会在路上逮到的。”

加西亚先生仍然不放心：“但是，你不该一个人游。最好有人陪着你。”布璐和诺亚立刻高举手臂，但是加西亚先生对他们视而不见。克里斯也报名了，而我只抬了抬眉毛。“你真好，真的……但是，如果一头锤头双髻鲨游了过来，你会怎么做？把自己当作食物喂给它，好让它别碰莎丽吗？”在我来看，找人陪着莎丽是对的……但是这个人的名字不能叫克里斯！

海狮变形人知道，我们不能公开辩论，不能让莎丽知道，我们俩都喜欢上了她。“你的主意不错啊，鲨鱼小子。”他不在意地说道。不过，他看向我的眼神并不友好。继上次我识破他对游客的骗术之后，这是我们第二次发生冲突。

真可惜啊，就在刚才，我们还是相互协助的朋友呢。

“够了，你们两个。”克利尔沃特先生说，“拉尔夫，你可以接受这个任务吗？”

“哦，当然——艰巨的任务！”我们的礁鲨拉尔夫答道。他的人形是一个瘦弱的棕发男孩，他永远不想脱下他的连帽衫和头戴式耳机。“晚些时候见，粉丝们。要酷哦！”

他们俩游走了，世界上最棒的女孩和我们的派对鲨鱼男孩。

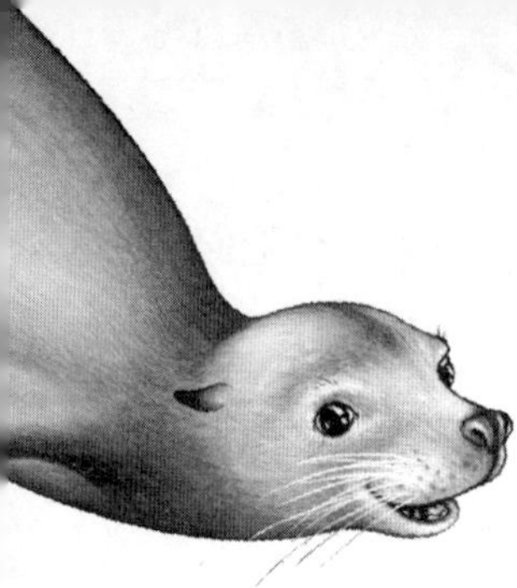

父　　母

这真是一次令人疲惫的旅行。我们很快就坐巴士回到学校了——我还没有看见莎丽——其他人分散在各处，在餐厅里或出海游泳，放松身心。

贾斯帕和我回到了我们的 3 号宿舍。时值 9 月中旬，天气潮湿而炎热，即使在休息时，汗水也会淌下来。我爬上床，倒在床垫上。

“真不走运，我们还没有逮住投毒犯。”下铺的贾斯帕说道。他变成一只犰狳，爬到床底下他最心爱的地下贮藏室四处嗅了嗅。“我敢肯定，他们还会找机会把有毒溶液倒进大沼泽地里。”

“或许我们自己去对付这些坏家伙太危险了。”我说道。

“我们问问芬妮有没有好点子？”贾斯帕的棕色小鼻子从床下伸出来，“毕竟她爸爸是警察，对这类事情比较了解。”

和一只犰狳聊天，有时候仍然会让我感到奇怪。但是，我在蓝礁中学待的时间越长，这种奇怪的感觉就越少了。“好主意，显然我们要尽快开始下一次尝试了。”我答道，“否则那些坏家伙又会将下一批有毒溶液倒在某个地方。又会有很多动物被毒死，更别提变形人了。”

我从宿舍窗户向外张望，想看看莎丽是否回来了。可惜没有。“你说得对，现在就放弃太愚蠢了——虽然我们遇到了困难。不过，下一次我们会隐藏得更好……你知道，那两个保镖。”幸亏虎爪留下的伤口已经看不见了，老师们一定没有注意到。

当我的手机突然响起的时候，我正在发呆。我拿起手机，条件反射式地说道：“喂，你好。”

“你给我打过电话吗？”电话那头传来一个我从未听过的女人的声音。

只有几个人知道这个手机号码，我立刻明白电话那头是谁了。我急忙从床上爬下来，脑袋不小心撞到了天花板，一阵发麻。我结结巴巴地说道：“嗯，是的……你是伊利丝·安德森吗？我的……嗯……妈妈。”

“对。”电话那头的声音听起来平静而自信，虽然在她听来我这边有些混乱，“刚才是什么声音？”

“哦，没什么。”我一边回答，一边揉揉脑袋。不能让她觉得我是一个笨小子。“可能是椰子砸到我们的屋顶上了。”

“你为什么联系我？是遇到什么问题了吗？”

我一时语塞。我是她的儿子，难道因此而联系她理由还不够充分吗？

“不，现在没问题了——我们班去迈阿密旅游的时候发生了一点小意外，不过后来解决了。”

“好的。非常好。你现在能接受自己的身份了吗？约翰尼这么晚才告诉你不太好。我的妈妈是我 10 岁的时候告诉我的。”

“约翰尼做得没错。”我条件反射式地替他辩护，顺便结束这个话题。

很遗憾。我本想问问她是如何看待自己是一条蓝鲨这件事的。

“对了，顺便说一句，斯克特和我现在在美国，可能周日会顺路去你学校看看你。大概下午吧，你有空吗？”

我的心开始猛烈地跳动起来，就像上次遇见老虎双胞胎时一样。“我……是的。周末我会去城里的约翰尼叔叔家，下午 5 点以后我就必须回学校了。”

“那就这么说定了。我们很期待见到你。再见！”

我有些懵，稀里糊涂地按下了挂断键。

贾斯帕吱吱地叫道：“噢，那真的是你妈妈吗？”

“她说，周日会和我爸爸一块儿来看我。”我还是感到很困惑，“不过我不太相信，除非他们真的出现在这里。上一次他们也答应来看我，但最后还是让我白高兴一场。”

她说“我们很期待见到你”。噢，是的。如果我不讨人喜欢，如果我令他们失望了，会怎么样？这些令人沮丧的想法再次跳了出来，一直不停地在我的脑海里打转。

海滩上传来一阵吵闹声，我立刻听出了其中一个声音——是莎丽！她正在和别人吵架，那是一个以第二形态出现的变形人。

我一骨碌从床上爬了下来，差点踩到了贾斯帕身上，那个时候他刚好从床底下面跑出来。“没关系，你可以随时踩在我的身上。”贾斯帕骄傲地说，“毕竟我身披铠甲！”

“那就下次吧。”我换上了新衣服，匆匆赶到外面。快到那里的时候，我立刻放慢了脚步，沿着沙滩漫步，就好像我本来就在散步一样。

谁会欢迎爱看热闹的人呢?

我在礁湖中看到了莎丽。她变为人形，正站在齐臀深的湖水中，身上裹着彩色的毛巾。她的同伴拉尔夫刚刚变成一条两米长的礁鲨跳入海中——他为什么这么着急呢?两只陌生的海豚正在礁湖的浅水区游泳。那是两只成年的宽吻海豚，其中一只的身体侧面留有深色的划伤疤痕，另一只海豚的背鳍呈镰刀形。

这两只海豚都紧挨着莎丽。但是，直到他们开始讲话，我才明白他们是谁。

“我们虽然同意你去旅游，但不是去城市里旅游!”其中一只海豚用男性声音说道，“你以为你在那里做什么?你看这就出事了，结果可能很糟糕!”

“并没有。”莎丽赌气地说，“我只是在地上躺了一会儿，然后在游泳池里玩了一下，怎么了?”

“我们不想惩罚你。我们只是希望你好，小家伙。你老是这样冒险，让我们很担心。”这是一个充满责备的女性声音。看上去是那只有着镰刀形背鳍的海豚在说话。

“你想到海豚馆去吗?”莎丽的爸爸说，“如果你继续这么干，那么就得到那里去。如果我们当中有人搁浅了，就会有人通知最近的水族馆，把他送到那种地方去!”

“是的，是的，好吧。”莎丽的脸色变了，“嗯，海豚馆……那不是海豚的乐园吗?”

“不，是人类的乐园!你们学校开设了人类学课，是吗?”莎丽的爸爸有些激动，“我要立刻找你们校长谈谈，那个克利尔沃特先生！”

我吃了一惊。听起来麻烦大了。

如果莎丽的父母决定把莎丽从学校带走，该怎么办？

“我去找他。”诺亚一溜烟跑掉了。

不一会儿，克利尔沃特先生出现了。他穿着一件与头发几乎同色的乳黄色衬衫和一条橄榄色短裤。他赤足走过海滩，蹚水来到了莎丽父母面前。在简短的握手问候之后，莎丽的父亲——那只身侧有疤痕的海豚——张开了嘴，露出了他的牙齿。“我们偶然听说我们的女儿在陆地上遇到了危险。或许我们最好带她重返海洋。对于像她这样的海行者来说，这才是最安全的。”

克利尔沃特先生很平静。“海里不会比这里更安全……她也学不到新东西，贝尔纳多。她在我们这里进步很快，用不了多久，她就可以在两个世界里行动自如，会获得在以前单纯的动物形态中从未得到过的机会。”

莎丽的母亲哼了一声。“您这么说，是不合适的。您是如何做出这些判断的？您甚至都不是一个真正的海行者。请您别

误会，我一直没弄明白，您为什么办这所学校？”

这次被她说中了，杰克的脸有些微微发红。“的确，我既不是鱼类，也不是海洋哺乳动物，但至少我是海雕。”他解释道，“没有我，蓝礁中学就不会存在，克拉丽。建一所这样的学校是我很久以来的梦想。”

我感到很难受。我很想告诉莎丽的父母，他们最好收回对杰克的愚蠢的批评。是的，如果老师不允许莎丽参加城市旅游，或许会更好。但是杰克应对得很好——我可不是因为巧克力喷泉才这么说的！

莎丽脱口而出：“如果有错的话，那就是我的错——是我说服了克利尔沃特先生和我们的变形老师带我去迈阿密的。”

“可是你这小家伙怎么能那样做呢？”她母亲的声音听起来像鸭子在嘎嘎叫。

“别再这么叫我，我已经长大了！为什么不能让我静一静？”莎丽跌跌撞撞地上了岸，跑进了5号宿舍，那是她和布璐、塞尔达、奥利维娅共同的宿舍。她的舍友们正坐在沙滩上，看着发生的一切。布璐立刻跳了起来，跟着莎丽进了宿舍。我也跟了过去。看到莎丽如此悲伤，我的心都碎了。

当我走近布璐的时候，她显然被吓了一跳。“呃，蒂亚戈……”她说，“最好不要让莎丽的父母碰见你。虽然她已经向他们坦白说，她有一个鲨鱼好朋友。但他们还不知道，你是一条虎鲨。”

“哦。”这是我唯一能说的。每当人们对我感到恐惧时，我都无能为力。我能怎么做呢？我还能有什么其他第二形态吗？

“好的，我回宿舍去了。你是来安慰莎丽的吗？告诉她……告诉她，父母们有时候真的很麻烦。”

布璐第一次直视我的脸——至少在我的印象中是这样，她似乎从我的眼神中看到了什么。也许，她看到了莎丽对我的意义。“抱歉。”她说，“抱歉，我刚刚退缩了。我知道，你永远不会伤害我们，只要你……”她没说完，就匆匆走进了宿舍。

她想说什么？“只要你是人类”？“只要你不生气”？或者是其他？

从棕榈树林的阴影里，我看到莎丽的父母与杰克·克利尔沃特发生了小争吵。或许是为了冷静一下，莎丽的父母在礁湖里游了一会儿。

我不知道我为什么这样做——我没有跟着莎丽，而是走下了礁湖。“我能跟你们说两句吗？”我朝莎丽父母喊道。他们惊讶地用咔嗒声回应我，并且真的游了过来。

“请把莎丽留在学校吧，”我恳求莎丽的父母，“她在这里很开心，还学到了很多东西……我们都学到了很多东西。她只是有点好动，但是请不要怪她！”

“你是谁？”莎丽的父亲惊讶地问，“你对莎丽很了解吗？”

如果他发现我是一条鲨鱼，他一定会打听我是一条什么鲨鱼。我近乎绝望地拼命解释。“我是她的朋友。她是学校的正能量，因为她总是很开朗，并且对任何人都不带有偏见。如果她离开的话，我们会非常想念她的！”

莎丽的母亲欣慰地说：“很高兴你能这么说。你是在这次意外变形中帮助过她的人吗？”

“是的，当然，我们所有人都伸出了援手。这里没有人会让别人陷入困境。”

这番话似乎起了作用。“这就像我们海豚，”她的父亲自豪地说道，“我感到很高兴，你呢，克拉丽？”

莎丽的母亲叹了一口气。“或许，我们还需要一点时间考虑一下。”她的话里还带有疑虑。

“感谢您试着理解她。”我鞠躬告辞——我不知道该如何向海豚告别——匆匆涉水回到岸上，最后喊了一句，“哦，我叫蒂亚戈……”

“蒂亚戈，你的第二形态是什么？”莎丽的母亲问，但我装作因为距离太远而听不见了。

没有人看到我做了什么，除了蹲在附近的一棵棕榈树下的克里斯。“对你来说那算是高贵善良的行为了，不管它有没有用……”

我回答说：“希望我没有让事情变得更糟。你能不能别告诉别人，我跟他们说过话？”

“如果你也不告诉别人你看到我做过什么。”他扮了一个鬼脸，“有时候我会在人类面前变成海狮，比如为了娱乐、聚会或其他什么。但是如果他们知道我还能变成人形的话……”

“你为什么要这么做？”我问。我仍然清晰地记得那一幕尴尬的场面。

克里斯似乎猜到了我在想什么——他站起来生气地拍了拍沙子。“令人尴尬，是的。或许吧。但是只有当我是海狮时，人们才会爱我。有时候我需要那种爱。你并不是唯一一个家庭破碎的人，你知道吗？”

他的反应让我有些吃惊，我看着他离开了。他的家人呢？到目前为止，我只知道他来自加利福尼亚。那是一个遥远的地方，但是他从未说过他想家。

但是，家在附近也并不总是好事。可怜的莎丽。希望她的父母能冷静下来。我闷闷不乐地拿出了我的绘画工具，在宿舍前坐了下来。屋内，贾斯帕已经幸福地在小土堆上睡着了。当我正在画一条在抽水马桶中挣扎的蝶鱼时，无意间听到拉尔夫从海里回来了。

完成变形后，他一边穿上散放在一旁的游泳裤，一边对我说："天哪，那边发生了意想不到的事。"我的思绪被打断了。"什么事啊？你是说海里吗？我一点儿也不知道你能听懂海洋动物的话。"

"是的。谣言四起，大家都很兴奋，你知道吗？"拉尔夫用手指捋了捋湿漉漉的头发，"有人说看到了一条大白鲨。我倒不这么认为。"

"哇，大白鲨？"我激动地把画板放到一边，"你为什么不这么认为呢？我听说它们很少见。"

"首先，这是一条成年巨鲨。除此之外，它们喜欢冷水，但这沿途只有一处冷水域。它们最喜欢捕食海豹、海狮等，而这里没有这些动物。"

这儿有一只海狮。但幸运的是，他刚躲进宿舍，就住在我和贾斯帕隔壁的双人间。

"好了，我走了。活在当下，及时行乐！"拉尔夫向我伸出拳头。

“干吗？哦。”尽管我无意丧命，但还是用我的拳头碰了碰他的拳头。

突然，我发现一只背鳍滑过红树林的缝隙，然后消失在海面上。诺亚的背鳍看起来很不一样，也许那是布璐。我最好警告她，这不是一个出游的好日子。我打了一个“长途电话”，但没人接收到我发出的讯息。

最好让别人来做这件事，我在这方面没有经验。或许这只海豚不是海行者？

当我站起来的时候，刚好有人从我身边经过，我被吓了一跳。原来是布璐。“莎丽在哪里？”我冲她喊道，“我想，她还在你们的宿舍里吧！”

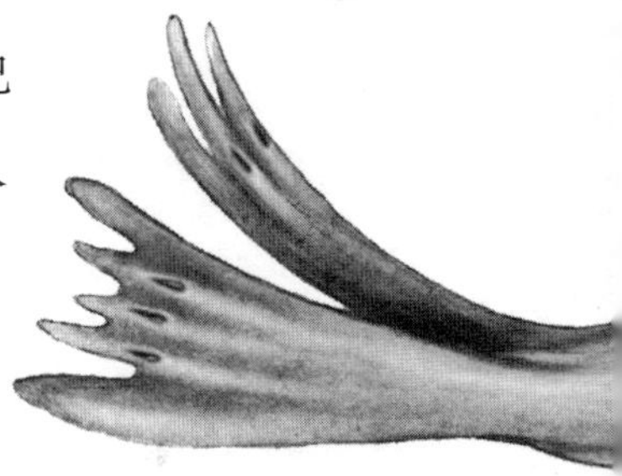

布璐摇了摇头：“不，她心烦意乱，已经游走了。她说，只想离开这儿，一个人待着。一个人待着，唉！我想这是她作为人时的特质。谁愿意一个人呢？”

我跳起来的时候，画板摔到了地上。

“拉尔夫刚才告诉我，外面可能有一条大白鲨在四处活动。”

布璐面露惊恐之色。这提醒我，吃海豹的动物也不会拒绝吃海豚，特别是由于争吵而心不在焉的海豚。

布璐闭了一会儿眼睛，试图集中注意力。“该死，她已经距离这儿 1000 多米了，我追不上她了。”她睁开眼睛，目光突然异常坚定，“我去找诺亚，我们沿着西南海岸，往农园礁岛方向寻找她。东北海岸交给你行吗？或许，她往艾略特礁岛游去了。克利尔沃特先生、谢尔比或者马里斯可以从空中俯瞰搜寻她。你害怕吗？”

是的，说实话，我很害怕。考虑到我自己就是一条大鲨鱼，这可真让人尴尬。

我没有回答她的问题，只是说：“走吧！”

落入陷阱

当我脱下T恤和短裤，跳入水中，开始迅速变形的时候，贝瑞和塞尔达正化身人形在礁湖中玩水——幸运的是，变形立刻奏效了，我原本就是有天赋的。贝瑞似乎对我是一条虎鲨不太满意，他往海滩的方向后退，视线一刻也没有从我身上移开。他不小心撞到了塞尔达，塞尔达因为看到我的鲨鱼形态而被吓成了水母。不幸的是，正如我现在所知道的，她是一只孱弱的水母。“当心，你这个笨蛋！”贝瑞咆哮着。

“对不起！”塞尔达颤抖着，尽管这不是她的错。她试图从我和贝瑞身边游走。可惜没有，毕竟水母不是奥运会游泳运动员。况且，她还被卡在了泳装当中，就更不可能逃走了。艾拉和托克蹲在沙滩上笑得很开心。

我再次对这两个家伙火冒三丈，但我没有时间和他们争论。我有更重要的事情——我必须抢在莎丽的敌人之前找到她！克利尔沃特先生也在寻找莎丽的路上：一只大白头雕从办公室阳台上起飞，在礁湖上方低空滑行，用强有力的翅膀拍打着保持着高度。他刚说完“待会儿见”，我就看不见他了。谢尔比和马里斯则飞往其他方向。

我游出礁湖，沉入水底，然后转身往东游去。我宽阔的鱼嘴在碧绿的海水中划过，我不假思索地放下胸鳍，这样就可以在10米深的水底匀速滑行，而不会上浮或下沉。清凉的海水慢慢流过我的鳃部。

一只想独自待着的海豚会游到哪里去？到我们的秘密基地——那艘船的残骸？为了以防万一，我绕道前往秘密基地。不久之后，我就看见那艘杂草丛生的旧船在海底拔地而起。但是，当我游到入口处时，很快意识到那里没有人。

一小群蓝色条纹、眼睛圆鼓鼓的金色小鱼不信任地看着我。在海底，一条浅褐色身体上长着深色斑点的鳐鱼正瑟瑟发抖。幸运的是，我还顾不上捕食——我正在发愁。那条大白鲨在附近吗？如果它突然出现，我该怎么办？突然间，我能够理解我的同班同学们对我怀有的恐惧了。

“莎丽？你在哪儿？”我用意念大声呼喊，希望我的海豚朋友能听到。

没人回答。

“她应该不会遇上麻烦，毕竟，她在海里长大，并且对这一带极为熟悉。”我试图安慰自己。更何况海豚还非常敏捷机智，比大白鲨可敏捷得多。说不定我是在白忙活，而她已经和朋友们一起回到学校了。但她并没有太多其他的优势。

这时候，我来到了一个从未涉足的海底世界，周围的许多东西都非常陌生。我似乎被一股看不见的力量推开了——那是什么？周围的气味突然变得不同寻常，水的颜色从略带混浊的绿松石色变成了清晰的深蓝色。

我紧张起来，当初为什么不问问是否有人愿意同行？我还不熟悉海洋的情况！如果我在这样深的海底变形了，该怎么办？海岸离这儿有多远，紧急情况下我可以从这里游上岸吗？这些念头让我感到一阵阵刺痛，令我更加紧张了——那是即将变形前的刺痛感吗？

我不假思索地跃出了海面，一只鹈鹕被吓坏了，它正叠着翅膀在海面上打盹。一阵慌乱之后，它展开翅膀逃走了。

“放松点。”我告诉自己。之前只不过是潮水涌动，刺痛的感觉只是最常见的恐惧。“你与其不停地想象自己正处于危险之中，还不如多花点力气去找莎丽。”

好好地劝劝自己是有帮助的。我往前游了一点……在海底，我又看到了奇怪的东西。有一个东西挂在一块礁石的边缘，看上去像一只死了的章鱼，又细又长，呈深灰色。

我好奇地俯冲下去，绕着这个高约两米的家伙盘旋了一圈。嗯，这可能是一张废弃的渔网。它一定在某个时刻被尖锐的岩石撕裂了，现在不得不挂在这里。也许我应该把它带走，以免它伤害到其他的海洋动物？哦不，我没有时间，我要去找莎丽！她一直没有回应我。

我迅速摆动着尾鳍，想越过这张破旧的渔网……突然间，我感到皮肤被刮擦了一下，不得不退了回去。我忽然游不动了，被卡住了！该死的，我的鱼鳍被那张旧渔网缠住了吗？这东西真的对海洋动物很危险——即便是我！

绳子有两根手指那么粗，或许是尼龙之类的材料制成的。我竭尽全力试图挣脱，但无济于事。这绝不可能！我愤怒地扭动身体，试图咬破渔网逃出去。但是我不但碰不到那根烂绳子，反而掉进了更深处。

该死！现在怎么办？我被困在大约 20 米深的地方！即使我设法保持鲨鱼形态，这张网也可能杀死我。如果我不继续游，水就无法穿过我的鳃部，氧气一旦耗尽，我就会悲惨地窒息而死。

突然，我发现有一条鲨鱼正在附近游动。我吓了一跳。幸运的是，那不是大白鲨——我在电视里见过它们的模样。那种掠食性的鲨鱼只有 6 英尺长，看起来就像一只好奇的狗在四处嗅探。此时此刻能见到鲨鱼真令我开心。嘿，那是我见到的第一条活生生的野生鲨鱼。你好呀，我的亲戚！它多么美丽啊，完美的流线型身材。

在这种友好气氛的鼓励下，我再次尝试把绳子弄断。这下可犯了大错！我尝到了水中的血腥味。我的鲨鱼皮又厚又糙，但是那条旧绳子或者锋利的石头似乎划破了它。一阵冰冷的恐惧感在我心中蔓延。“救命！这儿有人吗？请帮帮我，我需要帮助！”

不幸的是，来的都不是乐于助人的变形人，而更多的是那条野生鲨鱼的同类，两条灰鲨。它们当然知道水中的血腥味意味着什么，我烦躁不安地向它们清楚地发出“求救的鱼”的信号，就好像我在用扩音器大声嚷嚷一般。可对于这群家伙而言，我不是它们的亲戚，而是一顿丰盛的晚餐。

不，不是我！我还活蹦乱跳呢，我随时都可以挣脱出来！

当一条大鱼向我靠近时，我张开嘴咬了过去。我的牙齿几乎咬住了它的胸鳍。它大吃一惊，立刻逃走了——一只腊肠犬胆敢向一只德国牧羊犬挑衅，无异于自寻死路。灰鲨也谨慎地保持了距离，特别是当我直视它们并一直盯着它们时。这并不容易，因为它们是三条。

直到我精疲力竭地喘息，并开始寻求帮助时，它们才敢再次靠近我。当我再次活跃起来的时候，我看到它们在流口水，因为我再次表现得像一只“求救的动物”。

我感觉到呼吸越来越急促。我的嘴抽搐似的一张一合，为了让水流可以在我的鳃部流动起来，然而效果并不好。有什么办法可以让这些鲨鱼咬断绳子吗？这是一个坏主意，或许，我会因此而失去一片鱼鳍，而作为一个人，我可能会失去一只脚。而且，我并不会说灰鲨的语言。

如果莎丽碰巧经过这里帮我一把，那就太好了。哪怕让她意识到我是个傻瓜，在她的家乡做了蠢事。

紧接着，我就看到了它，那条新来的鲨鱼。它比其他的鲨鱼要结实得多，大得多。它懒洋洋地朝这边游过来。与其他浅灰色的鲨鱼不同，它的背部是深灰色的，腹部是纯白色的。它的眼睛与灰鲨的眼睛迥然不同，灰鲨的瞳孔有猫眼一般的裂纹，而这条鲨鱼的眼睛又大又黑。在我看到它的牙齿之前，我已经知道我的任务失败了。

我没有找到莎丽，但我找到了大白鲨。

又 大 又 白

当其他三条鲨鱼四散而逃的时候，大白鲨正悠闲地围着我转圈，它凑上前来嗅探我是不是它的同类。或许，我的血液像人一样散发出一股快餐店的炸鸡味。

起初，我害怕得几乎瘫倒。后来我不再坐立不安，而是紧紧盯着眼前这个庞然大物。我有足够的机会这样做，因为现在我无论如何都无法逃脱。冲出重围！你必须离开这里！我的内心有一个声音对我说。但这行不通。

也许我一开始一动不动才是对的。毕竟，小灰鲨教会了我该如何做，以免被视为猎物。我稍稍挪动了一下，极轻柔地，尽我最大的努力平息了恐惧，并开始注视着这只巨型海洋动物。大白鲨显然注意到了这点，并扩大了游动的范围。

它开始尊重我了吗？还是它不是很饿？一般来说，它不吃别的鲨鱼，而是吃海洋哺乳动物。不过，或许它并不拒绝尝尝鲜。我呼吸困难，感到越来越虚弱。

“好吧，在巨大的洋流之中，这看起来一点也不妙。”

变形人！附近有变形人！希望不是莎丽，那太危险了……希望也不是一个只有海马一般大小的变形人，对他来说，翻转一只牡蛎已经是一个挑战了。我急忙环顾四周，发现了一只大型海龟，她的桨状前肢在水中划动，正冲着我游过来。

“佩拉吉乌斯夫人！”我大松一口气，在她的头顶大喊大叫。

“我知道我的名字，”我的老师回答，“噢，该死的渔网！在下一节水文学课中，我必须告诉你我是如何陷入其中的。”

我什么也听不进去，只是盯着她的喙，她的喙比鹦鹉的喙大得多，但愿它非常非常的锋利。“您能把这根绳子咬断吗？请您快点！”

佩拉吉乌斯夫人先把圆鼓鼓的硬壳身体摆正，然后把喙放在旧渔网上，开始使劲咬。“哦，真不幸，这是一种非常坚固的材料，我的喙咬不断。否则我就只能吃紫菜了。”

“您再试试看吧，求求您了！”我拼命试图让氧气进入我的体内。

大白鲨显然发现我们正在做的事情很有趣。它逐渐缩小包围圈，每次都拉得更近一些。我快吓得尿在不存在的裤子上了。

“放轻松，我会尽力的。”佩拉吉乌斯夫人说。

放轻松？！她没注意到我在流血吗？在海底深处的蓝光照耀下，我的鲜血仿佛一缕灰色的轻烟从我的尾鳍上升腾起来。

也许这就是大白鲨突然转向我们的原因，它灰白色的大鼻子距离我们不到 3 米。它要开始攻击了吗？我试图退后一步，但没法动弹。

佩拉吉乌斯夫人气恼地放开了渔网，朝那只大白鲨冲过去，尽管她的个头只有大白鲨的十分之一。“滚开，你这个傻大个！我们这里不需要看热闹的！”

我惊恐地想象，现在大白鲨正在撕咬她的四肢。

事实与我的想象相差甚远。大白鲨退缩了一下，游走了，就好像突然想起了一个紧急的约会。等一下，它逃走了吗？它可是一只不必害怕任何东西或任何人的海洋生物啊！

佩拉吉乌斯夫人咯咯笑着，又回到绳子边。“哈哈，当有人朝鲨鱼们游过去的时候，它们常常会惊慌地逃走。”

“它一定以为，你马上就会撞到它的嘴上。”我说着呛了一口水。缺氧令我头昏眼花，但愿我不会晕倒。

“说得对！当某些人变得厚脸皮时，‘撞上枪口’绝对有帮助。但如果带上棍子，会更好。”我的老师不停地撕咬那条旧绳子，并且慢慢地有了成效。一根根被咬断的线头从绳索中松开了，绳子被磨得很厉害，我猛地一晃就挣脱了出来。我立刻游开去，感受到氧气从鳃中流过。每隔一秒钟我的脑袋都会变得更清醒，我感到身体在慢慢地恢复力量。

“谢谢，谢谢，谢谢，您太棒了，佩拉吉乌斯夫人！”

“蒂亚戈，你在这里做什么？”我和海龟并肩游着。

“从这么远的地方游入海湾洋流，对你来说还有些为时过早吧？”

“我……呃，我出来是想提醒莎丽，这一带有一条大白鲨。”我坦白了。当我莫名其妙地被困在那条绳索中的时候，我觉得自己比之前任何时候都愚蠢。

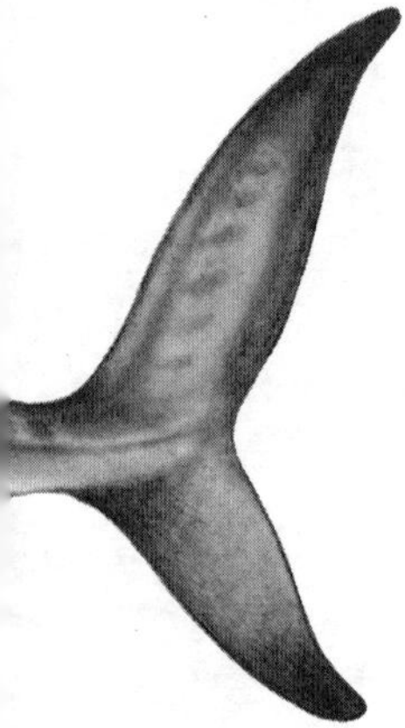

佩拉吉乌斯夫人只说了一句：“你真好。”然后，她陪在我身边，一起向学校游去。为了使旧的捕渔网不再成为其他人的陷阱，她将渔网缠在了自己的喙上，慢慢地向前拖行。我当然也不想落后。当我看见海底有被丢弃的饮料罐时，我就把它叼在嘴里——它会变成一堆皱巴巴的金属——以便把它带到学校扔掉。

在返回的路上，我顿觉饥肠辘辘。好在那条带着深色斑点的浅褐色鳐鱼还在我之前看到的地方。如果我放下饮料罐，鳐鱼的大小刚好适合我的嘴。它大概只有一点点软骨的味道。

我迅速瞥了一眼佩拉吉乌斯夫人。我可以在海里吃我想吃的东西，这没错吧？只要我遵守学校的规定：欲捕食猎物，必先确保它不是变形人。

是的，我对此没有异议。那么开始吧。“嘿，就是你了！”我一边大喊，一边下潜到那个扁平的家伙上方，“你是海行者吗？”

“它不是，”我的老师冷冰冰地说，“但是，如果我是你，我不会碰它，除非你的爱好是将手指伸入插座。它身上带有一种放电器官。”

“哦。”我快速地游开了。我确实还有很多海洋知识要学。

回到学校后，我和我的“装甲”救援人员佩拉吉乌斯夫人相互道别，就好像什么都没有发生，我刚才并未经历过生命危险似的。当我变回人形，站在咸咸的海水中时，我脚踝上的擦伤火辣辣地痛。我在犹豫要不要去医务室稍做处理。一方面，医务室备有防水石膏。另一方面，我们的学校秘书米萨奇小姐——一条海鳗——也会帮忙包扎一下。难怪我们班上的同学只有在认为自己患有鼠疫、霍乱或化学废物中毒时才去医务室。

“哦，看起来不是那么糟糕。”我仔细看了一眼受伤的脚。不过，面对空瘪的肚皮，我得立刻采取行动，以免肚子叽里咕噜地吓到别的同学。幸运的是晚餐时间到了，餐厅里传来咖喱、椰子和炸鸡的味道。我不安地环顾四周——谭力在和其他二年级的同学们一起吃饭，他们似乎恢复正常了。但是，三只海豚都不在那里。奇怪，他们还在海里吗？他们找到莎丽了吗？一无所知真是一种愚蠢的感觉。忧虑又开始在我心头萦绕。

不管怎样，贾斯帕在那儿，他顶着一头棕色乱发，一如既往地坐在我们最喜欢的船形餐桌旁吃饭。我端着满满一盘亚洲风味的晚餐来到贾斯帕身边。当他看到我的时候，脸上立刻有了光彩。“我为你留了位子！”他自豪地宣布。

我环顾四周，船桌旁只有我们两个人。

“谢谢你，你真好。”我冲他微微一笑，开始狼吞虎咽，“你有莎丽和其他海豚的消息吗？”

贾斯帕卖力地咀嚼着，摇了摇头。他取下了眼镜，擦了擦，说道：“没有，不过他们有时候会整晚待在海里，只有上课的时候才到学校来。”

“谁是莎丽？”新来的鳄鱼汤姆金问道。他和他的朋友正在尝试一种新的饮食方法——高大的金发碧眼的杰罗姆从自助餐桌那头抛来食物，汤姆金用嘴一把接住了。

“那个金发的海豚女孩。”我简短地说。

“哦，那个总是惹麻烦的蠢女孩？”杰罗姆说。

我真讨厌他们俩！

当杰罗姆在我面前转身离开时，他的一根脚趾撞到了餐桌，他痛得大喊起来。这至少是一个小小的惩罚。就在我开口回答之前，芬妮分散了我的注意力，她穿过自助餐厅去取餐。这会儿她在我们的船边停了一下。“你刚才到海里去了？你遇到大白鲨了吗？”

“遇到了。”我说。

芬妮睁大了眼睛。“真的？你们决斗了吗？”

“呃，不，”我说，“但是佩拉吉乌斯夫人对它很不客气，它逃走了。”

“快说说！”她央求道。在她继续说下去之前，犹豫了一下。“如果你发生了什么事……对你来说是很丢脸的，你知道吗？”

她用一种奇怪的眼光看着我，脸有点红。她的话并不令人尴尬，相反是非常友善的。芬妮绝对是这所学校里我最爱的同学之一！

我应该告诉她一切吗？我也犹豫了——事实上，我原本打算对这趟尴尬的出行完全保持沉默。但是芬妮一骨碌爬上我们的船，在我旁边坐下。这样的感觉真好——显然她并不像刚开始时那样害怕我了。她闻起来清新、干净，还有一点儿石灰味，也许她用了柑橘香波。

另一边，塞尔达、奥利维娅、雷奥诺娜还与我保持着安全距离。贾斯帕满怀希望地对她们说：“这里还有位置。”

“不，谢谢。”奥利维娅立刻答道。雷奥诺娜嘟囔着，不要太接近正在用餐的鲨鱼。塞尔达没有说什么，因为她已经吓得在我身边变了形，此刻就像果冻一样趴在餐盘里。

雷奥诺娜叹了口气，接过餐盘，把它端到了船边。

“来吧，继续讲故事呀。”芬妮碰了一下我的手臂，催促道。她身上散发着具有魔力的光芒，拥有真正温暖的皮肤。但是，当我处于第一形态时，我的皮肤也并不冰凉。

就在我勉为其难地准备开始讲故事的时候，一只白头海雕张开巨大的翅膀从自助餐厅的玻璃墙前掠过。

一分钟后，克利尔沃特先生快速地走进餐厅，他径直走到教工餐桌前，小声而急切地同在座的人说着什么。在座的人旋即跳了起来，沿着楼梯往二楼走去，或许是去紧急会议室，佩拉吉乌斯夫人留下来负责维持秩序。

我的脉搏开始急速地跳动，尽管我听不清他们在说些什么，但是我的耳朵听见了“海豚”这个词，我怀疑莎丽、布璐和诺亚遇到了麻烦。显然，这比我之前遇到的麻烦还要严重，否则就不会让所有的老师都面色严峻。

我忐忑不安地站起来，跟在他们后面。

“我很想知道发生了什么事情。”克里斯一边说，一边把最后一点食物塞进嘴里，“否则，我的好奇心会被残酷地扼杀掉。”

“如果你一直这样狼吞虎咽，你的好奇心首先会被印尼炒饭扼杀掉。”一直在我们腿边游来游去的诺克斯不怀好意地诅咒道。

他们俩的声音仿佛从很远的地方传来。我必须知道到底发生了什么事情！莎丽——这个世界上最可爱的女孩，这个想法令我感觉糟糕透了。我直接找到了克利尔沃特先生，开门见山地问道：“海豚们怎么样了？”

这个高大的年轻男人严肃而略带怜悯地看着我。或许，他已经察觉到莎丽对于我的意义。“就在半个小时之前，我们看到海豚们被十几个人捉上渔船。如果我没弄错的话，他们正在前往海豚馆的路上。”

午 夜 任 务

莎丽和她的朋友们被渔民抓住了——所以他们至今无法回来!

“但是……佛罗里达周围海域是禁止捕捞海豚的。”朱娜颇为震惊。

加西亚先生说:“不幸的是,某些人并不在乎。还好我们发现了他们三个。”

“那些人究竟是怎么捕到海豚的?”艾拉问,她似乎对这个消息毫不知情,“我还以为莎丽他们那么聪明,不会被抓住呢。”

加西亚先生眼神犀利地瞥了艾拉一眼。“这和是否聪明没有关系。如果人们在他们周围布上网,就很容易被抓住。我们需要组建一支救援队,杰克。”杰克·克利尔沃特点点头:“我赞成组建一支教师救援队。法林,你……”

只有老师去吗?那根本不行。至少这一次我有机会去救莎丽!“请允许我和您一起去!”我猜到克利尔沃特先生会一把将我推开。好吧,是的,自从那次海底之行后,我看上去并不是特别精力充沛,但我已经暗下决心了。

也许怀特小姐感觉到了,她把手放在了我们年轻校长的手臂上。她手上那枚扁圆形彩色宝石戒指在阳光下闪闪发光。她和杰克默默对视了一会儿，杰克·克利尔沃特叹了一口气，说道："好的。阿丽莎，这支救援队由你负责。你希望有谁参与？"

怀特小姐指着我和班上的一些同学。"蒂亚戈、雷奥诺娜、贝瑞和芬妮。"她的黑眼睛把我们挨个儿扫视了一遍，"请你们仔细考虑一下，是否真的想参加救援队。除了睡得少，你们还会面临危险。"

"明白。那又如何？"贝瑞说。我们其余的人默默地点头。我感到肾上腺素在体内翻滚。我明白，如果贝瑞和我都参加，我们就是强强联手。芬妮也是一个合乎逻辑的选择，因为她有头脑，也有隐藏和伪装的经验。但是为什么电鳗变形人雷奥诺娜也被选中了呢？充当活体电击枪吗？

医生鱼女郎奥利维娅拨开兴奋围观的学生，向我们挤过来。"我可以报名参加吗？万一有人受伤呢。"

"下次吧。"杰克·克利尔沃特安慰她，"你过来帮我收拾一下装备吧。"

我突然想起来奥利维娅会晕血，虽然她立志要学医。

"你忙完之后，可以来救治一下我，今天我在海里被水母蜇伤了。"朱娜说着，抬起她发红的左臂。

我疑惑地看着她，我确定她今天并没有下海。另外，她手臂上的发红处看起来很像荧光笔划过的痕迹。

奥利维娅神采飞扬地说："没问题，我会帮助你。等我把装备收拾好之后，马上去找你。"

我忍不住笑了。但是对莎丽的想念再次抹去了我的笑容。她现在好吗？她在这场糟糕的非法捕捞中受伤了吗？必须尽快把她救出来！最好不要让她知道我的“渔网历险记”……

如果我不是干了这么一件蠢事，或许可以阻止那些捕手抓到她。

当一只燕鸥像箭一般掠过我们头顶时，我惊得缩了一下。信天翁紧随其后，张开巨大的翅膀盘旋降落。二年级学生谢尔比和马里斯回来了！过一会儿，他们两个——一个身材娇小的女生和一个又高又瘦的男生——就会报告新的情况。我竖起了耳朵。

“海豚们被带到了‘海上探险’[1]。”谢尔比气喘吁吁地说道，马里斯在一旁点点头，“我们一直跟着他们，直到被发现，我们才溜走。”

“好的，”杰克·克利尔沃特说，“谢谢你们，辛苦了。”

当太阳落到地平线以下时，所有救援队队员都穿着深色衣服在停车场集合了。怀特小姐看起来就像一名特工。她身穿黑色紧身衣，身型更显修长健美，丝般顺滑的黑发被束成了马尾辫。

杰克·克利尔沃特站在停车场里，双手插在短裤口袋中，看着我们。我记得，他曾试着邀约我们的格斗教练，但都无功而返。“阿丽莎，小心点好吗？不要被抓住。”

“绝对不会啦。”怀特小姐笑着说，“放松点，杰克。我们会成功的。在太阳升起之前，我们就会回

① 主题公园的名字，类似于水族馆，里面有各种海洋生物的展馆，部分设有观众互动节目。海豚馆是展馆之一。

来——包括我们的海豚。”

法林·加西亚也出现了。“洋流会载着你们前进。”他说。

“当然还有风。”克利尔沃特先生补充道。

我们坐上了一辆深蓝色的9人座面包车。这是加西亚先生的车，他经常在放学后开着这辆车子去摆弄他的船屋。高高瘦瘦的雷奥诺娜由于腿长被允许坐在空间最大的车前部。

我坐在后面，确认预留了3个空座位，希望不久后海豚们能坐在那儿。

芬妮坐在我的身边。她霓虹灯般闪着蓝光的头上戴着一顶深色的帽子，帽檐压得低低的，遮住了额头。“你乔装打扮了吗？”我问。芬妮咧嘴笑了：“我们已经乔装打扮成盗贼了。”

“你紧张不紧张？”前面一排的贝瑞转向我问道。他撇了撇嘴像是要笑，但看上去更像只是露了露牙。

“不——你呢？”我撒谎了。

“没有人的神经能像梭鱼那样抗压。”他说。

“艾拉现在不在这儿，所以你用不着炫耀，贝瑞。”驾驶座上传来虎鲸变形人冷冰冰的声音，论神经抗压她肯定更胜一筹。

贝瑞皱着眉头，没吱声。他擅长这样。

于是，我们以另一种方式开始了郊游。车程只有45分钟，午夜之前我们赶到了“海上探险”。“海上探险”建在迈阿密的南海岸，不远处就是霍姆斯特迈阿密赛道，那里经常举办赛车比赛。

水族馆的停车场此时空空荡荡的，没有一辆车。据我所知，这是一个规模很小的、经营不善的场馆，并且总是因为有海豚死亡而出现在电视新闻里。或许他们根本不敢相信自己有运气以极其低廉的价格购得三种海豚——不仅有宽吻海豚，还有一只蓝白海豚和一只黑海豚。或许，用不了多久就不会有人关心它们是从哪里来的了。

怀特小姐驾车缓缓驶进停车场，她密切地注视着入口。“显然，这里晚上没有员工服务部的人，”她说，“实际上，我们应该在公园观察一晚。然后就可以确定是否有安保人员以及巡视点间隔多远……”

“我们不能这么长时间把莎丽、布璐和诺亚丢下！”我抗议道。莎丽的父母会对这件事说些什么？他们曾预言，如果莎丽继续待在蓝礁中学，就会被关进海豚馆……而就目前的状况来说，他们也多少有些责任。如果不是他们给莎丽施加压力，莎丽就不会失魂落魄地跑出去。

“不用担心，我们今天就开始行动。”在两次驶过海豚馆之后，怀特小姐将车停在了稍远的地方，这样就不会有人注意到黑暗中的车。随后，她摘下戒指，藏在车内——她打算变形了吗？

正当我们准备潜入水族馆入口时，芬妮轻声说道：“等一等！”

我们满脸困惑地看着她，只见她一边将瓶中的水倒在身旁的花坛里，一边用手搅和着泥土。接着，她两手抓了搅拌好的泥巴把面包车后的车牌盖得严严实实的。

“好主意——这下万无一失了。”怀特小姐称赞道。

我们出发了。入口的上方是一座拱门，拱门上面是用彩色装饰字体写着的“海上探险”几个字。幸运的是，这个入口不在马路可见的范围内。当我们聚集在入口前的时候，没人会看到我们。场馆内真的很宽敞，但十分难看。

我小心翼翼地检查了栅栏——大约 3 米高，并且顶部边缘镶有金属钉。

“我们必须去那儿吗？”

“最好不要。”怀特小姐说着推开左边的大门，我们沿着栅栏一直走到一扇小门前。这扇小门看起来像是员工入口之类的，配有一个电子门禁设备。在我们和被困的朋友之间，是这些可恶的密码键盘。

“现在怎么办呢？”贝瑞抬起眉毛问。

“嗯，那就打开它。要不然呢？”

怀特小姐从裤子口袋中掏出工具。在我弄清楚如何使用这些工具之前，她已经拧开了门禁系统的前盖，一堆电线露了出来。“雷奥诺娜，看你的了。贝瑞，你的任务是注意有没有来人。”

雷奥诺娜挺身而出了。她的手已经局部变形为鳍。只见她深吸一口气，轻轻地碰了一下门禁系统。我闻到一股烧焦电线的味道，一团烟雾腾起，我只听见一声轻轻的“咔嗒”！

我推了推门。门开了！“哇。”我现在知道雷奥诺娜为什么也来了。怀特小姐是从哪里学到这些东西的，她曾经做过警察吗？如果约翰尼叔叔发现我夜闯海豚馆，他会怎么样？一定会非常担心，这是肯定的。对我们寻找投毒犯的事情，他也是这个态度。只要莎丽安然无恙，只要我想好下一步调查怎么进行，我们就要将调查进行到底。

我犹豫了一下，呆站在栅栏的外面。紧接着，我猛然清醒过来。我们的朋友被关在这里，我们有权把他们解救出来！当怀特小姐重新将电线塞回门禁系统时，我和其他人一起潜入了馆内。

多了几只动物

怀特小姐进来之后，芬妮小声地说道：“我们最好从里面锁死入口，保安来的时候，我们会听到动静。他们会以为门卡住了，这样我们就可以赢得时间。”

“好主意！”我们的格斗教练和贝瑞异口同声地说。芬妮和我从花坛里搬下两块大石头。一块堵在正门前，一块堵在员工通道门前。“雷奥诺娜，你就在这附近把守，你可以局部变形。如果有情况，就通过远程呼唤通知我们。”怀特小姐嘱咐道。雷奥诺娜点点头。

我们经过抚摸池和各类水族馆，并在海牛池之后向左前进。右手边是“鲨鱼礁”，里面包括玻璃隧道、咖啡厅、海鸟舍和儿童游乐场。

“好吧，老兄，你还好吗？”芬妮把手伸进抚摸池，轻轻挠着一条浅棕色的小鳐鱼。小鳐鱼就像一块活的薄煎饼一样在池中上下扇动，它热情地拥抱着芬妮的手。“你想到大海里去吗？”芬妮侧耳倾听小鳐鱼的回答。

“它说什么？”我问。

“它问大海是什么。”芬妮叹了口气。

“我们最好不要带上它。在外面，它会变成一条锤头鲨的早餐。”

“为什么是锤头鲨？”我想知道。

“它们是鳐鱼专家啊。它们的怪脑袋可以更好地抓住鳐鱼并把它按在海底。”

我们离海豚馆越来越近，我加快了脚步，心跳也跟着加速了。我终于有机会把莎丽从这个动物监狱里解救出来了。我要向她证明，即使处在最大的危险之中，她依然可以依靠我！

我们终于找到了海豚馆。我突然意识到，解救海洋公主的伟大英雄不会出现了。

“嗨，你们好，来一起玩吧，我们玩得正开心呢！”一只海豚向我大声地打招呼。他身上用防水油布包裹着，看上去有点像一艘沉没的船。我们的海豚变形人不知从哪里弄来了一桶绿色的油漆，正在看台的墙上刷标语，例如：“请亲口尝尝你们的鱼！”“教练，亲亲我的鱼鳍吧！”或者：“这个水池只有一颗星！”

黑暗中，莎丽像人类女孩那样光彩照人。月光在她的脸上泛起一丝微光，她鼻子上淡淡的雀斑更清晰可见了，她那双眼睛闪烁着调皮的光芒。“我们可以自救吗？”当她看到我露出勉强的微笑时，她问道。

“当然。”我说，“但是我们最好先离开这儿。除非你们又想出来几条很棒的标语。”

“有可能，不过快没有刷标语的空间了。”诺亚咧嘴一笑，黑暗中他那圆圆的脸上露出一口洁白光亮的牙齿。他挥舞着刷子写完标语的最后几个字母：“再见吧，再也不见！”

“太无耻了，他们把我们关在这么小的隔离区，我连跟头都没法翻。”

“这只是水平问题。”布璐咯咯地笑。她向另外两只海豚挥挥手，他俩正把大脑袋浸在水中，好奇地看着我们。“不过，现在已经没有必要练习了。”

“这么快就找到你们，太棒了。”怀特小姐松了一口气，“大家都没受伤吧？”

诺亚说：“尾鳍伤着了。这些捕手真凶狠。”

“我指甲断了。”布璐说，“这算吗？”

“严重的精神创伤。”莎丽噘着嘴说道。

“哈哈，真幽默，不过……”贝瑞刚开始说，我们就被一声大喊吓了一跳。“有人试图从小门进来！”我们的脑海中传来雷奥诺娜焦急的声音，“我想他们是两个人。他们骂骂咧咧的，以为门卡住了。我现在该怎么办？”

恐惧如寒潮一般穿过我的身体。与此同时，一幕画面正在我的脑海中浮现：警察给我们所有人都戴上手铐，押送往警察局。照片，指纹，DNA 样本。我叔叔心脏病发作了一次或者两次。

“你阻止不了这些家伙——你最好藏起来！”怀特小姐严肃地说。

“不，不用——我有个主意。”为了和我们面对面交谈，芬妮已经进行了局部变形。现在她顶着两只黑色的恶魔角，这原本是她变成蝙蝠的样子。“怀特小姐，或许雷奥诺娜可以给门通会儿电？这样，那些家伙会以为是门禁装置短路了。然后，雷奥诺娜马上把门后的石头挪开，那些家伙就不会发现里面有人了。”

“好吧，让我们试试。”怀特小姐当机立断。雷奥诺娜也赞成这么做。

几秒钟后，动物区那边传来两声尖叫。人类的尖叫声！莎丽和我瞪大了眼睛对视了一眼。

“哎呀，电量有点过大了。”雷奥诺娜不好意思地说，“我立刻就把石头挪开了，然后藏了起来。”

我们没空回答。水池边一片忙碌的景象。诺亚和布璐正忙得不可开交，怀特小姐交代他们要擦去所有物品上的指纹痕迹，尤其是刷子和油漆桶上留下的指纹。

我抓起一把扫帚，试图擦去从水池中出来而留下的湿脚印。一只海豚——根据巨大的脚印判断，可能是诺亚——光着脚踩在油漆上，留下一串绿色的脚印。在接下来的几秒钟内，我不得不将脚印擦掉，至少要擦得模糊一些。

此时莎丽正趴在水池边缘和两只表演海豚说着话。“它们不想一起走。”莎丽伤心地说，“除了这个水池子，它们什么都不认识。我告诉它们，获得自由之后，就可以吃活鱼了。可是它们觉得那很恶心。”

“也许需要有人教教它们怎么照顾好自己。”布璐说道，“然后才能放了它们。现在，请你摆动你的背鳍来帮帮我吧！”

糟糕的是，安保人员比雷奥诺娜想象的更强悍。“当心，他们来了！”在一旁把风的贝瑞警告道。在整个行动中，贝瑞就像狗鼻子那样冷静，毫不畏惧，也不慌乱。

怀特小姐低声说：“我们不能从大门溜走，那样会被发现的。大家都藏起来！等这里恢复平静，我们再离开。”

我们连忙四处躲避。布璐又跳进了水池里，这可能是最聪明的办法。莎丽和诺亚跟着我跑了。诺亚把一块印有“海上探险”字样的广告条幅系在了腰上。但是每走几步，这块条幅就会从腰上滑下来，惹得诺亚喋喋不休地抱怨。

莎丽也并不轻松，她身上裹着层层叠叠的白色篷布，这布可以轻松地围住一头抹香鲸。她紧紧地挨着我往前走，就像一位穿着曳地长裙的女士，每走几步就会不小心踩到篷布的边缘，一路踉踉跄跄。

当我们经过海牛池时，莎丽又被绊了一下，这次她一头栽进水里，水面上冒了几个泡泡，她消失了。

我呆住了，惊恐地张大了嘴。我想大声地喊她，好救她上来。可是诺亚拦住了我。“她不会有事的。快点，我们必须离开这里！游乐场那边有一个洞，我们藏在那里，没人能找到我们。”

我们继续向前跑。糟糕的是，一名保安正朝我们迎面走来，我们看到了他手电筒的光。好吧，我们不需要灯，那个家伙也没发现躲在黑暗之中的我们。我们转身跑向一条小路。在用石头铺砌而成的小路上，赤着脚的诺亚和穿着运动鞋的我都没有发出声响。

“我躲在抚摸池中。”芬妮说，“现在池子已经满了。”

“还有谁和你在一起？”我问道，“雷奥诺娜和贝瑞也在那儿吧？太好了，明天来参观的孩子们就能感受一下电击和咬伤了！”

“不，他们不在这里。”芬妮回答，“这儿只有我，可我的身体有近两米的跨度。”

“明天我们绝对不会还在这里。”怀特小姐的语气很坚定，“我们会在第一时间离开！你们等我的信号，明白吗？”

“诺亚、蒂亚戈，你们到礁石池这边来。”贝瑞冷静地对我们说，“这里还有空间，虽然也不宽敞了。”

不宽敞了？奇怪，从平面图上看，这个区域非常大。

“这是通往礁石池的路，”与我们并肩奔跑的毛利男孩说，“贝瑞说得对，我们也必须变形。你的变形技术怎么样？”

“中等水平吧。”我一边说，一边迅速地脱下衣服捆成一团，把它们甩在灌木丛后。诺亚把他的条幅挂在栅栏上。然后，我们相互协助翻过了玻璃墙，飞身入水，潜入池底。我屏住呼吸，想象着鲨鱼的身形。我感觉到自己变成了一条三米半长的虎鲨，我稍稍松了一口气。我前后左右的鱼儿则慌成了一团，四散而逃。

诺亚变形为黑海豚在池底巡游。突然，他惊慌失措地穿过池底，发出刺耳的哨音。这不是因为我。“坦加罗阿[①]，救救我，这里有一头虎鲸！”我听见他大声呼救。

“放松点，那头虎鲸是我。”我们的格斗教练嘟囔着。我在水池的另一侧看到教练巨大的身形，听到她的喘息声。“请大家保持镇定。不要让保安发现这里有这么多动物。”

但愿这样能蒙混过关吧，但如果没有混过去怎么办？虎鲸可

---

① 海洋之神。后文诺亚再次提到这个名字时有所说明。

不太容易被忽略，尤其是当它待在不适合的池子里时。怀特小姐和我最好变成人形藏匿其中。

我缓慢无声地滑过，试图不引起任何注意。不幸的是，这没有用。岩洞中的海鳗阴险地盯着我。胖乎乎的老石斑鱼不以为然地看着我，嘴巴一张一合地。没关系。“莎丽，你还好吗？”我和诺亚几乎同时在喃喃自语。

“是的，呃，不，啊……两只海牛正在吻我！”莎丽回应道。我发现我的鲨鱼嘴笑不出来了。真不公平。海豚看起来总是在微笑，哪怕他们心情很糟。

“告诉我，你为什么不和布璐或者莎丽待在一起？”我问诺亚，“你在海豚馆里更安全。”

“好吧，你也是我们的朋友，我不希望你被抓住。”诺亚喃喃地说，“毕竟你是新来的，我不知道你变形成不成功。”

我简直不敢相信。从来没有人这么关心我的安危！

就在我再次向诺亚表示一连串的感谢之前，贝瑞嘶嘶地说：“小心！有人来了！”

哦，糟糕，一名保安正在通向礁石池的玻璃隧道中，手里拿着手电筒四处乱照。我退到水池的远处。

“喂，这里有些怪怪的。”我听到保安在对讲机里说，“我说不上来是什么，但是总觉得有点不对劲。我们最好报警。”

“我们先检查一遍吧。如果这池鱼汤没问题的话，警察可不希望这个点被叫出来。”

“没问题吗？那该死的大门不是坏了吗？”

“是的，不过那是电路问题，你也看到了。”

“告诉我，这里到底有几条鲨鱼？”一束光扫过我的条纹身体，“我从来没有注意到那个大家伙。”

我试图让自己变得小一些。

“它行动有些古怪。可能是病了。绝对是从亚洲进口的便宜货。”

对讲机噼啪作响。“或许他们买了新的野兽。兄弟，你怎么数海豚的？它们大部分时间都在水下，而且看起来都一样。”

一道淡黄色的光束划过怀特小姐的腹部，变为虎鲸的怀特小姐正躺在地上。手电筒的光束扫过……摇摇晃晃……又折回来了。夜色中，我看到了保安的脸色是如何骤然大变的。“哦，你这只大家伙！”他说，“你不会相信的，马丁。你必须亲自过来看看！”

怀特小姐发了暗号。“好吧，实施 B 计划的时候到了。”

我并不知道 B 计划是什么，不过很快就心领神会。事情是这样发展的：怀特小姐、贝瑞和我在黑暗的掩护下完成了变形，并将两个保安引诱到玻璃隧道中，然后用楔子把大门锁住。一切都比预期的容易。

“凯文，你在哪里？你要我看什么？”第二个保安问。他已经落入我们的圈套了。

“我们在车上见，快点！”怀特小姐用意念向我们大喊，同时向诺亚、贝瑞和我招手示意一起走，“把你们的东西都带上，决不能留下任何证据。”

“两个保安那边有手机信号吗？”诺亚气喘吁吁地问。

“恐怕有，”我说，“他们正忙着给警察打电话吧。”

“是的，我们必须马上离开——蒂亚戈，地上的袜子是你的吗？”

我们衣衫不整，气喘吁吁，脉搏狂跳，抱着一大团衣物朝出口跑去。我边跑边试着穿上另一只运动鞋，以至于我差点摔倒在地上。不过这都不算糟，因为莎丽在我身边——没有受到伤害，而且令人难以置信的是，她心情还是那么愉快。

“这很酷是吗？”她说，“但是绝对不能让我爸妈知道我去过海豚馆，否则麻烦就大了。他们会对我大发雷霆的！你们可不许告状，知道吗？”

“这对我来说也很重要，”芬妮叹了口气，“我父亲是一名警察！如果他听说这件事，会发疯的！”

“好吧，我们都守口如瓶。”我立刻向她保证，因为我们又遇上其他麻烦了。

我们推开门，穿过空旷的停车场直奔我们的面包车，远处传来了警笛声。

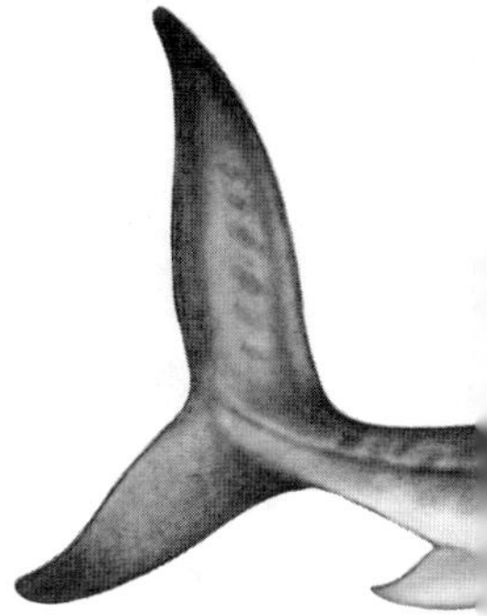

足 智 多 谋

虽然我们急匆匆地爬上了车，但在怀特小姐看来还是太磨蹭——在侧门还没完全关闭的情况下，她就开车载着我们一溜烟离开了这里。

待贝瑞和莎丽确认完所有人都到齐了之后，格斗老师猛踩一脚油门。我就坐在车的前排，面包车突然加速使我重重地摔在座椅上，怀特小姐扮了个鬼脸说："我希望这家伙马力更大一些。"

"我们有机会超过警车吗？"我被吓到了。

"你的意思是真正的飙车？别傻了，这只是一辆小面包车。"

说话的工夫，我们所有人都设法系好了自己的安全带。大家都焦急地看着怀特小姐。只见她开车转了几个弯之后，带我们来到一条狭窄的、通向赛车场的笔直小路上。这是一条近道。

"这样，我们目前在主干道下面。如果他们直接冲过去，那我们就走运了。但他们也可能会派巡逻车扩大搜寻范围。"

"他们一定会这么做的！"贝瑞说。

"胡说八道——他们还不知道发生了什么事呢。"芬妮的身子向前微倾，凝视着挡风玻璃，"当他们收到'海上探险被入侵'的警报时，保安首先会到现场检查设备。但愿等到他们完成检查的时候，我们已经进城了，那就不那么容易被抓住。”

但愿如此。面包车里一片沉默，只有汽车发动机在轰鸣，因为怀特小姐并没有慢下来的意思。

她关掉了大灯——除了我们之外，街上空无一人，而且海行者并不需要灯。

在大约 400 米之外的平行街道上，我看到了闪烁的蓝色灯光——警察，看上去只有一辆车。它朝水族馆的方向驶去了。哦，目前看来情况还不错。警察一定没有看见黑暗中的我们。

我小心翼翼地问芬妮：“你爸今晚值班吗？”她深吸了一口气，说：“我不太确定。不过都一样，即便他抓住了我们，也不会放了我们。那是他的‘职责’所在。”

我们已经越过了灌木丛。我认出了眼前的泛光灯杆和赛车场建筑物。

我以为怀特小姐带我们误入了赛车场。嗯，最好快离开这里，否则我们只能绕圈开车，这可不利于甩掉追兵。

没有警车向我们开过来……还没有……一分钟、两分钟，我们很安全！

突然，在我们身后，一辆黑白相间的警车从街道旁的巨大广告牌中冒了出来。警笛的哨声响彻耳际，四处闪烁着蓝色的警灯。这原来是一场伏击！

“该死的东西！”雷奥诺娜大喊。

怀特小姐的双唇紧闭，加大了油门。随着轮胎吱吱作响，我们的面包车拐了个弯，紧接着又拐了两个弯。这就像滑雪回转赛……但是那该死的警车还一直紧紧跟着我们！

我们来到了一个居民区，一栋又一栋别致的家庭住宅整齐地排列在一起。我们的面包车一路发出巨大的噪音，这足以让从梦中惊醒的居民拿起电话进行投诉。我不明白怀特小姐为什么开到这里来，曲折的林荫道路更适合慢速行驶。

“他们马上就要抓住我们了！”贝瑞第一次露出担忧的神色，“你知道我父亲从车站给我打电话时对我……”

“低头！抓稳！”怀特小姐命令道。

我们的车径直向前面的湖驶去。星空闪烁，湖水也在星光的照耀下熠熠生辉。我们已经冲到了湖畔的草坪上，怀特小姐却仍在踩油门。我想惊声尖叫，却又叫不出来。我本能地紧紧抓住座位的边缘。

突然一个颠簸，我被安全带紧紧缚住。面包车掉进了湖中，一阵浪花拍打在挡风玻璃上。怀特小姐迅速按下了仪表板上的一个小按钮……我们的车继续向前行驶，就像一艘装了轮子的深蓝色箱形小船一样。车载着我们在水中咆哮着，快速且微微晃动地向前行驶，怀特小姐镇静地操纵着刮水器。我从后视镜中看到警察下了车，正盯着我们看。我真想拍下他们的表情。

“汽车都可以这样开吗？”莎丽有点困惑地问。

“不，并非如此。”怀特小姐第一次露出了微笑，“法林偷偷改造过这辆车。”

“太酷了！就像在动作片中一样，我喜欢！”

雷奥诺娜忍不住望了望不远处的水面——水已经淹到面包车的窗户上了。“警察仍然可以看到我们在往哪里去，这不是很糟糕吗？”

怀特小姐说：“没错。但重要的是我们已经把他们甩在后面了。湖的那一边是一条大马路，我们可以从那里逃走。”

“您以前在水里开过车吗？”贝瑞问。

“当然。”怀特小姐说，“虽然只是一条狭窄的河流，但很成功。”

谈话间，我们的面包车已经开过了湖泊，离岸边越来越近了。我们不再七嘴八舌，以便让怀特小姐集中注意力。车轮钻进了泥泞的地面，车子在吼叫声中挣扎着上了岸。在不知不觉中，我们已经行驶在另一条大街上了。面包车的大灯照亮了前往市中心的路。路上还有几辆汽车，但周围已不见警察的踪影。

我意识到警察应该已经电话通知其他人了。怀特小姐当然也知道这一点。当车身上的水稍稍干了一些，车不再在路上留下湿漉漉的痕迹的时候，怀特小姐驾着车开出狂放的“之”字形路线，在穿过一片建材市场和一家超市之后突然一拐，我们来到了一个折扣中心后面的装货区。面包车终于停了下来，头灯被熄灭了。

警察还能找到这里吗？这看起来是一个不错的藏身之处。

尽管内心激动万分，我还是忍不住大打哈欠——不仅因为现在已经是凌晨两点，还因为发生了太多难以置信的事情。自从星期二早上参加了迈阿密的班级旅行以来，我先后冒着生命危险寻找莎丽，并在海豚救援行动中侥幸逃生。到现在已经是星期三的凌晨两点了，我还没合过眼。我感觉自己就像一条湿毛巾。无所谓了，至少莎丽和其他人都很安全。

“现在怎么办？”芬妮问。“我们的车牌一定又被洗得干干净净了，要我再把它抹脏吗？”

“不用。现在我们就等着，”怀特小姐干脆地说，“你们可以睡一觉，因为我希望你们明天精力充沛地来上我的课。”

这话立刻招来一片抗议声。“哦，不！”

“我们不能晚一点上课吗？”

“我们至少可以睡到数学课吧？”

当他们开玩笑时，我独自陷入了沉思。这是一位什么样的老师啊？她知道如何破解门禁系统并巧妙地摆脱警察。我真的很喜欢怀特小姐，今晚她绝对是大家的救命恩人，但是此时此刻她却有些神秘。

我没有问她任何问题。我往后一靠，闭上眼睛睡着了。

珊瑚吸血鬼

有东西轻轻推了我一下。是鼻子吗？我的耳边听到了吸嗅的声音，听起来像是工业吸尘器。

“呃，走开。”我迷迷糊糊地嘟囔道。

“你来吗？”我的脑袋里传来贾斯帕的声音，“我们要错过早餐了！”

“我不想吃早餐，我病了。”我呻吟道。

“你没有病，你是累了，这可不一样！”

变成犰狳的贾斯帕开始在我的被子上跳来跳去，不幸的是他正好踩在我的肚子上。

“嗷！我现在真的不饿。”我说。

“那好吧，至少你在变形课上可以保持身材。太酷了，你们把海豚救出来了，每个人都在谈论这件事。你们做得很棒！再见。”

贾斯帕从上铺一个大跳跃下了床，一路小跑着离开了。

我又睡着了。

然而，贾斯帕还是好心地叫醒了我——他把裹着巧克力的面包圈放在了我的脸上。我立刻咬了一口，三下五除二就吃完了。接着我又吃了一份快餐，吃完后，用冷水拍了拍脸，再用手指梳理梳理头发，我们就出发了。

在课堂上犯困，并不是一件有趣的事情。每周三的第一节课都是加西亚先生的变形课。他当然知道我们经历了什么，于是没有与我计较。在半梦半醒之中，我看到艾拉的变形失败了，她变成了一条有两条胳膊和两条腿的巨蟒。

杰罗姆、汤姆金、克里斯和芬妮发出一阵爆笑。“被人嘲笑真令人痛苦。”艾拉嘶嘶地抱怨道。

几秒钟后，我急忙跳了起来。为了能够顺利变形，我走到了变形 1 号场地的边缘，因为今天的变形要在爬行动物中间进行。

为了维护偶像的面子，托克和贝瑞与两个新来的同学吵了起来。几分钟之后，加西亚先生才重新控制住场面。直到这时，我才完全清醒。

当新来的鳄鱼变形人和蟒蛇小伙儿在变形舞台上横冲直撞的时候，加西亚先生大吼了一声：“都坐下！”他们为了好玩把所有的空椅子都撞倒了……甚至包括几张还坐着人的椅子。玛拉和奥利维娅都摔倒了，嘴里骂骂咧咧的。

“为什么我们必须坐下呢？”鳄鱼汤姆金一边问，一边用满口的长牙愉快地咀嚼着拉尔夫的铅笔盒。内斯特的第二形态也是鳄鱼，他正皱眉看着。

“学校就是这样。好的，你们要么坐下来，要么滚出去，明白吗？”加西亚先生的眼睛闪烁了一下，“而且这只铅笔盒，你们得赔钱给拉尔夫。”

汤姆金冷漠地说：“不可能，我们没有钱。”他一边说着一边还准备再咬几根铅笔。

但是他忽略了黑豹诺艾米，她正像往常一样坐在教室里。这会儿她低吼着，从书桌跳到了汤姆金的背上，一口咬住了他布满鳞片的脖颈。“把他的东西还给他，马上！”

汤姆金惊恐地张大了嘴巴，拉尔夫趁机将文具的残骸从汤姆金的喉咙里拉了出来。

我的鲨鱼伙伴尴尬地擦去了眼中的泪水，瞧了一眼爬行动物，说道：“谢谢你，诺艾米。”

加西亚先生说：“是的，谢谢你，诺艾米，不过这样就够了——放开他吧。”

当诺艾米转身灵巧地回到座位上时，汤姆金的朋友杰罗姆已经变成了一个高个子男生，他泥浆色的眼睛和头发让我想起了酸菜。“如果还有其他人在场，你们就不敢和我们说话了。”高个子男生嘟囔着，恶狠狠地瞪了拉尔夫和加西亚先生一眼。

“哪些其他人？”朱娜吃惊地问道。

杰罗姆回答说：“其他人包括我的兄弟姐妹、堂兄妹和汤姆金的朋友，等等。他们很快就会到这里，然后这里就是我们的天下了！”

在场的人哄堂大笑，大多数人没有把他的话当一回事。我和莎丽则担忧地对望了一眼。事实上，会有越来越多爬行动物变形人被艾拉从大沼泽地邀请到这所学校就读。我简直无法想象。

“的确如此。”艾拉双臂交叉，微笑地向后靠在椅子上。

如果她的母亲对这所学校有什么企图，她会知道吗？课间休息的时候，两个新来的同学和托克在淡水湖畔的芦苇上打打闹闹，艾拉则独自站在一旁，我终于有机会和她说上话了。

“你不会把所有爬行变形人都邀请到学校了吧？”我故作轻松地说。

“是的，怎么了？”艾拉看着我，就像看着一只被冲上堤岸的烂水母，“我告诉他们，这所学校非常棒，他们会喜欢这里的。所以呢？你或许也会给你的鲨鱼亲戚同样的建议吧。如果你有亲戚的话，可怜的小鱼。”

面对这样的侮辱，我尽力克制着自己的情绪。

“你没有和克利尔沃特先生商量过，对吗？你甚至都不知道他是怎么发现的？”

“你在大沼泽地见过克利尔沃特先生吗？”艾拉转身背向我，好像对一切毫无兴趣似的，“你到底想从我这里得到什么？”

我说：“你前几天那番耸人听闻的话是什么意思……你说我们海洋动物不会在学校一直得势。”我感觉到自己怒火中烧，“我认为，你妈妈为爬行类动物付学费这件事非常可疑。她有一个计划，对吧？一个与这所学校有关的计划。”

“胡说八道！”艾拉终于转过身来，“我妈妈一直在资助这所学校，然后像你这样的倒霉蛋就出现了，冒出了很多稀奇古怪的想法。我妈妈非常慷慨，你知道吗？你想知道的话，告诉你吧，她是世界上最好的妈妈。你的妈妈显然是可以想象到的最糟糕的妈妈。”

我必须强忍住。显然，艾拉注意到我与父母联系甚少。这样挖苦我，她一定很开心。无论如何，这一次我绝不发火。

我没有接她的话，并竭力强迫自己转身离开。不管怎样，这才是明智的选择，因为托克正挑衅地看着我，一步步走近。

我可以相信艾拉说的话吗？她对我妈妈的言语攻击——我很晚才意识到——只是为了转移目标吗？或许她不想被我追问下去。

无论如何，大家对艾拉和莉迪亚·雷诺克斯的事情一笑了之，是错误的。起初我也是如此，但是我后来为此付出了代价。这段时间以来，约翰尼叔叔有没有找到新住处？如果没有，我周末去看望他时，我们应该住在哪里？

在克利尔沃特先生的生物课上，我已经精疲力竭。我听到杰罗姆问道："我们会学有关法国的知识吗？我爷爷去过那里，这就是为什么我有一个法国名字。"他骄傲地抬起下巴。

"不，可惜我们现在并不学有关法国的知识。"克利尔沃特先生解释道，"但是也许有一天我们会学。现在我们上的是生物课。"

杰罗姆又安静下来。可惜我也没有力气发言了。令人尴尬的是，我疲倦的眼皮一直耷拉着……

不知什么时候，我突然醒了——我的脑袋撞到了桌子上。我吓得跳了起来，擦了擦嘴角的口水。莎丽担心地看着我，这让我更加尴尬。

杰克·克利尔沃特对我微微笑着。"太好了，你又醒了。你能解释一下为什么每年大约有 10 个人被鲨鱼杀死，相比之下却有数十万条鲨鱼被人杀死吗？"

"这很残忍，不是吗？我曾经读过一篇文章，相比被鲨鱼咬伤，人们更有可能被闪电击中。但是人们非常害怕鲨鱼，并切下鲨鱼的鱼鳍做汤。"我答道。

不仅仅是人类害怕鲨鱼，变形人也是如此。这时，班上的大多数人都用异样的眼光看着我。当像我这样的大鲨鱼在旁边的时候，他们似乎感到很不安。

课后，莎丽溜到我身边说：“想象一下，我爸妈今天一大早又来看我了。”

诺亚惊讶地一口吞下了他的生物动力奶酪和绿藻三明治。“他们听说你被抓到海豚馆了吗？”

“没有，一切都很好。”莎丽对我们微微一笑，拍拍诺亚的肩膀，“一开始我真不敢相信，但是他们说已经再三考虑了，认为对我而言重要的是积累不同的经验。所以我又可以继续上学了，我爸妈不会再打扰克利尔沃特先生了。酷吧？”我们都松了一口气。

“奇怪，他们怎么突然改变了主意？”布璐惊讶地说。

莎丽耸了耸肩，说：“是的，我也不知道原因。但我认为这样很好！”

我张张口，想向她坦白我和她父母谈过，或许她父母因此重新考虑了一下。就在这时，打得正起劲的杰罗姆和汤姆金全力冲向了我。我被撞倒了，还好没有吃一嘴沙子。这些肇事者压根想不到道歉，他们根本没有理会我。

“悠着点，你们这群白痴！”莎丽骂道。

“等一下，马上就轮到我们了。”站在附近的芬妮说。当汤姆金和他的同伙推推搡搡地来到她的身旁时，她瞬间将汤姆金绊倒了。两个男生抱在一起倒地了。

“是谁干的？”汤姆金喊道，我们无辜地看着他。

就在这时，贝壳号角响了起来。历史课开始了。佩拉吉乌斯夫人一如既往地变形为海龟来为我们授课。学生中毒受伤的事实仍然令她感到震惊。“我们今天学习一些水文知识，你们同意吗？水污染事件之后，我很难再谈论历史。我们的生活不得不面对很多不合理的情况。”大家纷纷表示赞同，朱娜的食指朝上一指，问道：“佩拉吉乌斯夫人，往水里倾倒化学废料的人被抓住了吗？”

“可惜还没有。”佩拉吉乌斯夫人的声音听起来很忧郁，“克利尔沃特先生刚刚接受了问询，我们有几个学生病倒了。显然，警方至今尚未发现任何线索。”

“所以它还会一再发生。”红嘴鸥达芙妮听起来一点儿也不高兴，“这太令人恼火了！”

“是的。这对我们意味着什么呢？”艾拉看上去比平时更加生气，“我们不再被允许去大沼泽地了吗，因为有可能再次发生类似的事？”

莎丽、贾斯帕和我沮丧地看着彼此。“我们必须去查一查‘甜蜜之王’这个地方，你不觉得吗？”贾斯帕靠在我耳边低语，“那是一条很好的线索！”

“不，不是。”我有点生气，他总是试图把我推向一条通往糖果店的道路。显然他想去那里大吃一顿。“除非他们发现这些化学废料是糖果做的，哈哈。最好我们……”

“言归正传，现在我们谈谈水文学。”佩拉吉乌斯夫人的声音听起来十分严厉。当她把覆盖着厚厚角质层的头从水中抬起时，她注视着我，只盯着我一个人。我缩了一下。天哪，她会在这个时候向大家透露我是如何被巨网缠住，以及她是如何把我解救出来的吗？然后所有人都知道我在寻找莎丽的过程中因为自己的愚蠢而置身险境了。

我开始在座位上坐立不安，佩拉吉乌斯夫人却又正眼都不瞧我一眼了。“我今天要告诉你们有关我甲壳边缘划痕的故事。”她说，“那是有一次我被渔网困住弄伤的。”

“是渔民故意抓你的吗？”利努斯惊讶地问。

“不，渔网是从船上遗失落入海里的，它会继续捕鱼——这就是海洋中的鬼网，无意中杀死了很多动物。”老师说。她给我们讲述了一个长尾鲨变形人是如何咬断绳索解救了她。“好吧，有时候就是这样，”她说，“你并不总能被你所期望的人救出来。”我们很快地交换了一下眼神，快到没人发现。

不，她不会出卖我。现在我明白了，她是在还人情——通过救我。

在接下来的课上，我们还了解到，长尾鲨拥有一种罕见的狩猎技能：它们用变大的黑色尾鳍拍打水面，就可以获得战利品。

课后，佩拉吉乌斯夫人来到我身边，但并不是因为她想谈论鲨鱼。“你们的课堂报告准备得怎么样了？”她一边问，一边从我面前的水里探出头来，“你知道的，这在期末成绩当中占了很大比重。”

我的神经立刻又绷紧了。哦，天哪，报告！“呃，是的……进展顺利。下周我们会按时准备好的。”我反复地强调。

“好，太棒了！那我把你们安排在第一组进行展示。”她说。我真是自讨苦吃。

现在，我不仅需要紧急召集小组其他人商量如何继续进行侦探工作，而且还要组织一次课堂报告计划会议。幸亏克里斯今天没有逃学。当他课后正要溜出去的时候，我一把抓住了他，谁知道他要去哪儿呢——或许又去游客那里讨鱼吃。“你有没有时间？我们必须要准备一下课堂报告了。”

“真的吗？”他打了个哈欠。不错，每个毛孔都精神了一些。

“如果诺克斯同意，我们现在就可以准备报告。”我可不想再让他逃掉。如果他变身海狮投身大海，一眨眼的工夫就消失了。

“好吧，如果需要的话。”克里斯说。半个小时以后，我们又出现在二楼的1号项目室。诺克斯在旁边的水族箱里嘶嘶作响。

我决定从积极的方面入手，这样才能创造一个良好的工作氛围。“克里斯，你熟悉海里的情况，这真的很有用。”我说道，“我们大概只需要记录下你对珊瑚礁的认识，就可以准备好课堂报告了。”

克里斯困惑地看着我说：“那将会是一个简短的演讲。我来自加利福尼亚，那里没有珊瑚礁。水太冷了。”

“哦，”我失望地说道，“好吧，那我们最好启动搜索引擎，然后从图书馆找几本书。”

“等等，你们两个无知的家伙——我对礁石有所了解！”水族箱里传来愤怒的声音，“你们忘记我了吗？就因为我没有你们高……”

我的心情又好了起来。“太好了，那您就是我们的专家，诺克斯。”我立刻回答道，“我们可以使用什么材料来展示，你有什么建议吗？传阅或分发东西总是挺受欢迎的。”

“我的大便？”诺克斯的身后滚出一团白色的沙粒。

“你不觉得很好玩吗？”克里斯咧嘴笑道，“真正的活珊瑚虫是什么样的？”

我们终于有进展了！我说：“酷，我们去抓一只吧，把它装在特百惠[①]盒子里吗？”

“我希望是这样，”诺克斯说道，“你们是不是也很开心不用做关于蓝鲸的报告？”

克里斯笑着说：“这关系到有没有合适的盒子的问题。”

“对。必须要找一个航空母舰大小的盒子……”我开玩笑地说。

“蒂亚戈，你会捉吗？”诺克斯问，“我可能会把它们一口吞下去。”

我点点头。克里斯怀疑地看着我。“但是它们只在晚上出来活动。你晚上出过海吗？”

“呃，没有。”我晚上出海做什么？“它们像吸血鬼一样怕光吗？”

“到了晚上，它们会把美味的手臂伸向水中捕捉食物。白天的风险太大，它们自己就是别人的食物。当阳光照耀的时候，它们会吃温和的藻类，这些藻类将光转化为食物。”

“啊，”我说，“被驯服的藻类，原来是这样。适合当所有人

---

① 一个塑料保鲜容器品牌。

的宠物。有很多人养狗，但很少有人养海豹。”

“哈哈。”克里斯的笑里透着一股酸意，他往嘴里塞了一块口香糖，“如果你去捉珊瑚虫，我就在海里找一些漂亮的鹿角珊瑚用来展示。前几天我看到了一大块破碎的珊瑚，那一定是被一只巨兽撞断的，也许是一头慌乱的蓝鲸或者……”

“都行。”我感到自己的脸红了，“好主意。”

克里斯还有更多的鬼点子：“因为诺克斯不太擅长打字，也许根本不会打字，所以蒂亚戈，你或许可以记录下一些珊瑚的信息。我敢肯定，在查信息的过程中，你也会发现一些适合的照片。”

就在我说“好”之前的几毫秒，我突然意识到几乎所有的工作都将由我完成。

“哦，我有个更好的主意——照片由你负责，并把它们带过来！”

“行。”克里斯嘟嘟囔囔地说。

好吧，我们在这次碰头会上取得了非常大的进展。我会盯着这件事，如果我们能取得好成绩，我的奖学金就保住了。

不过，我还是隐约感觉到刚才犯了一个错误。

当我们的调查小组在棕榈树林里集合时，这种感觉依旧挥之不去。我带上了手机，并在电子地图上标出了自然保护区发现化学废料的位置。“从迈阿密出发，大约需要一个小时的车程吧？”贾斯帕问。

“对。我相信那些恶棍就在那儿，就在那座城市里。他们是从那儿把东西运到自然保护区去的。”我看着地图上的标记若有所思，“可惜我们要上学，无法离开。但是我周末会回到迈阿密，可以在那里继续调查，好吗？”

“好吧。”莎丽说，“但是你到底想调查什么？找到更多叫斯威特林的人吗？那是我们唯一的线索。如果雷诺克斯派她的保镖对付我们，那我们就必须规规矩矩的。”

“我只是想知道，到底是怎么回事。”我说。

神经亢奋

“真的吗？我要和拉尔夫搏斗？”今天是星期四，我们有格斗和生存课，同学们变成人形站在礁湖中央。朱娜快要哭了，她绝望地望着怀特小姐。“但我是一条蝶鱼，他一口就能把我吞下去，毕竟他是一条礁鲨！”

怀特小姐不为所动地看着朱娜。“请记住，你不仅仅是一条蝶鱼。这正是今天课程的主题——你们必须针对不同的情况做出不同的判断，哪一种形态能让自己获得更好的生存机会。”

“您的意思是，我应该变成人形把鲨鱼拉尔夫抓住吗？”朱娜疑惑地问。怀特小姐激动地点了点头。

“拉尔夫，你会变形吗？”她说。

片刻之后，一条尖嘴黑鳍的鲨鱼从泳衣中扭动着游出来，他问道：“天哪，我现在正受到攻击吗？”

“我希望是。”怀特小姐满怀期待地看着我们班长。

朱娜可不是胆小鬼。她猛地扑向拉尔夫……可惜她只抓住了他的尾鳍。对付这种战术，拉尔夫游刃有余。他将身体弯成U形，猛地向朱娜的手臂咬去。朱娜慌忙松开了他。

“再试试。”怀特小姐冷冷地说。

这一次，朱娜张开双臂一把抱住了拉尔夫的背脊中部。拉尔夫激动地拍打着尾鳍，企图挣脱，然而无济于事。“天哪！”他大声抱怨道。但朱娜并没有放开他的意思。拉尔夫终于放弃挣扎，安静了下来。

“朱娜得分。”格斗教练当场宣布。同学们高兴极了。

“让你们看看我能打败谁！”海马变形人利努斯斗志昂扬，尽管他仍在孵化宝宝并因此无法变形。变身海马的他就像一匹小小的、狂野的赛马一样后腿站立。“贾斯帕，加油，进入浅水区！我会紧贴着你的耳朵直到你放弃！”

“好吧。”贾斯帕立刻回应道。连怀特小姐都忍不住笑了。

我们被分成了不同的格斗小组。我偷偷看了一眼朋友们，发现芬妮正看着我。最终我和雷奥诺娜分在了一组。变身电鳗的她自信满满地看着我。自从她在那晚的救援行动中展示出电击的威力，她就对自己充满了信心。“你能快点投降吗？我讨厌咸咸的海水！”

她非常清楚，如果我不想受到重击，就不能碰她。但是我该如何在不碰她的情况下打败她呢？“好吧，开始吧。”我本能地保持了人形。这里有网兜可以把她从水里捞出来吗？没有。不过，我的鼻子底下就有一件合适的东西在飘动，那就是玛拉的T恤！

我捞起T恤，又将其拖入水中，T恤膨胀了起来。不一会儿，就有一条活蹦乱跳的深褐色小鱼钻到里面去了。

“不，不，快忘了这个东西吧。”雷奥诺娜立刻朝袖口冲了过去，她的鼻子撞在了衣服上面。强行通过失败，袖口太紧了！

“我应该忘了什么？”我假惺惺地问道，然后将沉甸甸的电鳗从水中捞出。可惜雷奥诺娜发现了T恤的领口，她奋力冲了出去，重新落入水中。

该死！我终于变形了——也许我可以假装袭击她，逼迫她往海滩方向逃。尽管雷奥诺娜说了一些大话，但当她看到我的虎鲨形态时，还是后退了一大截。我毕竟比她长3米。

“如果你神经亢奋的话，就放马过来吧！”她倔强地说。

我发动了第一次假性攻击……我的鼻子中部受到了电击。一种刺痛感传遍了全身。再过一会儿，大家可能会为一条像死鲤鱼一样翻肚白的虎鲨而惊讶不已。

“好吧，你是一只狡猾的狐狸吗？你喜欢这个吗？”雷奥诺娜全力冲向了我。尽管她还没有触碰到我，但她的电场已经使我的唇部阵阵发麻。

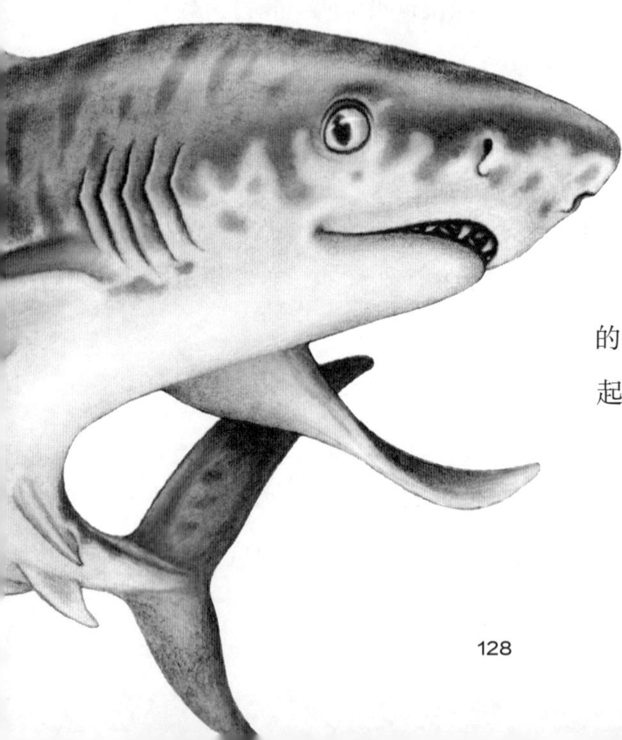

狡猾的狐狸？等一会儿！当我再次转身时，我突然想起了长尾鲨。虽然我没有那么大的尾鳍，但也许我的普普通通的尾鳍也能起到作用。我转身向前冲了一小段，直到雷奥诺娜被甩在身后。接着，我划动尾鳍搅动水流。那绝对是一流的压力波!

我好奇地游了一圈，仔细观察了一下像醉酒一般七倒八歪的电鳗。

“我在哪里?发生了什么?我赢了吗?”她喃喃自语。

“可惜没有。”怀特小姐对她说，“去淡水里放松一下，雷奥诺娜。”

莎丽也赢得了她的战斗：凭借高高的飞跃，莎丽在空中抓住了红嘴鸥达芙妮，并几次将她按入水中，直到她认输为止。

放学后，贾斯帕、莎丽和我相约来到海滩上。“我有一个主意。”我对他们说，“我去莉迪亚·雷诺克斯的办公室附近看看，怎么样?我可以假装成送快递的人，然后与那儿的人搭讪，让他们看看我画的模拟人像。”

贾斯帕兴奋地跳了起来，尽管他刚刚才变回人形。“好主意!难道这个家伙是她以前代理的案件中的罪犯之一吗?所以艾拉见过他?”

“但艾拉明明说过，这家伙是为她母亲工作的，而不是反过来。”我说道。

“也许她弄错了吧。”贾斯帕说，“但是你要答应我，你也会去糖果店逛逛!”

“好吧，反正我的糖果也吃完了。”我知道这只犰狳会继续骚扰我，直到我在商店前面停下来。

“听起来陆地上要做的工作不少啊。”莎丽说道，“我认为，我们需要林行者增援！你能否请卡拉格回来帮助我们破案？身为美洲狮，他的战斗力很强。免得老虎双胞胎再来给你惹麻烦。”

“好主意，我会写信给他的。”我答道。为了保险起见，我还要事先征求一下克利尔沃特先生的意见，是否可以再次邀请美洲狮。“当然，很好，他是一个非常好的人。”克利尔沃特先生说。

于是，我给卡拉格写了邮件。他很快就回复了：

> 嗨，蒂亚戈、莎丽、贾斯帕，你们好！
>
> 我很乐意。如果我们抓不住这些家伙，那就太可笑了。就像狼群说的那样，我们已经在他们的腿上撒尿了！需要我多带些朋友来吗？我们需要一切可能的帮助。我问问克利尔沃特小姐，我们是否可以在下周初来，我向她发誓，我们将夜以继日地把功课补回来。
>
> 致以猫科动物的亲切问候。
>
> 卡拉格

“啊哈，朋友们。”当我给莎丽读这封邮件的时候，她问我，“他们是什么变形人，是哪种奇怪的陆地动物？”

“这是什么意思？”贾斯帕怒气冲冲地问。

“莎丽不是那个意思。”我立刻插话道，“据我所知，卡拉格的朋友们都非常友善，虽然他们生活在陆地上甚至树上。”

“真的有动物生活在树上吗？”我的海豚朋友莎丽凝视着我，

“他们不会摔下来吗？”

“除非是故意摔下来的。”我一边说，一边给卡拉格回信：“是的，带上他们吧。我们很期待。”

下周援兵才到。这意味着，周六和周日我们必须在没有外援的情况下作战。但这也只是我的设想。

回复完卡拉格的邮件之后，我紧接着又写了几封邮件。我没有告诉任何人，我在城里有很多事情要做。这样更好——贾斯帕和莎丽对我的过往一无所知，也无从得知。有两件事让我不得安宁。我必须尽快解决，越快越好。

我只能自己解决。

污渍之战

周六！我真盼望见到约翰尼叔叔。但是在去停车场的路上，我遇到了一个意外。艾拉不声不响地从淡水区的灌木丛中冒了出来。她的身材苗条，动作缓慢，金色的直发紧贴下巴，剪裁得体的紫色超短裙搭配着亮晶晶的凉鞋。

她看到我时显得十分惊讶。“哦，你好，蒂亚戈。”她朝我们的旧丰田车望了一下，立刻摆出一副既嘲讽又同情的表情，“你叔叔不好找公寓吧？”

我满腹狐疑地看着她。是的，的确。约翰尼原本有机会得到两套公寓的租约——起初房东都接受了，但后来又突然反悔。艾拉是怎么知道的？那只有一种可能。

“啊哈，所以你妈妈真的是幕后黑手！”

艾拉笑了，就像我在表扬她似的。

“我妈妈爱我。”她并没有把视线从我身上移开，“她会为我做任何事情，如果有人伤害我甚至只是有这个企图，她都受不了。”

“她会为你杀人吗？”我脱口而出，“前几天，就在城里，她的保镖差点杀掉我们。”

艾拉愣了好一会儿，然后她轻轻拍了拍自己的额头，嘶嘶地说："你问了一个愚蠢的问题。"说完，她转身离开了。

当我走进停车场时，我剧烈跳动的脉搏才逐渐平息下来。

"谢谢你来接我。"我紧紧抱住约翰尼叔叔。他的身型宽阔，肌肉发达，显得坚定有力，我拥抱他的时候他丝毫没有颤抖。作为杰妮姑姑时，他经常对自己的身材感到恼火，但作为约翰尼叔叔，他对此感到安心。

从他斗牛犬般的脸上可以看出来，他也为我们的重逢感到开心。石斑鱼天生一副苦相，我在"海上探险"里见到的那条石斑鱼就是这样——它们的下颌简直就是灾难。

"你真的和你父母商量好了，他们周日会过来？"约翰尼好奇地问。上一次通话的时候，我告诉了他这件事。

"让我们拭目以待。"我说道，"哈哈，到时他们可以尝尝新的巧克力喷泉——听说，巧克力喷泉周日才装好。"

约翰尼叔叔笑得有些勉强。

实际上，我并没有表面上那样自信。我真的会在两天后见到我的父母吗？他们会怎么样呢？我们能理解彼此吗？他们会同意我继续留在蓝礁中学吗？

为了驱散这些念头，我换了个话题。"我们今晚在哪里过夜？如果还是找不到公寓，我们可以在附近找一家汽车旅馆吗？"他已经在橙花汽车旅馆工作多年。不幸的是，他的老板是一个吝啬鬼，所以当约翰尼摇头时，我并不感到意外。

约翰尼叔叔说："不过不用担心，我们可以暂时住在尼莎——我的一个老朋友那里。"

“她是……人类吗？”几周前，我还没有想过这样的问题。

“彻彻底底的人类。而且，她为人有些挑剔，喜欢井井有条，还有点洁癖。因此请尽可能地注意。如果我们被赶出去，那就很尴尬了。”

说到“井井有条”，我不确定我是否有“最好的一面”。但是很显然，这一次我必须振作精神。

约翰尼叔叔的老朋友原来是一个身穿大花紧身衣的胖女人。她的微笑令我感到放心，但是我也感觉到，有两位客人同时来留宿并没有让她感到兴奋。“所以，这就是你的侄子啊！上一次我见到他时，他还没有桌子高呢，每天都穿着海绵宝宝T恤！真的太可爱了！”

我尴尬地笑了。作为一个14岁的男生，我显然不再可爱了，我的T恤上印着一个咧着嘴笑的骷髅。“嗨，尼莎。”我礼貌地和她握握手，然后规规矩矩地在入口处脱掉了鞋子。

原来，约翰尼叔叔睡在沙发上。而我被允许在小房间的洗衣机旁边展开一个睡袋。无家可归的人是不会挑剔的。今天我必须第二次咬紧牙关了，我不得不想念我从前的房间，那是一间不大但舒适的房间。

当尼莎带我去浴室的时候，我意识到约翰尼叔叔并没有夸大其词：白色的浴室垫分毫不差地摆放在地上，绣着粉红色花朵的毛巾被整整齐齐地叠放在水槽旁边。这让我有点害怕。

“那么，来一些点心吧——你饿了吗，蒂亚戈？”尼莎在桌子上放了一大碗奶酪玉米片、鳄梨调味酱和桃子冰茶。我当即决定要喜欢尼莎，并开始大快朵颐。

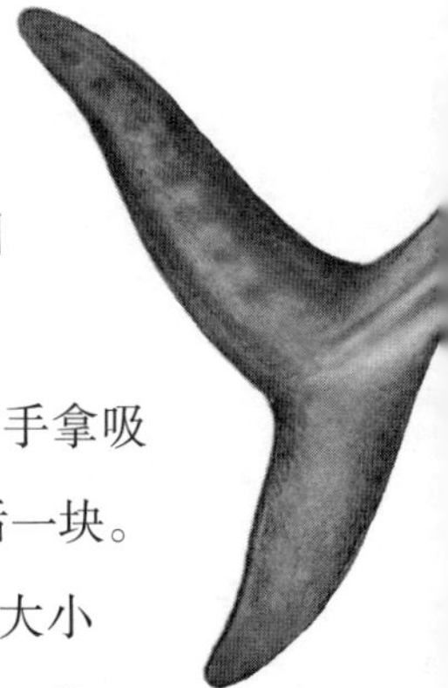

不幸的是，我用餐并不熟练。约翰尼叔叔也是。当我看到尼莎眉头紧锁的时候，我一低头看到了可怕的东西。我们一下子乱作一团！

“我马上去拿手持式吸尘器。”尼莎说。只见她手拿吸尘器开始搜索掉落在地上的食物残渣，直到找到最后一块。

就在这时，我发现脚边有一块绿色的、指甲盖大小的东西。哦，不，那是一团掉在地毯上的鳄梨酱吗？我不确定尼莎是否发现了它，于是我试图悄悄地将它擦掉。糟糕的是，这么做反而使这块污渍看起来像是袋鼠吐出来的东西。

“别！”尼莎震惊地喊道，她拍了拍我的手，然后掏出一大罐喷雾清洁剂。一秒钟后，一座泡沫山耸立在污渍上。

“我说过我过会儿有约会吗？”我低声说道。我屏着气，因为屋里的假玫瑰花散发出一大团香气，层层包围了我。

“蒂亚戈，如果你愿意，我可以开车送你去。”约翰尼叔叔说。他和我一样想赶紧逃离这里。

“我原本以为我们可以一起看几集《绯闻女孩》呢！”尼莎看上去很失望，“你以前非常喜欢看，杰妮……呃，约翰尼。我专门买了新的一季！”

“今晚，我得加班。”约翰尼向她挥挥手，朝老丰田汽车走去。我绕过他，跳上副驾驶座。

当车驶上马路时，我们俩都松了一口气。

“你今晚能坚持吗？”我问。

他叹了口气。“必须坚持啊。这就像付租金，只是形式不同。你要见谁？还是说，只是一个临时的借口？”

“一个是兰多。”那是我开始侦察工作之前想要做的两件事情之一。兰多是我的一个朋友，但是不幸的是，我们在迈阿密海滩的时候，我意外地在他面前局部变形了。真够倒霉的，因为我现在知道，海行者和林行者的事必须保密。我回避与他讨论这件事已经很长时间了。希望他没有与任何人说过这件事。否则我会遇上大麻烦。

“还要见谁呢？”约翰尼问。

“火箭。你认识的，我以前班上的那个男生。我不知道他的真名是什么。”

约翰尼叔叔凝视着我，说：“是以前学校那个伙同其他人揍你的男生？”

“就是他。”我说。

如果没记错的话，就是在那场打斗中我感觉到他也是变形人。

火箭与行星

我知道火箭住在我们附近，因为我曾在某天早晨见到他从小食品店旁边的房子里走出来。他见到我会有什么反应呢？攻击我，在我面前狠狠地甩上门？或许他早就发现自己是一个动物变形人了，或许我弄错了。一切皆有可能。

我很快确认了火箭的野蛮伙伴罗根是否在他身边。幸亏不在。在挂有“阿尔布莱特”门牌的大门前，我按响了门铃。我将手插在裤兜里，焦急地等待着。门开了，但开门的不是火箭，而是一个长着深褐色头发的、19 岁左右的女孩。

“火箭回家了吗？”我问。

她的嘴撇了撇。“谁？哦，你是说爱德华。这外号真傻啊！你找这个一无是处的家伙做什么？你不是他那些废物朋友，对吗？那些白痴我都认识。”

“呃……”

“他必须把浴室打扫干净。如果他认为我和莎尼科娃与他是一家子，就必须和那些人划清界限！”

我从没想过我会为火箭感到难过。

“我能和他说会儿话吗？”

“爱——德——华！”她冲着屋子里大喊。

他出现了。一个留着胡子、牙齿歪斜、鼻子尖尖的瘦男孩，他棕色的眼睛不安地东张西望。突然，他盯住了我，好像无法理解我为什么会出现在这里似的。“好，来事了。”当他发现我一直没有逃走的意思，终于开口了，“你来为上次打架的事报仇吗？伤口愈合得很好啊。”

“是的……不……我是说，是的，都愈合了，不，我不想报仇。”我迅速地回答并试着确定他是否真的是一个动物变形人。可惜我在这方面没什么天赋，在这样的距离之中，我感觉不到什么。“我……只是想问你一件事。”

“你到底来这里做什么？我以为你现在正在某所时髦的寄宿学校呢，自以为是的人。”

他的话刺激到我了。“为什么说我‘自以为是’？我只是在最后一天才有所表现，好体面地离开学校。”

“对对，那好，如果需要的话，请进。”

看来，他不止有一个姐姐，而是两个。刚才为我开门的姐姐正躺在沙发上打电话，而另一个正在用遥控器挑选配有假笑背景音的肥皂剧。“爱德华！我告诉过你要打扫浴室，但你一直没有做！”第二个姐姐冲着火箭大喊大叫，她的头发闪着刺眼的红光，“你真是一点儿用都没有！”

火箭回了一个粗鄙的表情，他走得更快了。在他的房间门前，他用威胁性地眼神地看了我一眼。“你要是敢乱动，就小心点。”

“绝不会——我的脸应该保持原样。”我举起了手。

房间里散发着酸臭味和霉味，桌上的包装袋里还剩着一些过期的薯条。首先引起我注意的是，他确实有很多火箭和飞机模型，有的挂在天花板上，有的立在架子上，有的放在床边，还有一些放在堆满垃圾的写字台上。我的头顶上悬挂着一个由废旧篮球制成的土星，那一圈圈的光环显然是用蜡笔涂上去的。

另外，我还注意到，火箭非常喜欢在吃完冰棍后咀嚼冰棍棒。满是牙印的冰棍棒散落在房间的各个角落。

“你想成为一名宇航员吗？”我问他。

“不关你的事。”他嘟嘟囔囔地说。但是当我对一艘阿波罗登月舱的模型赞不绝口时，他的面色变得柔和了一些。

“哇，这真酷！”

“或许是吧。好吧，你想要什么？”

我必须靠近他，否则我什么都感觉不到！因此，我以欣赏其他模型为借口向他靠近。“那是什么东西？”

“俄罗斯的联盟号宇宙飞船。”可惜他警惕地往后退了一步，“他们正在向国际空间站提供这种东西。”

“你想带我一起飞吗？”我假装没注意到他的后退，停了一会儿，又朝他靠过去。这次他侧过身避开了我，背对着书架，书架上堆满了科幻小说。终于有机会了。我的头离他很近，我看上去好像在看书的标题。他拱起上半身，噘起嘴唇，好像在向我咆哮。“嘿，告诉我，你为什么这么烦人？”

噢，天哪，真令人尴尬。我往后退了几步。

“对不起。”

这次我感觉到了一些东西——这有点像我在贾斯帕身旁感受

到的那样。那不是用鼻子而是用头可以感知到的一种特殊气味。不过，我还是不太确定。

"要么你现在就说你想从我这得到什么，要么滚！"火箭提高了嗓门，有点吱吱作响。

我还有最后的机会。我假装凝视着土星模型，故意不小心被绊了一下，与火箭撞个满怀。

"你搞什么鬼？"他尖叫着。

是的，这次我可以确定！他是一个变形人，和我一样！真疯狂！

很快，我又一次和他近距离接触，因为火箭抓住了我的手臂和衣领，试图将我拖出房间。"我就知道你在搞鬼，滚开，快点！"

事实上，我现在已经知道了，我比他更强大。但是我因为新发现而分了心，所以被他成功地拖过客厅，推搡到门前。他的姐姐大概注意到了我们在地毯上留下的两串脏脚印。

"等等！"就当我快要被推出门外时，我大喊了一声，"我之所以这样做，是因为我想完全确定……"

这或多或少是一个秘密，但我不得不警告他。如果他是一个海行者，并且碰巧看到了自己第二形态的照片怎么办？他会突然像一条小鱼一样在地毯上跳来跳去。如果他死了，将会是我的错！

"确定？确定什么？"

我压低了声音："你是我们当中的一员。你有特殊技能！"

"哈哈，非常有趣。"火箭笑着对我说，"我一直都知道自己是一个超级英雄。”

“不，认真点。我们回屋里去，我会告诉你。”

当我们再次穿过客厅时，他的两个姐姐颇有些讶异地看着我们。“爱德华，那该死的浴室……”一个姐姐又开始抱怨，火箭加快了步伐。“闭嘴。”他嘟囔了一句，“砰”地关上了身后的门。

我心平气和地向他解释说，有些人有动物的第二形态。“我的第二形态是虎鲨。但这绝对是最高机密，明白吗？我只告诉你，因为你也是一个变形人，我可以感觉到。”

“你脑子有病吧。”火箭抱怨道，“所以你是一条鱼吗？也许我也是？对对，跟你奶奶讲故事去吧！”

至少在理论上，我知道如何进行局部变形。这当然是有风险的，我可不想成为一条在房间里搁浅的虎鲨。

尽管如此，我还是试着让牙齿进行了局部变形。虽然我只能感觉到自己的鲨鱼牙齿——附近没有镜子，但是它们看上去一定非常地尖利。火箭瞪圆了眼睛，他的皮肤变成了芝士奶油的颜色。

“好吧，”他说，“真吓人。但是我不是那样的。”

“你是的。”我向他保证，“你一点也不想知道你的第二形态是什么吗？可能真的很酷，例如老鹰、美洲虎、海豚之类的。当被该物种吸引时，你会注意到自己是什么；当你看到它的图片时，你会有刺痛感……”

“你现在可以走了吗？”火箭把手捂在耳朵上，转身离开了我。

“那好吧。”我答道，虽然我有些失望。我对他是哪种动物很好奇。但是我也能大致想象他的感受——几周前约翰尼叔叔告诉我真相后，我也有类似的感觉。

我迅速在比萨外卖宣传单上写下了我的手机号码，这张宣传单正放在乱糟糟的书桌最上层。“好好考虑一下，然后给我打电话。”

“滚出去！”他冲我大喊。

我走了。

“如果你们老是来来回回乱跑，地毯就要被你们踩出一条小路来了。”那位深褐色头发的姐姐抱怨道，“爱——德——华！你现在该去打扫该死的浴室了吧，要不然……”

我连忙关上了身后的门。

机　　密

遇见兰多时，我感到很内疚。

他是我过去生活中唯一的朋友。但是几周以来，我一直避免和他推心置腹地谈话，只与他互发一些没有实际内容的电子邮件。他也没有与我提起过迈阿密海滩的突发事件。

我们约在自由广场的邓肯甜甜圈店碰头。进去之后，我环顾四周，周围弥漫着糖霜和咖啡的味道，兰多还没到。我找了一张桌子坐下来……突然间，我特别想念大海——这种感受是那样强烈，以至于整个身体都能感觉到。我想让海水包围着我，让我感觉到它在身体周围流动，我想看到海底粼粼的波光，想潜入那片令人难以置信的广袤深蓝之中。我从来没有像现在这样强烈地感受到自己是一个海行者而不是人类。这些年来，我是如何忍受生活在陆地上而又不发疯的呢？

“你还好吗，孩子？”有人问我，我点了点头。我尴尬地发现，我的手正紧紧攥着装着水和冰块的纸杯。

还好，没过多久兰多就出现了——油腻的黑发，黑色的星球大战 T 恤，警惕的黑眼睛。哦，我真想念这个家伙！

我们俩都很谨慎，只是互相握手问候对方。他仍然与我保持着距离，显然他并没有忘记迈阿密海滩发生的事。我们聊了聊我们的老学校，聊了聊切巴卡做主角的最新同人小说，为新电影和新书赞叹了一番，直到我们放松下来并重新适应了对方。我深吸了一口气，说："告诉我……你是否偶尔还会想起那次触发鲨鱼警报的海滩之旅？"

"我试着告诉自己，那是在做梦。"

我很激动——他给了我一个免费的借口！

"的确如此，或许那天你被晒晕了。还是你拿走了你哥哥卖的东西？"

兰多睁大了眼睛。"不，我没有。而且我也没有做梦。"

"可能吧。你知道……呃……有些东西实际上是不存在的。"

兰多翻了个白眼。

"好吧。"我咬了咬牙，"如果你告诉别人那天的所见所闻，我会遇到麻烦的，你知道吗？"

说这些话的时候，我感到自己无法说服他。"我也不知道我看到了什么。"他回答道，听起来有些困惑和怀疑，"这真是太奇怪了。我甚至不知道该怎么看你。"

我心中泛起一丝苦涩。我不喜欢这样。将来，我是否只能同知道真相的人类或者变形人做朋友？我突然意识到，我不想失去兰多。他是我认识的并且喜欢的唯一一个普通人。

"这样看……"我想了想，"这有点像最初卢克遇见汉·索罗[①]。他不知道自己是否可以信任他，但是欧比旺·克诺比表示

① 卢克、汉·索罗以及下文的欧比旺·克诺比、莱亚都是电影《星球大战》中的人物。

他们别无选择。毕竟，这是值得的，非常值得。”

兰多脸色逐渐缓和了下来。“是的。”他说着咬了一口巧克力甜甜圈。

“有时候，你会对朋友的一些事情不太了解。例如，很长一段时间，卢克都不知道他与莱亚之间有什么联系……”

我的人类朋友笑得东倒西歪。“我很确定，我不是你的双胞胎兄弟。”

“我也是。”我咧嘴一笑，我们紧紧握住彼此的手臂——他的手臂是深褐色，我的是浅褐色的。“我不是瞎子。但是我想说的是：你能接受我有一个我不能说的秘密吗？”

“你能相信一个吃这种令人恶心的食物的人吗？”

他指着我的甜甜圈，里面有苹果馅和咬起来嘎吱作响的青苹果糖衣。

“原本不会，但是也许你可以让我破例一次？”

正在这个时候我的电话响了，那是一个陌生的电话号码。我看出来，兰多并没有因为谈话被打断而生气。我不得不接听这个电话——我对这个电话号码有怀疑。

“等一下，好吗？”我对兰多打了声招呼，然后走到门口，按下了接听键。

“老鼠！”电话那头一个声音喊道，那是火箭的声音，“我不是什么该死的美洲虎、海豚或老鹰，我是老鼠。”

我屏住了呼吸。“但是……你是怎么知道的？你试过了吗？”

“是的。就是那种你说的刺痛感，我周围突然一片漆黑。”

“为什么会这样？你晕倒了吗？”

“不，我所有的衣服都盖在了我的身上。”

我对他不是海行者感到宽慰——否则他可能无法幸免——并且他设法使自己变了回去。因为他的姐姐们绝对会用棒球棍打死他。哦，老兄，原来他是一只老鼠！

之前我还在猜测他的第二形态是那些令人仰慕的动物，并大为赞叹了一番。希望他不要生我的气。

不，显然他并没有生气。因为他继续对我说：“你能再过来一次吗？别担心，我不会再对你有任何不礼貌。我觉得变形是一件很酷的事情。你知道，有了第二形态或什么，你就可以随心所欲地倒腾，没有人会注意到。”

我突发灵感。一个不为人知的间谍对我们的调查非常有价值！

我保证：“我尽快来。但是，呃……”

即使在电话里，我也能听出他咧嘴笑了。“不用担心，我那两个烦人的姐姐都出门了。而且我已经打扫了浴室。”

我也笑了。“好。”我说。

兰多给了我第二个甜甜圈——他知道我一直都缺钱。我感激地对他笑笑。离开之前，我们还像以前那样东拉西扯地闲聊。

“我们还是朋友吗？”我在离别时问他。

“是朋友。”他答道。我放心地踏上了返回的路。

没过多久，我又被宇宙飞船和行星模型包围了。与上次见面相比，火箭友善了许多，他甚至从冷冻室拿出了两根冰棍。我挑了可乐味的，火箭选了覆盆子口味的。“告诉我，像我们这样的变形人多吗？”我摇了摇头，说：“不多。顺便说一下，我们称陆生动物为林行者，水生动物通常被称为海行者。”

“啊哈。很好。”他史无前例地迅速舔掉了手中的冰棍，小木棍上留下了牙印。他突然意识到自己正在做什么，拿起嚼了一半的小木棍仔细看了看。“嗯。快停下，啮齿动物。”

“老鼠很聪明，而且善于社交。”我的声音有点心虚。

他斜眼看着我。“别胡扯了，蒂亚戈。几乎所有人都讨厌老鼠。因为它们不漂亮，也不可爱。但我无所谓，你明白吗？我作为人类时，也从来不是什么电影明星，你应该明白我的意思。告诉我，你飞速运转的脑袋里在想什么。我知道，你有一些计划。”

于是我告诉他，我们想抓住那些往自然界倾倒有毒废料的家伙，以及到目前为止我们收获甚少。

火箭立刻明白了我的意思。“这样啊，你们可能需要一个像我这样的棕色的小间谍。我们做笔交易，怎么样？我们互相帮助。”

“帮你什么？”我好奇地问。好在他是棕色的，而不是白色或有斑点的老鼠，否则就太显眼了。

“嘿，这还要问吗？你见过我的姐姐们！幸运的是，她们与我只有一半的血缘关系，她们俩都是我父亲初婚时生的孩子。那么，需要我帮你调查清楚什么呢？”

我如此这般地向他解释了一番，并让他看了我随身携带的模拟人像照片。我的新盟友睁大了眼睛。“那家伙和莉迪亚·雷诺克斯有关系吗？该死，那是怎么回事？连我都听说过她。她代表了一群你不屑认识的人！最糟的是卡尔·比特格林，你一定在报纸上读到过关于他的消息吧？这样的小矮子穿上了最高贵的衣服。他几次被指控犯下罪行，雷诺克斯总是能把他弄出去。”

“是的，我听说过。”我说，“不幸的是，雷诺克斯是我班上一个女生的母亲，这个女生很讨厌我。我叔叔和我现在之所以无家可归很可能是拜她所赐。”不知不觉中，我已经对他和盘托出。

他只说了一句：“哇，糟了。”

“任何污染了那片沼泽地的人都会后悔他们曾经做过的事，无论他们有多强大。”只有当这些话说出口时，我才意识到这话听起来多么傲慢和天真。

“好吧，让我们看看会不会刚好相反……我是说他们追悔莫及这件事。”火箭喃喃地说。

我很高兴他说“我们”。

深入敌营

我不是侦探，至少不是一个好侦探。当我站在莉迪亚·雷诺克斯的律师事务所所在的迈阿密市区高档写字楼前时，我清楚地认识到了这一点。我的脚一步也挪不动了。这里不是我的世界……但我不得不来这里找东西，尽管我并没有在这里弄丢什么。

背包里传来窸窸窣窣的声音。“那是什么？”火箭的意念之声惹恼了我。我刚刚教会他如何脑对脑交谈，他表现得还不错。“你现在要退出还是怎么？你想找到那些投毒犯，不是吗？”

“是的。”我嘟囔道。我的脑海中出现了那个家伙的照片。那是一个头发稀少，有着冷酷的薄嘴唇和深色胡须的家伙，是和我在大沼泽地交过手的团伙头目。

如果艾拉对她的朋友说的话是真的——她母亲和这个家伙有关——那么也许这里的某个人认识他，我就可以弄清楚他的名字。

“你在这里生根发芽了吗？你是鲨鱼，又不是植物变形人！”火箭在布袋子里用小爪子踢了我一下，“走，走过去。”

“马上停下来，否则我就告诉你姐姐。”我威胁他。他开始在袋子里嘟嘟囔囔地说什么灰色皮肤的海洋瘟疫之类的话。

不管火箭踢还是不踢，我都迈开了脚。我的双脚带着我从栽有棕榈树的停车场，穿过比斯坎大道，来到办公大楼拐角处的24 小时便利商店。我是这里唯一的客人。我犹豫不决地在三明治和薯片盒、头痛药和除臭喷雾剂的架子之间徘徊，过了好一会儿才去收银台。收银台后站着一个穿着大花裙子的老妇人，她看上去就像登基的女王一般威严。“对不起。”我说。那个女人看我的眼神似乎已经把我归入了小偷的行列。我立刻觉得有点心虚，有些笨拙地站在一旁。

“你在找什么？”她一边问，一边怀疑地看看我的背包。也许她以为背包里面装着偷来的赃物。我真的有兴趣让她看看，仅仅是因为我想听到尖叫声。

“别犹豫了，收银台下一定放着一根棒球棍！”是火箭在说话。

“嘿，等等，你读懂我的想法了吗？”我抗议道，“立刻闭嘴，否则我就让背包在这里满场飞！”

“呸！”他又来这套。

我又把注意力转回到在收银台女王身上。“事实上，我不是在找东西，而是在找人。”我一边说，一边掏出一只精巧雅致的钱包，“这是从一位先生的口袋里掉出来的，我只看到他走进了这栋大楼。”事实上，两周前，约翰尼叔叔在橙花汽车旅馆的一个房间里发现了它，至今无人认领。

那个女人仍然一言不发地注视着我。我继续说道：“也许您知道那个男人是谁？头发稀少、深色胡子，冷漠的样子。”

“我不知道，倒是有几个这种模样的人在这里工作。”她的声音听起来对此毫无兴趣。

因为我无法给她看我画的模拟像，所以我在一张旧收据的背面用铅笔简单勾勒了几笔。“大概就是这个样子。”

一阵奇怪的沉默让我不禁抬头看。我发现收银台女王正带着兴奋的笑容看着我和我的作品。“哦，你是个艺术家！我也在学画画，前几天我参加了一个绘画工作坊！真的很有意思，尽管老师说我把油彩涂得太厚了……”

“哦，那是品味不同的问题。”我报以微笑，将草图递给了她，“您现在想起他了吗？”

“没有，你去问问里面的律师们吧。我姐姐曾经上过一次这样的课，她抱怨那里的大多数人都想画这种抽象画。不过说实话，我也想试试看……”

“谢谢。”我一边说，一边急忙向大门口走去，“再见！”

“嘿，等等——你都已经在这里了，你可以把一包薯条放进包里！”

“算了。”我对火箭说。

“什么算了？”收银员女王生气地问，“你不认为我也可以画抽象画吗？”

我跑了出去。

现在要动真格的了。我抬头看看写字楼的玻璃幕墙。我说：“现在我必须去事务所挖出更多的信息。”我仿佛听见贾斯帕、莎丽和卡拉格在为我加油打气。

“你可真会说大话。”火箭听起来有些暴躁，可能是因为他没有拿到任何筹码，“你认为还有人在星期天工作吗？”

我说：“哈哈，你不了解现代职业生活，出来看看吧。”一个长着触须的棕色尖嘴从我的背包里伸出来。他注视着那些朦胧的身影从玻璃幕墙的另一侧穿过走廊，在办公桌前坐下。

“那都是些能赚大钱并在50岁时心脏病发作的工作狂。你的雷诺克斯太太在吗？”

“你以为我疯了吗？我可不会提前打电话给她。”我对火箭说。可以肯定的是，她的保镖不在这里，应该在她身边。关键是在某个别的地方。否则对我来说太冒险了。

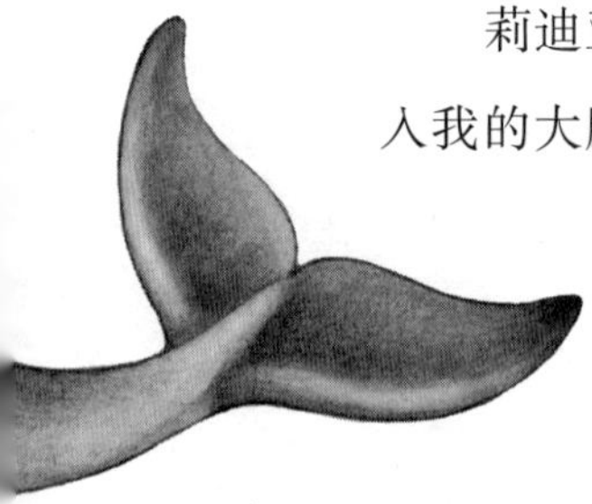

莉迪亚·雷诺克斯的话就像一只糟糕透顶的虫子钻入我的大脑。“你难道还不明白吗？一个人对一条蟒蛇所做的每件事都会两倍、三倍地报应到自己身上。”

伴随着心脏的剧烈跳动，我手里拿着钱包走进了大楼，穿过挂着金色铭牌“雷诺克斯及伙伴”的玻璃门，我颇为惊讶地环顾四周。我还从未见过如此金碧辉煌的办公室——接待区铺着厚厚的浅灰色地毯，上面放着用白色皮革和金属制成的椅子，墙上挂着艺术画。这些画大多是抽象画——那个收银台女王一定会喜欢，但不是我的菜，特别是那幅由灰色和血红色组成的画看上去就像一场严重的交通事故。

我真不敢相信投毒犯之一就在这里工作，这真的太格格不入了。这时，两个穿着深色西装、发型完美的小伙子边聊边经过我身边。但是谁知道呢，或许他们正过着双面生活，一到夜晚就向自然保护区倾倒有毒废料？我决定继续执行我们的计划。

一位穿着紧身白色套裙的年轻女子从桌子后抬头看着我。“您好！您是来取快递的吗？”

这是贾斯帕和我之前就料到的。但是包裹上总该有个名字吧，我们又不知道。而且一旦在接待处取了包裹，又必须出去了。

“不是。”我答道。我又说了一遍钱包丢失的故事，在纸上又画了一张草图，并做好准备第二次扑空。

这位女士看了一眼我的草图，说道：“可能是马可尼先生。等一下我带你去。他或许会付一笔酬劳答谢你。”她盯着我的旧运动鞋，就好像上面有狗屎一样。我已经专门洗过了！接下来，莉迪亚·雷诺克斯的员工穿着高跟鞋在前面给我领路。

我简直不敢相信我的运气。我马上就要见到这个破坏环境的恶棍了吗？我要不要反悔离开？他会怀疑甚至认出我吗？我为什么不乔装打扮一下——芬妮一定会帮忙的！

“什么事，你要来吗？”秘书不耐烦地转向我。

我有些腿软地跟着她。

“记住，也要观察观察其他人。”火箭提醒了我。

“虽然我不是未来的火箭工程师，但我也不傻。”我用意念回答道。

“噢，你只不过是嫉妒罢了，因为我了解太空飞船，而你却不了解！”火箭嘲笑道。或许这位女士会奇怪，为什么我翻了个白眼。

我们穿过了一间又一间装着玻璃门的办公室。我东张西望地打量着办公室里的人，却一个人也不认识。他们当中有变形人吗？该死，我为什么不带朱娜来！她在远处就能感应到变形人，并会立刻提醒我。

“就是这里。”秘书打断了我的思绪，推开了前面的一扇玻璃门。我手上拿着钱包走了进去……我看见写字桌后坐着一个人，是完全陌生的面孔，他正在智能手机上打字。除了头发不多，蓄着胡须，他和犯罪嫌疑人毫无相似之处。他比那个坏家伙高得多，也瘦得多。当我们走进他办公室时，他惊讶地抬头望着我们。

“对不起，我并不想打扰您。”我一边说，一边往后退，背包“砰”地撞在了门框上。“哎呀，你就不能小心点吗？”火箭老鼠抱怨道，“我快要叫出声来了，那就有你解释的了！”

“闭嘴。”我回道。然后我尴尬地对秘书小姐解释说，那位先生不是丢钱包的人。

显然，这里没有我需要的线索，我朝事务所大门走去，准备离开。我已经在思考如何向贾斯帕和莎丽解释这次行动失败的原因。我很高兴能离开那些令人窒息的办公室。秘书小姐带我穿过挂着金色字母的玻璃门，或许她是为了确保我真的会离开。

就在这时，电梯门开了——我与莉迪亚·雷诺克斯撞了个正着。

对　　峙

“您回来了？”秘书惊讶地问莉迪亚·雷诺克斯。

“是的，一位客户取消了约会——她被困在电梯里了。”雷诺克斯解释道。当她的秘书惊讶得眼珠快要掉出来的时候，她补充道：“开个玩笑！你真的没有幽默感，劳拉。”

“嗯，是的，我是说，没有。”她的秘书突然变得像一个刚进公司不满一年的挨骂的新人。

当然，莉迪亚·雷诺克斯一眼就认出了我。她说话的时候，一直盯着我，她的目光冷峻得足以使沸水立刻结冰。与此同时，她的微笑一刻也没有从脸上滑落。“好吧，蒂亚戈，你能来真是太好了！”

我环顾四周，寻找逃生的路。如果我现在冲进电梯，按下一个按钮，任意一个按钮，我还能逃掉吗？

然而在我有所行动之前，艾拉的母亲一把抓住了我的手腕。她的手异常有力——即使她现在是人形，还是让我感觉仿佛被蟒蛇束缚住了一样。莉迪亚·雷诺克斯转身向她的秘书说道：“这个年轻人陪我到办公室。你能确保没有人打扰我们吗？”

哦，天哪，这听起来可不是什么好事！我必须离开这里！但是雷诺克斯一直拽着我往前走。如果我不希望手臂被她拽下来，就只能跟着她走，我别无选择。没有人注意到有问题，因为我不敢寻求帮助。即使办公室里装有空调，我还是急得直流汗。

“需要我给你们煮杯咖啡吗？”她的秘书从身后冲我们喊道。

“不，谢谢。”雷诺克斯仍然保持着微笑，向秘书挥挥手离开了。

无论如何，绝不能让艾拉的母亲知道我的盟友也在这里以及他的模样，否则火箭就无法再做我的间谍了！老鼠火箭在我的背包里翻动着。像美洲狮男孩卡拉格向我展示的那样，我用近乎耳语的意念之声对火箭说：“安静！”我轻轻对他哈气，火箭很快就领会了。他再没有说什么讨人厌的话，也不再提出什么稀奇古怪的想法。

雷诺克斯带我进了她的办公室，锁上了门，放下了玻璃墙前的百叶窗帘。她把我往桌子后面的椅子上一推，终于放开了我。我揉了揉变红发痛的手腕。

当我们独处时，雷诺克斯脸上的笑容立刻消失了，我感到了事态的严重性。

从外面往里看的人不会发现任何可疑之处。他们只能看见一个身穿绿色套装、梳着精致发型的金发女律师坐在办公桌旁，看着一个咖啡牛奶色皮肤的男孩。或许大家会以为她有一个少年犯客户呢。

“我猜猜你为什么会在这里。”莉迪亚·雷诺克斯说，“我试试看。你这个小混蛋在刺探我和我客户的生意吗？”

“不，我只是碰巧在附近。”我急忙向她保证。

"是的，当然是的。在你的侦探小游戏中发现了什么？"

"发现了什么？您指什么？"她知道我们在调查投毒犯吗？她真的和这件事有关系吗？

"好吧。也许你只是捉弄一下艾拉和我，把有毒的东西带进我的办公室？"

"那不是真的！"

"哦？我们会从你身上查出真相的。"她没有让我离开她的视线，拿起手机拨了一个电话。"拉蒂莎？你和娜塔莎到我办公室来。带上血清。"

我吞了一口口水。老虎双胞胎！什么血清？这是真的毒药吗？不管是什么，这三个人都可以在这间办公室里逼我就范，没人会干扰她们。我必须在老虎双胞胎来到之前离开这里！

好在我有了一个主意。雷诺克斯把我推到椅子上时，背包从我的肩上滑落，掉到了地板上。现在我把它拉近了一些，再用脚把它推到椅子下面，就好像要把它藏起来似的。这必然会立刻引起她的注意。

如果一只老鼠从我的背包里钻出来，在桌子之间乱窜，会是怎样一个混乱的场面？不过这有一个前提——雷诺克斯和她的手下不知道我有一个老鼠变形人盟友。

也许还有别的办法。

"你的背包里是什么？"雷诺克斯敏锐地问道。"没什么特别的。”我答道，但她是不会相信我的。那正好。确实是这样，我们只有火箭变形用的装备，他的衣服、梳子和除臭剂。但这不关他们的事。“只是一点喝的和零食。我现在很饿。”我说。雷诺克斯嘴边浮现一丝奇怪的笑容。“哦，你饿了。”她又拿起手机，“李先生？你有定制菜单，对吗？我们想要两份鱼翅汤。我办公室里有个年轻人，他真的饿坏了！”她笑道，“您可以把它送到老地址吗？”

鱼翅汤？是的，真的有这种汤。据说很多富豪喜欢夸耀自己买得起这种汤，而且这种汤常常出现在亚洲人的婚宴上。“好恶心。”我脱口而出。

“你这么认为吗？”她对我眨眨眼，也许我的这个反应挽救了她一天的好心情，“是的，鲨鱼真令人恶心。我们的看法一致，真好。”

我说：“我从来没有想过要伤害艾拉。”我讨厌自己听起来很无助的样子。我用一只脚将背包向后推，这个举动又成功地吸引了雷诺克斯的目光。

“你从来没有想过……是借口吧？如果是，那是我听过的最虚弱的一个借口。”

她的声音变得更刺耳了。“很遗憾，虽然委员会给了你奖学金，但是像你这样的人肯定不会在学校待很长时间。你的希望会落空的，我会想办法解决这个问题。而且无论你们是否愿意，蓝礁中学都会很快发生变化。”

我气愤地瞪了她一眼——很少有人认为我是个问题。不，我不会失败，这一刻我对自己做出了坚定的承诺。无论在学校遇到多少困难，我都会坚持下去。她刚才说学校会发生变化是什么意思？我认为她确实有一个计划，无论艾拉是否知道。

“这不是由您来决定的，而是克利尔沃特先生。”我反驳道，可惜这话听起来不太自信。

“忘了你的克利尔沃特先生吧，他根本不知道什么对学校有好处。如果他不再担任校长一职，我不会感到惊讶的。”她重重地呼出一口气，“你们所有人都可以利用自己的能力来获利，而他只会阻止……很明显，必须换人！”她厌恶地看了我一眼，继续说道，“新来的校长不会让任何倒霉的奖学金生破坏我们的计划。来，把背包给我看看，里面是什么！”

“不。”我的大脑飞速运转，试图想明白她所说的一切。

在接下来的几秒钟内，同时发生了几件事。我透过百叶窗上的缝隙看到两个人正沿着大厅走来。通过她们平稳的步态，我立即判断出来人是谁，我全身立马僵住了。与此同时，莉迪亚·雷诺克斯抓住了我的背包，一把将它从我的椅子下面拉出来，扯开了拉链，然后闪电般迅速地将手伸到包内。她立刻大叫了一声，猛地缩回手，手指头还滴着血。噢耶——希望火箭结结实实地咬了她一口！

我一跃而起，抓住背包夺门而逃。糟糕的是，我忘记了莉迪亚·雷诺克斯已经将门反锁，我试图打开它，但只是徒劳。我被困住了！

然而，奇迹出现了。老虎双胞胎刚刚摇动门把手，就听到了老板的尖叫声。她们一脚踹开了门。随着巨大的碰撞声和碎裂声，门向内弹开，我敏捷地闪到了一旁。两位年轻的女士以战斗的姿态灵巧地跳到了办公桌前——我立刻从她们身后的门边溜了出去。

“抓住他！”雷诺克斯尖声叫道。

我带着装有老鼠的背包一路飞奔过走廊和雷诺克斯秘书的办公桌，然后用肩膀撞开挂着金色字母的玻璃门。一阵嗡嗡声——有人在关闭入口。但比我晚了半秒，我已经跑出门口，继续狂奔。老虎双胞胎则双双撞上了紧闭的大门。

我应该走楼梯还是乘电梯？我们在十楼。不，最好不要走楼梯，否则老虎会追上我。我又怕又累，气喘吁吁地朝电梯跑去。难以置信的是，电梯竟然打开了，一个穿着西装的家伙走了出来。他惊讶地看着我从他身边冲进电梯，按下了一楼的按钮。电梯门缓缓关闭……就像一幕慢动作。我暗自祈祷快点，再快点，因为那两个女保镖已经向我冲过来了。她们会不会把脚伸进门里，阻止电梯？

电梯门无声地关上了，不早不晚，非常及时。

我听到拉蒂莎或是娜塔莎愤怒的咆哮。我离开了。

但是，我没走远，该死的电梯竟然在七楼停住了。一位身穿商务套装、手拎古驰手袋的女士想要上电梯。哦，天啊！

“我们的机会来了。”火箭兴奋地说，“我们最好离开这里，他们一定认为我们会从一楼逃走！”

我立刻醒悟过来。电梯里的女人一脸疑惑地看我冲出电梯。我急忙环顾四周。七楼今天似乎没人上班。虽然不见一个人影，但是浅色大理石地板上停着一辆装有洗涤剂和一桶脏水的清洁车。我突然有了一个主意。我迅速抓起一个装着玻璃清洁剂的瓶子，小心翼翼地走到楼梯间，打开门，仔细辨认脚步声。是的，我听到了一些声音，尽管只是很细微的声音。火箭问："到底是什么声音？听起来像是火箭发射，只不过有很多碎玻璃声。"

我告诉了他关于老虎双胞胎的事。

"哦，该死，她们有两个人？"火箭的意念声音听起来很刺耳，"那么，她们一定一个人顺着楼梯往上走，另一个人往下走。如果她们找不到你，会嗅遍整栋大楼，直到找到你为止。"

"我真的很抱歉，给你带来这么大的麻烦。"我说。

"我晚点再听你倒霉的借口——快，我们藏起来！"

"是的，先生。"我检查了这层楼的走廊和办公室。一家市场营销机构的办公室的门是开着的，或许刚刚被打扫过。我溜进了这间陌生的办公室，然后小心翼翼地关上了身后的门。办公室里散发出一股新地毯和打印机碳粉的气味。为了掩盖我的气味，我用玻璃清洁剂大量地喷洒了这片区域。然后我挤进了门口的衣柜里，一头撞在挂衣杆上，脑袋被衣架狠狠地打了一下。关上衣柜门之后，我把背包抱在胸前，大气都不敢出。"我们藏好了。"我低声对火箭说。"真难受，这个地方不好！"火箭嘟嘟囔囔道。

"这里很好——如果有人在这里找到我们，我就把我的帽子吃掉。"我向他保证。

四五分钟过去了，毫无动静。我突然有了便意，我的T恤已经被汗水浸透，从别的办公室传来吸尘器嗡嗡的声音。尽管如此，我还是试着慢慢地让自己恢复平静。

紧接着，我听到门被打开了，有人在空气中嗅着什么，好像是一种动物正在嗅着气味。一丝恐惧掠过我的全身。显然，有一个老虎变形人顺着电梯跟踪我的气味而来，为什么我没有在那儿喷些清洁剂？希望这个地方足以掩盖我的气味。不，显然不行。天啊！轻柔的脚步声正慢慢向我靠近……我启动了应急方案。我破门而出——门正好打在一只母老虎的头上——又“砰”地关上了。那一瞬间，我一眼看见了她的虎牙和局部变形的虎爪，我拼命地夺路而逃。

“现在是怎么回事，以后你会吃帽子吗？”

“我们现在很危险！”我喘着粗气，拉蒂莎就在后面紧追不舍。那有一辆清洁车，噢，天助我也！我把车朝老虎的方向推去。随着一声闷响，车子重重地倒在了路中间。泡沫状的脏水在大理石地板上横流，地面瞬间变成了溜冰场……幸运的是，拉蒂莎正奋力跃过那辆翻倒的清洁车，只见她脚下一滑，美丽的模特鼻子直愣愣撞向地面。

我还没来得及看，火箭已经爬出了背包，张开四只爪子滑向我们的死对头，在她的衣服后面乱爬。

“你在做什么？”我惊恐地对他大喊。如果老虎重新爬起来，抓住他的话，一定会将他撕个粉碎！

“你看我在做什么？我要拦住她，这样你就可以给她喷除臭剂了！”

真是个绝妙的主意——那会使她美丽的虎鼻失灵好几个小时。我扯开了背包，拿出除臭剂，用手指打开喷雾，喷了老虎一脸。四周立刻弥漫了一股男性除臭剂的怪味，拉蒂莎几乎同时发出尖叫。“你这个混蛋！我会抓住你的！”猫科动物特有的柔韧性使她再次在离我不到 1.5 米的位置重新站了起来。她伸伸手就能够着我。

紧接着，她又一次重重地摔倒在地。这时，不知从哪里冒出来一个全身赤裸的男生结结实实地把她压在了地板上。原来吊在她肩上的火箭变形了！

“快逃，逃啊！”火箭冲我大喊。这可不是一件容易的事，因为我刚刚用背包打中了拉蒂莎的脑袋。她咆哮着，用爪子钩住了背包。我几乎失去平衡，背包在我的手中撕裂了。

无所谓了。我只想逃出去。因为我不知道另一只老虎在哪里，所以我只能冒险冲进楼梯间。是的，如果你是一名林行者，并且十万火急，那么你真的可以采取以下三个步骤。

七楼、六楼。快点，真该死！到了一楼，我就能找到逃出去的办法。

五楼、四楼。我的良心非常不安——火箭现在怎么样了？希望拉蒂莎不再注意到他，因为她现在针对的是我，而不是他！

三楼、二楼、一楼！我连忙停住飞奔的脚步，小心翼翼地拉开大厅的门，用一种不起眼的正常速度步行离开。糟糕的是，这无济于事。老虎们已经搭乘电梯追上了我。现在她们正朝我走来，美丽的椭圆形脸上挂着灿烂的笑容，绿色的杏仁眼凶光毕现。现在只有眼睛变红、鼻子撞扁的拉蒂莎不适合拍照。

她们俩切断了我通往出口的路。

钱 包 和 我

我浑身汗水涔涔。出口如此之近，我却无法出去。毫无疑问，她们马上就会抓住我。

不过大厅里不止有老虎双胞胎——两名身穿黑色短袖衬衣的警察刚刚走了进来，正在四处张望。他们会救我吗，我该缠住他们吗？但是我要如何解释呢？

“有人打电话报警，说这里有麻烦。”一个警察说道。他狐疑地看看我、两位年轻女士和一个穿着印有“香港厨房”字样的红色T恤的女孩。女孩正在电梯旁的食品小卖部的收银台旁站着，她喃喃道：“别问我，我只是在工作。”

“你们知道发生什么事了吗？”警察问老虎双胞胎。她们清楚，只要警察在场，她们就无法把我撕成碎片。她们对我目露凶光，毫不理会警察的问话。也许她们并不希望别人知道，十楼的办公室被她们搞得一团糟。

但这并没能帮我解围——莉迪亚·雷诺克斯随时可能出现，并给我抹黑！她会以迷人而有说服力的方式向警察杜撰一些有关我的令人发指的故事。而且我非常确定，这些警察们会选择相信著名律师的话，而不是一个街头男孩的话，更何况这个男孩还不是白人。

“我可以告诉你发生了什么！”一个愤怒的声音传来。我扭过头，惊讶地看到了变成人形的火箭。我的背包正挂在他的肩膀上，他的眼睛闪闪发亮。“这个家伙在办公室偷了我的钱包！”他用手指着我说，“我们在十楼追了他很久。警官们，快抓住他，别让他跑了，快！”

警察反身抓住了我的双臂。其中一位大声对我宣布：“好吧，我们和你一起去车站。”

当我被警察在气急败坏的敌人面前押送出大楼时，我竭力忍住笑，看起来就像一个被捉住的恶棍。

不过，被捕的感觉可不好。警察把我押到一辆巡逻车的后座上，“受害者”火箭被允许坐在前排。透过入口的玻璃门，我看到莉迪亚·雷诺克斯正从电梯里冲出来，可为时已晚，我们已经离开了。雷诺克斯看上去很不满意……可是，我已经被捕了，不是吗？

警车载着我们朝火车站驶去。但愿火箭有办法让我离开这里。一个可怕的念头冒了出来——他会捉弄我吗？毕竟，我们前一天还是敌人……

不过，不必担心。当警察正要进行笔录时，火箭在背包里翻来找去，一脸困惑地摸出一只钱包。“糟糕，我的钱包没被偷走。我只是把它放在另一个口袋里了！”

在疑惑的警察们弄明白真相之前，我们已经离开了警察局。我简直不敢相信我们会毫发无损地出来。

“哟，”我深吸了一口气，侧身看着火箭，“谢谢。你总是有完备的计划吗？”

他笑了，说：“几乎是吧。”

“当你们在学校围殴我的时候，是什么计划？”

“告诉你在班上制定规则的是谁……还有什么？”火箭一边说，一边轻松地走在街上。

“哦，这样。”我并没有因此而感到沮丧。在老虎双胞胎袭击我的时候，火箭的表现真是太勇敢了。对我来说，现在他已经成为比兰多更要好的朋友了。尽管我喜欢兰多，但当我在迈阿密海滩局部变形时，他却置我于不顾。

不过，我的心情并不好，因为整个行动失败了，我们没有发现与投毒犯有关的任何信息，也没有发现有关莉迪亚·雷诺克斯参与整个过程的任何新信息。

“你想什么呢？这么出神，”火箭问，“鱼翅汤？”

“别跟我提这个！”我立刻火冒三丈，“不，我在想怎么跟莎丽和贾斯帕解释，我在迈阿密的特殊任务为什么失败了。”

他侧着脸好奇地打量着我。

“谁是莎丽？”

世界上最可爱的女孩，我想。

“哦，一个特别可爱的海豚变形人，”我说，“我们想一起抓住这些罪犯。”

“啊哈。”火箭的上唇抽动了一下，这使得变为人形的他看上去有点像老鼠，“你还记得吗，现在该轮到你帮我了？”

“你想做什么？”我很好奇，他到底想怎么捉弄他的姐姐们。

“你会知道的。”他想了一会儿，继续说道，“首先，我们需要合适的装备。也就是说，我们现在要买巧克力。”

“明白了。”我突然想起，找到那家名叫“甜蜜之王”的商店也是我此行的任务，因为这个名字听起来像艾拉对她的党羽们说起过。我仍然不相信这真的是一条有价值的线索。不过我已经答应了贾斯帕，于是我建议火箭去那儿买巧克力。

火箭立刻同意了。“但是你知道吗，我会变成老鼠去那儿。当我变成那么丁点儿大时，一块巧克力对我来说就像一块黑板。我吃完一块就饱了。是吗？”

“应该是。”我说。在静悄悄的后院里，火箭完成了变形，这是他擅长的事。“我真不喜欢爬回这个乱糟糟的背包里。”他抱怨道。

我告诉他：“你可以步行。”但是他不干。

“甜蜜之王”是一家小商店，入口上方挂着用旧式花体字写的招牌。店里弥漫着一股烧焦的爆米花和人造樱桃的香气。几个货架上塞满了各种糖果，冰箱里装着苏打水和冰激凌，此外还有两张黏糊糊的塑料桌子，如果一定要坐的话，可以在那里喝苏打水或吃冰激凌。我相信，除了我们，没有顾客会找到这里。

“我请客吃冰激凌糖果。”火箭说，“把我的钱包拿走，你就公开把它偷走吧。”

我们分享了那包糖果——两颗给他，八颗给我。我坐在桌子旁边，把他的那份糖果悄悄地滑进了背包。火箭立刻钻了进去。

我嘟囔道：“你能不能别再吧唧嘴了？”这家商店有些怪异。我觉得，店家好像对卖东西并不感兴趣。正常情况下售货员在顾客光临的时候会非常高兴，但是柜台那家伙似乎很不高兴受到顾客打扰。只有当一个身穿褪色蓝 T 恤的黑灰头发的女人走进来时，他才振作起来。显然她并不想买任何东西。他们俩都望着我，似乎希望我尽快离开。

“这里有点不对劲。”火箭说。

“什么意思？这可能是个黑店？”当我假装专注地吃冰激凌糖果时，实际上我正在确认这两个店员是不是变形人。不，显然不是，即使站在柜台旁我也没有任何感觉。“我离开的时候，你或许可以留下来，听听这些人在谈些什么？老鼠在这个棚子里不会比在律师事务所显眼。”我向火箭建议。

“好的。”火箭从我的背包里滑到一个货架下面。我起身用火箭的钱为他的姐姐们买了巧克力，随后离开了。幸运的是，天气不热，否则当我走了一英里之后，它们怕是要化成软绵绵的一摊水了。不过我可不想走那么远。我在下一个街角停了下来，斜靠在一根电线杆上。

“嘿，你发现什么了吗？”我急切地问火箭。

“嘿，你好！太棒了！”传来了火箭的声音，“等我告诉你！哦，该死……”

“怎么了？”我惊慌地问。没有回答。取而代之的是回荡在我脑袋里的火箭的尖叫声。哦，不，显然火箭被抓到了！

我推了一把电线杆，跑了过去。

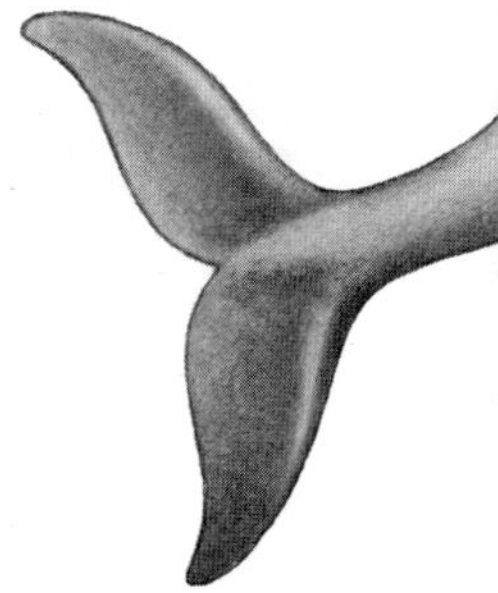

不 是 香 槟

当我再次来到商店门前时，门刚被打开，一只棕色的老鼠冲了出来，就像身后有魔鬼在追赶它。情况也差不多：一个女人怒气冲冲地拿着棒球棍从里面追出来，冲着火箭大叫："恶心的东西！"

商店里传来扔东西的噼里啪啦声——空的汽水瓶就像炮弹一样砸在火箭周围，玻璃碎片像透明的刀子一样飞来飞去。

"见鬼了，他们真的不喜欢啮齿动物。"火箭喘着粗气说道，"快点帮帮我，不然他们会把我砸扁的！"

"我能帮您什么吗？"我问那个女人，刚好挡住了她的路，"出什么事了？"

"滚开，笨蛋！我就要抓住那个畜生了！"

"哪只畜生？"我做出寻找的模样，笨拙地原地转了一圈。那个女人竟然打了我一棒，棒球棍应声落地。女人又对我好一通诅咒。

这给了火箭从人行道蹿进灌木丛的机会。

十分钟后，商店里的人们终于平静了下来，开始清扫碎玻璃。我也找到了火箭，并把他塞进了背包里。这并不困难，因为劫后余生的火箭瘫软得就像一块洗脸巾。

“谢谢你，我的队友。”他呻吟道。

在汉堡餐厅的厕所里，火箭再次变回了人形，我们终于可以在回他家的路上谈谈了。

“你一离开，那人就开始在收银台疯狂地输入销售量。”火箭说，“可那个时候根本没有顾客。”

“哦？为什么会这样？”

“伙计，你好天真。是洗钱！他们用非法的手段赚钱，却通过商店走账，就像自己通过正常渠道赚了很多钱似的。”

“还有什么？”我的嘴唇干巴巴的。

爱德华·阿尔布莱特的脸上露出灿烂的笑容。“然后那个人说：‘布拉德刚刚提供给我下一次货运的详细信息。下星期二午夜。’那个女人问：‘这次多少桶？’那个男人回答：‘十八桶。刚好一卡车。’女人又问：‘那么，你知道这次是什么吗，格雷普？’男人笑着说：‘反正不是香槟。还有，最后的东西闻起来有点像洗手液，该死的鳄鱼一定用这个东西来洗喉咙。’”

我一言不发地注视着他，难以置信。被我们取笑的线索，我最没期待的线索，竟然是正确的。我们找到投毒者的踪迹了。

“就是他们——这些家伙就是我们要找的人！”我并没意识到我高兴得太早了。显然，那个布拉德是老板，不过格雷普和这个女人也与这件事有密切的关系。“他们有没有提到卸下废料桶的地点？”

“可惜没有。”火箭做了一个鬼脸，“这意味着这些信息对你没有多大用处，是吗？”

“有用，有用，谢谢你，这是里程碑式的结果，我们终于有了进展！我必须马上告诉其他人。”莎丽和贾斯帕不会对我感到失望了，恰恰相反，他们会为我骄傲。

“我很高兴你们能做到这一点。”火箭喃喃道，“下个周末，你能帮我捉弄一下我的姐姐们吗？”

“我会帮你的，绝对。”我心不在焉地答应他，并与他道别。我已经迫不及待地希望约翰尼叔叔把我送回学校了。

然而约翰尼却告诉了我一个坏消息。“我还是没有找到合适的公寓。也许下周能行。”

“好吧。”我说。在地下室睡觉，特别是在一个对一点点污渍都会歇斯底里的女人家里睡觉，真不是一件好事。不过，我很快就要回到海边的宿舍了。

或许今晚我可以向爸爸妈妈展示我的成果！我突然又变得紧张起来——今天能行吗？他们会来吗？

“嗯，很兴奋？”约翰尼叔叔微笑着问我，他正单手扶着方向盘开着我们的破车在高速公路上疾驶。“我希望他们真的能来。你有没有收到他们的消息？”

我很快在手机上查看了邮箱。“没有。”

当我们抵达蓝礁中学时，我开心得想拥抱每一棵棕榈树。停车场空荡荡的，我的父母显然还没到。贾斯帕已经在等我了，他冲我大声喊道：“蒂亚戈！你发现了什么？”

我环顾四周以确保没人在附近，尤其是艾拉和她的同伙们不在。

“很多东西——一会儿我会告诉你一切，但是莎丽也应该知道。”我对他轻声说。

约翰尼叔叔去自助餐厅时，贾斯帕和我一起去了礁湖，从那里我可以听到远处海豚的哨声、欢乐的拍打水花的声音和刺耳的尖叫声。我突然感觉到，如果没有莎丽，我一秒钟也忍受不了。我脱下鞋子，放好手机，向大海走去，直到海水淹没膝盖，我完全没有理会短裤会被弄湿。被海水亲吻肌肤的感觉真好啊！

莎丽朝我游过来，她快乐的黑眼睛注视着我，灰色的身体轻轻蹭了我一下。我抚摸着她的背脊，她让我坐在上面一起游进了礁湖。“告诉我，你发现了什么？”莎丽的海豚伙伴们也加入了我们的团队，在我们身旁一起乘风破浪。

作为一名四脚小乘客，贾斯帕正趴在诺亚的背上以保持平衡。

我低声讲述了我和火箭在雷诺克斯的律师事务所、“甜蜜之王”的经历。“哦，真是辛苦了，我们现在掌握了更多的信息！”

“在‘甜蜜之王’？你曾经觉得这条线索毫无用处！你还开过用汽水糖果破解投毒犯疑案的玩笑呢！听我的没错吧，因为是我想到了这条线索。”贾斯帕开心地说。

“是的，我承认自己很笨。”我谦卑地说。

“但是现在你可是真正的英雄。”布璐说道，她让我站

上她的背脊。

现在我可以站在两只海豚中间冲浪。这是一种很酷的感觉，尤其想到布璐在大多数情况下还是有些怕我。也许当我变成人形时，她就不那么怕我了。

“嗯……如果我们只知道时间而不知道地点，我们就无法阻止他们将那些东西倒入大自然！”贾斯帕突然变得不太开心。

“我们只要继续调查，就可以找到下一个线索。这是周二才发生的事。”我无奈地说。

“蒂亚戈！”有人在岸上喊我的名字，“你的父母在这里，你过来吗？”

我的心脏开始狂跳。

“哦，你的父母？那太好了。”莎丽说着游出一条弧线，加速带我上岸。她背脊上的波浪淹没了我，我紧紧地握着她背鳍坚硬的前缘。我涉水回到了海滩上，浑身湿淋淋的，T恤紧贴在皮肤上，短裤还滴着水。约翰尼叔叔微笑着，他身后站着两个人……还有一只白头雕栖息在附近的树枝上。啊，克利尔沃特先生也在这里。

我首先看到是一位身材苗条但个子不高的女士，身穿钢青色精致剪裁的连衣裙的她看起来很优雅。她的皮肤有几处斑比我略深，可是她明亮的蓝眼睛却很眼熟，因为我每天早晨都会在镜子里面看到它们。当她走近我并向我伸出手时，我看到她有着优美的弧形嘴唇、齐肩的黑发和优美的仪态。“伊利丝·安德森。”她笑着说，“第二形态是蓝鲨。”

她那高贵冷静的魅力让我说不出话来。我可以叫她“妈妈”

吗？不太可能。

“嗨，蒂亚戈——我是斯克特·安德森。”她身旁的男人说。他比她高一个头，是一个白人，浅棕色的头发，两鬓斑白；他的西装看起来非常合体。

“嗨。”我终于打了声招呼。我仍然不太敢相信我是第一次见到父母。

斯克特递给我一个大袋子，里面装满了熏鱼、饼干、酸奶饮料、棉花糖和其他一些东西。“一点点零食，以防学校伙食满足不了你的胃口。”

“好主意……你们不想去自助餐厅坐坐吗？”站在树枝上的杰克·克利尔沃特建议道，“你们在那里可以放松地聊聊天，直到晚餐时间。”

斯克特瞥了一眼妻子。伊利丝点点头。“我们很高兴。”斯克特答道。

“我马上就来，我去换件衣服！”我一边喊，一边抓起我的鞋子、手机和礼物袋向宿舍跑去。我有片刻时间让自己冷静下来，这是一件好事。我很快就会知道为什么他们在我还是婴儿的时候就抛弃了我。

希望如此。我一边把湿漉漉的T恤拉到头上一边想着。

成为鲨鱼意味着什么

我环顾自助餐厅，看到我的父母正坐在大玻璃幕墙旁的一张小桌子旁，在那个位置可以欣赏到海景。约翰尼叔叔和克利尔沃特先生已经变回人形了，也坐在旁边。

“蒂亚戈在学校怎么样？”当我走近时，听到斯克特问。

“不错，他在变形方面特别有才华。”杰克·克利尔沃特向他们保证，并对我在学校惹下的麻烦绝口不提。我的父母点了点头，但似乎并没有在意。

“我来这里只有几个星期，但到目前为止我很喜欢这里。”我边说边坐了下来。

伊利丝说：“那很好——适应两个世界很重要。”这话听起来毫无意义。

几个同学刚好走进了自助餐厅，向我们投来好奇的目光，其中也包括莎丽和她的朋友们，以及克里斯和芬妮。艾拉和托克站在公告板前。怀特小姐严肃地看着他们，他们突然变得很着急的样子。

“你们慢慢聊。”杰克·克利尔沃特向我们点点头，起身离开了。我很高兴约翰尼叔叔能留下来——尽管他不发一言，但只要他像磐石一样坐在我旁边，我就觉得心安。

“你们是以动物形态还是人的形态长大的？”我问伊利丝和斯克特。

“我的父母住在巴哈马，他们晚上大多是鲨鱼形态。”我的父亲斯克特说，“他们很少跟我在一起，我不知道是为什么。他们经常说，陆地上的生活对他们不利，但他们又不想只生活在海里。”

“为什么？”我问。

斯克特的嘴角第一次向上一弯。“好吧，我父亲喜欢薯片、啤酒和棒球。”

我们相视而笑，那一刻我感觉到我们之间有某种联系。“我们钱不多，但我因为成绩优异获得了哈佛大学的奖学金。”斯克特继续说道。

我解释说：“我在这里也有奖学金——它是由委员会直接支付的。”我终于赢得了父母的点头称赞。

伊利丝终于开口说话了。每次看到她，都会让我感到困惑，因为我们看起来如此相似。“我的母亲独自抚养我，送我去一流的寄宿学校，后来去好的大学。”斯克特在一旁虔诚地听着，“但遗憾的是，她并没有告诉我关于我的第二形态的更多信息。”

当然，我做过一些调查。蓝鲨是在深水中狩猎的孤独的动物。据网上的信息说，他们和后代之间没有联系——这一点我立刻体会到了。“你经常是鲨鱼形态吗？”

“在海上，我可以得到最好的放松，”伊利丝说道，“斯克特和我在亚速尔群岛有一艘游艇，我们经常驾着它出海，我会游很长一段距离。”

斯克特向她投去赞赏的目光。“那艘游艇是你的一个美妙的想法。”

“那你也捕猎吗？”我问伊利丝。

“当然。”

“你不介意会伤害到人吗？”

“为什么要介意呢？”她的目光冷酷到令我震惊，“我们是鲨鱼，这是我们的本能。”

我的母亲是一个冷酷的杀手。哇！我看看斯克特，又看看她，想知道这两个原本没有联系的鲨鱼变形人为什么在一起几十年了。他们彼此相爱吗？如果他们有爱的能力，为什么会不假思索地离开我？

“你在约翰尼那儿还好吗？他把你照顾得好吗？虎鲨需要很多食物。”斯克特总算问了我一个问题。我以为他们根本不在乎我。

“他不敢饿死我。”我冲约翰尼笑。他回以微笑，宽阔而布满皱纹的脸就像一道可以令我遁入其中的熟悉风景。这种感觉真好。

“对。我宁愿为他服务，而不是什么都不做。”约翰尼说道，“我们在一起有很多美好的时光，不是吗？”

“是啊，不过……嘿。”我稍稍表示反对。应该让我的父母知道，没有他们，我一样过得很好！

“你最喜欢哪门课？”伊利丝问我。

“我想是水文学。我们的老师是一只海龟，她告诉我们很多有趣的事情。不久以后，我就要和几个同学——比如那边那个同学——一起做一个关于珊瑚礁的课堂报告。”

克里斯和我们的厨师兼舍监约书亚正在聊天。当他意识到我们正在谈论他时，他咧嘴笑了笑。我的父母飞快地看了他一眼，又不理睬他了。

我们又聊了一会儿。我了解到，他们作为律师为大型公司提供咨询服务，并根据需要一直在全球范围内开展业务，因为他们需要这么做。他们和莉迪亚·雷诺克斯做一样的工作吗？嗯，棒极了。

他们了解到我的业余爱好是绘画、阅读专业书籍、和新朋友们一起出去玩，以及我在整个童年时期都被约翰尼禁止下海。

尽管我们聊了很多，但我依然没有感觉到彼此之间的距离被拉近了。必须打破僵局。我绞尽脑汁地思考如何打动我的父母并赢得他们的尊重——终于，我有了一个主意。显然他俩都喜欢鲨鱼这个身份，最好的办法是向他们展示我作为虎鲨的能力！果然，当我向他们提出这个建议时，他们俩似乎很感兴趣。

“当然好啊，那你变形吧。”斯克特说。我们一起走了出去。

恰巧变形为犰狳的贾斯帕正在棕榈树林中四处嗅探。他在祝我好运！我一边冲他扮鬼脸，一边脱掉我的T恤。希望变形成功！

我全神贯注于心中的虎鲨图像，但由于过度紧张，起初毫无变化。废物，废物，废物！我的父母默默地等待着，注视着我。这令我更加紧张了，变形不像平时在课堂上那么顺利。

我终于变成了掠食性鱼类，游过碧绿的浅水区。我发现自己更加镇定了。我的尾鳍匀速地来回拨动水流——一来一回，一来一回——当我穿过礁湖的时候，有的同学早已惊慌失措地逃走了。“嗯，那我走了。”奥利维娅一边说，一边上了岸。当我的鲨鱼嘴突然调转朝向他们，布璐飞快地跳进了海里，任凭莎丽在她身后大喊：“停下，等一等！”

关键时候到了。我必须向父母展示我能做些什么。

“贾斯帕，你往另一头扔几根树枝。”我请求朋友帮忙。贾斯帕和克里斯一起从格斗课的装备区推了几根粗树枝到海里。

我开始助跑，弹射出去，尾鳍击打着水面，向树枝发动了攻击，仿佛它们是我最大的敌人。我一口就让树枝在水中裂成碎片。有人在鼓掌吗？在水下几乎听不见任何声音。我转身进攻第二根树枝……我差点撞到了贝瑞。贝瑞变为闪亮的银色梭鱼在我的鼻子前平静地游来游去，他似乎并没有注意到这里正在进行着一场重要的表演。我不得不紧急刹车，从而损失了向前的冲力，我的鼻子只轻轻推了一下树枝。我试图用牙齿咬住它，它却左摇右晃地漂走了，几乎就是这样，我被激怒了。

“贝瑞，你这该死的鱼片！你这个笨蛋就不能离我远点吗？”我冲他大喊，愤怒和挫败感在我的血管中沸腾，“你现在把一切都搞砸了！”

“我？不，是你搞砸了你自己。”贝瑞毒舌地反驳道。他仍然没有游开，也没有给我让出地方的意思。

我愤怒地朝他冲过去。这招终于奏效了——他迅速地拍打鱼鳍，丢下一句侮辱性的话“你放松一点”，就消失在大海中。我终于又获得了广阔的赛道，终于可以在树枝上展示我作为鲨鱼的极具威慑力的牙齿。

我骄傲地朝陆地的方向游过去，探出灰白色的大脑袋望着站在海滩上的父母。我惊讶地发现，他们并没有对我的表演表现出热情。他们的表情严肃，我的母亲甚至皱着眉头。“我发现自我控制不是你的强项。”母亲说，“你还必须为此付出努力，蒂亚戈。真的很遗憾。也许有一天你会发现成为鲨鱼意味着什么。”

一阵冰冷的刺痛感穿透了我的全身。我搞砸了与父母的第一次见面。为什么我的情绪会失控，尽管我曾多次与怀特小姐练习如何控制住自己的情绪？“但是……我……”这是我唯一能说出来的话。

幸运的是，在这所学校里还有人愿意替我说话。

朋　　友

莎丽像灰色的鱼雷一样发出嘶嘶的声音，她前进的速度如此之快，水晶般的波涛在她的额头欢快地跳跃。“你们到底是什么样的父母？我从未见过这么没有同理心的父母！蒂亚戈是多么期待这次见面啊，你们只需完成任务即可！当然，他很紧张，所以会发生刚才的事，不是吗？你们不能理解吗？”

我认真地听着莎丽的话，心中充满了感激。她说的每个字都是正确的。我知道自己永远不会有足够的勇气跟父母说这些话。莎丽知道我和她父母谈过话吗？不，可能不知道，我们只是朋友，所以会这样。

“她说得对。”约翰尼叔叔平静地说道，“或许我们都对这次见面抱有太大期望了。”

我并没有看他，而是在观察我父母的脸。起初他们几乎不动声色。后来我父亲扬起了眉毛。“你和一只海豚交上了朋友，蒂亚戈？”

“是的。”我简短地答道。他们是否觉得，与一只海豚做朋友有损我的尊严？还是惊讶于我能找到一只愿意与我做朋友的海豚？

“很好。”我母亲终于说话了，她的语气比之前温和了些，“谁知道如果我处在蒂亚戈的位置上会做出什么样的反应呢？”

“是的，当有人挡在你和你的目标之间时，你不会犹豫不决。”斯克特看上去很高兴，但是当他朝我看来的时候，微笑就消失了，“恐怕我们必须回去了。我们可以电话联系，蒂亚戈，好吗？”

“好吧。”我轻声答道。我对莎丽心怀感激，游到礁湖的边缘，悄悄地变回人形。

我仿佛死了一样，脸靠在胳膊上躺在自己宿舍的上铺，直盯着前方。我感到筋疲力尽，身体就像被掏空了一般。我的鼻子距离红色按钮只有几厘米，但这个按钮是用来在夜间意外变形时触发警报的。此时此刻我仿佛看不见它了，我什么也不想看，对什么都没感觉。

不过我确实还有一些感觉。变成犰狳的贾斯帕坐到我的背上，他的小爪子伸进我的T恤。“你真的不想吃晚饭吗？你一定饿了吧？变形之后你总是很饿。”

“一边待着去。我什么都不想吃。”我说道。其实我的胃已经咕咕叫很久了。

“好的。那我给你带点吃的，好吧？吃完之后，你就会觉得好多了。父母们可能真的很麻烦。我父母曾经分开过，但大概半年之后他们又在一起吃蚯蚓了。”

担忧的贾斯帕从上铺跳到地板上的一个土墩里，匆匆走了。

有人敲了敲宿舍的门。“蒂亚戈？”门外传来怀特小姐的声音，“我知道你在里面。”我没有力气回答。

她继续说道："这是一次严重的挫折，但是如果我们继续练习，是可以做好的，好吗？"

我把脸埋进枕头里。即使我将来能更好地掌握自控力，那对我又有什么好处？我只有一次机会给父母留下良好的第一印象。

我在黑暗中痛苦地躺了很久，直到头顶上的灯突然亮了。"嘿。"我喃喃地说道，"让我静一静。"

"相信我，你想去自助餐厅。"耳边传来莎丽开朗的声音。

我又有力气说话了。"克利尔沃特先生开了巧克力喷泉吗？"不久前我还对它满怀期待，现在也没有其他的东西更令我感兴趣。

"不是。"莎丽回答，"卡拉格和他的朋友们到了！"

五分钟后，我们走进了自助餐厅，向站在自助餐厅排队的新同学致意。我立刻认出了这个美洲狮男孩，他现在是人形，一个有着绿金色眼睛的金发男孩。"嗨，卡拉格。"我开心地向他打招呼，我们相互拥抱。

"我可以向你介绍蒂卡妮吗？"卡拉格一边说，一边握住了身旁一位长着亚洲面孔的女孩的手。他们俩充满爱意地望着对方。然后卡拉格用下巴指了指他带来的第二个同学。

"这是霍莉，也是我们班的同学。"

"起亚奥拉，霍莉。"诺亚说。我现在才知道那是毛利语"你好"的意思。

"起亚什么？"第二个女生年龄较小，一头赤褐色的鬈发，模样调皮可爱。她的眼睛正在滴溜溜地四处张望。"只要我们有饭吃，就让你猜猜我们的第二形态是什么。"

“可卡犬？”诺亚问道。这时，我们正坐在放有餐盘的一艘餐桌船上。听到这话，卡拉格和蒂卡妮都忍不住笑了。

“差远了。”霍莉说，“狗什么都不会做。你可以再猜一次。”

“嗯……也许是貂？”

“没那么爱咬人。”霍莉答道，“只有坚果怕我——但它们数量很庞大。”突然她的位置上只剩下一堆衣服，一只红松鼠正在船的栏杆上做体操。她跳到诺亚的肩膀上，凝视着他宽阔、黝黑的脸庞。“你呢？你像蒂卡妮一样是因纽特人吗？”

“不——在世界的另一边，我是来自新西兰的毛利人。”诺亚说道。他抬起手，想抚摸小松鼠，却得到了小松鼠的一顿拳头。“是的，我毛茸茸的，但这并不意味着可以乱摸！”

“对不起。”诺亚的脸变得像樱桃那样红。

莎丽笑得前仰后合，我也开心地笑了。因为诺亚平时谦和有礼，比如他总是帮别人开门，从不会不挡住嘴巴就大打哈欠，所以当这样的事发生在他身上时，显得有些好笑。

“没问题。”霍莉大胆地跳到卡拉格的头上坐了下来。当她的尾巴扫到卡拉格鼻子时，卡拉格打了一个大大的喷嚏。

“你们可以继续猜——蒂卡妮是什么？”卡拉格问我们，“霍莉刚才透露了一点信息。因纽特人意味着是极地动物。”

“哈！我敢打赌你是北极熊。”芬妮对卡拉格的女朋友说。

蒂卡妮笑了笑，摇摇头。“小一号。”

“北极狐？”

“再大一点。”

芬妮挠了挠头。“嗯……嗯……年轻的白鲸？”

卡拉格笑了。“皮毛更多些，皮毛更多些。”

“等一下。”蒂卡妮说道。突然之间，一个有着北极狼的头和午夜蓝眼睛的女孩坐在我们中间。大家鼓起掌来。当蒂卡妮顶着狼头想喝水的时候，我们又忍不住笑了。只见她双手将玻璃杯举到嘴边，将水倒进嘴里，但是一部分水又从侧面流了出去，所以她不得不把鼻子伸进杯子咂吧咂吧地喝起来。

客人们已经知道我和莎丽的第二形态，加之其他同学过来和我们打招呼，所以竞猜就进入了下一轮。卡拉格看了一眼芬妮的蓝色头发，说道：“我看你是海葵。”蒂卡妮又完全变回了人形，她说道：“也许是鹦鹉鱼？”

“她不是！”诺克斯一边宣布，一边转身跳进餐桌船的水中。“你们看到这个无与伦比的身体了吗？这才是鹦鹉鱼的样子！那条鱼是一条魔鬼般的蝠鲼。”

“嘿，谁允许你说别人坏话的？”芬妮抱怨道，做了个恐怖的鬼脸，也许是为了强调“魔鬼”的意思。

克里斯也来了。他一刻也没有把视线从莎丽身上移开，这让我想起他也喜欢莎丽。“好吧，你觉得我是什么？”

“海狮。”蒂卡妮立刻说道，我们都困惑地看着她。蒂卡妮笑了。“我没有冒犯的意思，但你身上的气味很浓烈。”

与此同时，霍莉正在审视着外表安静木讷的书呆子内斯特。“嗯……也许是蛤蜊？”她猜测。

“不是。”内斯特尴尬地说。

“海星？”

内斯特感到被冒犯了。“短吻鳄——我为此感到骄傲！”他说完走开了。

就这样，大家围坐在一起愉快地聊着天。渐渐地，我感到自己恢复了活力。卡拉格不时若有所思地从侧面观察我。“你还好吗？”当我们去添菜时，他问我。

我摇了摇头。“我的父母刚来看过我。不是很愉快。”

“我和我爸也发生过几次争执。”卡拉格说，“他非常严厉和固执。”

“我甚至都不知道我的父母是否严厉——不管怎样，他们并不亲切。”

“冷血鱼？”

我撇撇嘴，笑了笑。“我自己不想这么说。该死的冷血鱼，但我不是那样的，不是我，你明白吗？”我试图解释。

“你这条鲨鱼绝对是一条热血鱼。”卡拉格回应道。约书亚刚好过来，他在卡拉格的盘子上放了一块罗非鱼鱼排，并在上面倒上黄油酱。“来吧，别让食物凉了，否则太可惜了。不，你根本不是一个冷酷的人。我们毕竟在独木舟里一起蹲了几天，我了解。”

“是的。”我说，“顺便说一下，我发现了一些投毒犯的线索。最好的办法是尽快开一个行动讨论会。我们现在就开始，怎么样？”

“棒极了！”卡拉格大喊道，他的牙齿瞬间完成了局部变形。他的利齿确实令人印象深刻。“记得在那场暴风雨期间，我就特别想抓住他们！”

诺艾米依偎在他的腿上，用嘶哑的声音说道：“你的牙齿好大，看上去几乎和我的一样漂亮。”蒂卡妮看了她一眼，眼神犀利。

这个时候，餐厅里传来一阵嘈杂声，所有的学生都涉过及膝深的水来到了餐厅中央。杰克·克利尔沃特先生刚刚在那儿摆放了什么东西。与此同时，约书亚开放了甜品自助区，上面放了一大盘水果。

“前面发生了什么事？”霍莉跳到了艾拉身上（艾拉惊讶得叫不出声来），显然她并不想涉水过去弄湿双脚。接着她又蹦到一脸惊恐的雷奥诺娜头上，最后越过内斯特的头到了最前面。

“哦，太疯狂了，你们有一个巧克力喷泉！可以在那里面洗澡吗？”

“巧克力喷泉？真有那样的东西吗？”卡拉格看看我，我也看看他。然后我们一致决定，行动讨论会延迟一会儿再开。

极限水球

可惜我们无法将客人带到秘密基地，因为那地方位于大海深处。所以莎丽、贾斯帕和我相约在船屋后面和他们碰面。我们在等待霍莉的加入，等了很长时间。她正忙着在每两棵棕榈树之间爬上爬下。“哦，终于又看到棕榈树了，它们真是太棒了，你们知道我爱棕榈树吗？”

卡拉格说：“是啊，我们知道。”他和我们一起在温暖、干燥的沙地上坐下来。“如果你暂时还不下来，能不能帮我们留心一下是否有人正在悄悄地靠近我们？”

“当然可以，我会跳到笨间谍的脸上去。”松鼠变形人信誓旦旦，而莎丽则对她的攀爬能力啧啧称奇。

“跳到脸上？最好不是短吻鳄啊。”我说，“你的分量喂他们正好。”

“点心吗？”莎丽插嘴道，“那可是违反学校规定的。”

“我们那里曾经有一个猫头鹰和凯门鳄的案子，学校的规定并不太管用。”卡拉格说，“所以要小心，忙碌的小松鼠，明白吗？”

“明白，脏美洲狮。”霍莉答道。卡拉格向她扔了一块椰子壳，她灵活地闪到树干的另一边，躲开了。

“她总是这样吗？”诺亚问道，他看上去完全被迷住了。

“大多数情况下更调皮。”蒂卡妮擦掉嘴角上最后一点巧克力，咧嘴一笑。

我简要地告诉大家到目前为止所做的工作和发现的线索。总的来说，形势不容乐观。

当我说到我们知道下一次投毒行动的时间而不是地点时，蒂卡妮皱了皱眉头。“我们必须找出更多线索，否则就会前功尽弃。你们的校长不能请警察窃听这个人的手机或拦截他的电话吗？”

我们决定让芬妮参与整个行动。由于她父亲是警察，她可以称得上我们当中的警察专家。在仔细听过我们的话之后，芬妮说道：“恐怕警察不会去监视他们。蒂亚戈，你甚至没有亲耳听见他们的对话。那些话都是那个叫火箭的人说的。而且，任何警察都想知道，为什么他们会在火箭能听见的情况下公开谈论投毒这件事。”

“对。”我沮丧地说道。我们绝对不能泄露林行者的秘密。

“我去和艾拉谈谈，毕竟她也想保护大沼泽地。”莎丽说着站了起来。立刻有好几双手把她拉了回来。

“你疯了吗？”我问她，“你也看到了，她是怎样捍卫她母亲的！不管莉迪亚·雷诺克斯是否参与其中，艾拉都会站在她的家人那边。”

蒂卡妮立即附和道：“确实，家人是第一位的。”

“大多数情况是这样。”卡拉格低声说。他握住她的手，对她微笑。这让我有些嫉妒——我也想这样握住莎丽的手！

美洲狮男孩转身面向贾斯帕、莎丽、芬妮和我，说道：“我们可以试着观察观察那个投毒犯，找出更多的线索吗？”

“值得一试。”我答道，“雷诺克斯的爪牙们现在已经认识我了，但他们并不认识你们。老师规定我们坐在这里听课，但没人阻止你们进城。”

我们商定由卡拉格、蒂卡妮和霍莉用周一一天时间（最好也包括周二）监视“甜蜜之王”糖果店。这是目前我们防止投毒犯采取进一步行动的唯一机会。

“那个火箭呢？他会掩护我们吗？”蒂卡妮问。

“我不知道。”我答道，“在最近的那次行动中，他被很重很坚硬的东西砸来砸去。”我感激地冲他们笑笑，“无论如何，非常感谢你们远道而来给予支持！如果我们真的要和这些家伙打起来，那么就有机会与你们合作了。”蒂卡妮看上去强大而充满威慑力，卡拉格也是一位伟大的战士。霍莉可能非常善于做哨兵。

我们的客人不好意思地低声说着“很乐意”和“不用谢”。诺亚突然站了起来，说：“那么，会议现在结束了吗？”

"呃，是的，怎么了？"我想知道为什么他这么着急。

我很快发现了其中的原因，确切地说，是在我刷完牙走到宿舍外面的时候。在佛罗里达州蔚蓝的天空下，三只海豚在礁湖里纵情地跳跃，显然他们被霍莉的野性能量感染了。莎丽和布璐浮出水面，划动尾鳍向后倒退。在晶莹剔透的海水中，我看到诺亚冲上高空，完美地翻了一个跟头，水花四溅……怕水的卡拉格浑身都被淋湿了。但没人可怜他，蒂卡妮笑了，霍莉光顾着看那只深色的小海豚。

"诺亚，你的跳跃非常灵巧，和我跳得一样好。"霍莉一边说，一边从一根树枝跳向另一根树枝。不幸的是，她没够着另一根树枝。在坠落的途中，她变成了一只飞翔的小松鼠。我非常担心，飞奔了过去，或许我可以接住她！

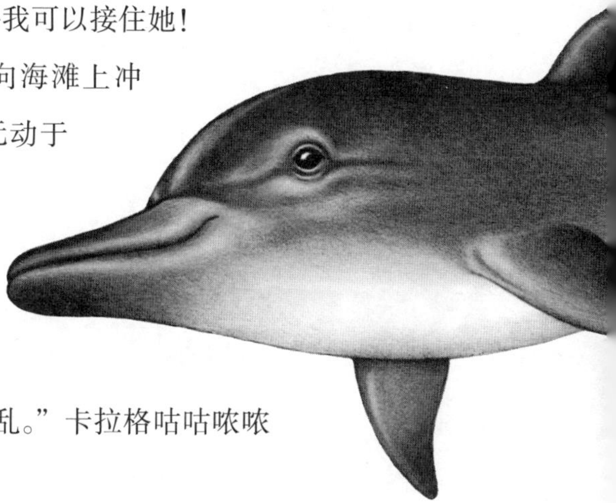

诺亚发出哨音，飞快地向海滩上冲去。卡拉格和蒂卡妮却无动于衷。果然，霍莉在着地之后一跃而起，蹦得很高。"别慌，一切都很好！"

"慌？我可看不到慌乱。"卡拉格咕咕哝哝地说。

"那更好！"诺亚的大脑袋从水中伸出来，他的眼睛闪着光，"蒂亚戈，你能去仓库帮我们把水球拿来吗？你知道的，那个带拉链的水球，里面可以塞东西进去。"

坐在沙滩上的贾斯帕吓了一跳。"我可不想再进去了！"他急忙钻进沙子里，只有臀部露在外面。

“你不必进去。”我一边向贾斯帕保证，一边笑着瞥了一眼霍莉，“我想还有一位候选人。”

我跑开了。

五分钟之后，一只里面装着霍莉的水球在礁湖里上下旋转。海豚们将水球推过水面，用鼻子将它高高抛起之后，又将它按到水下，水球再次弹出水面。霍莉在水球里惊声尖叫，就像在坐过山车一样。莎丽用尾鳍将球扔向天空，水球在空中划出一道长长的弧线。在水球里面，霍莉用四个爪子撑住了四周透明的塑料。“太棒了——再来一次！”

我对芬妮说：“希望你们不会不舒服——几秒钟前，水球里面散落了浅绿色的松鼠呕吐物。”

我把霍莉抱了出来，帮她在礁湖中清洗干净，然后清洗水球的内部。“好了，先休息一会儿吗？”我问松鼠变形人，她浑身湿漉漉的，毛都紧贴在身上，看上去有点像老鼠。

“休息？”她生气地回道，“我还没老，我的尾巴还没掉下来呢。卡拉格，从背包里给我拿一点零食出来。”

她嚼完一颗松果之后，满血复活了。她又一次跳入水中，这次她变形为身着泳衣的人类。芬妮、克里斯、蒂卡妮和我也跳入了礁湖中。

“海豚与海狮之间来一场小小的比赛怎么样？”克里斯一边问，一边游到莎丽的身边。他靠得如此之近，以至于我不得不让到另一边。很明显，他不喜欢莎丽和我在一起。

“明天吧。”莎丽友好地回复道。她潜到我身旁，并将她的海豚嘴放在我的手中。“蒂亚戈，你想来一趟小小的出游吗？抓紧我，身体放松！”

克里斯看上去有点沮丧。但除了像落魄的失败者一样站在那里，他什么也做不了。

莎丽带着我投身大海。流动的海水划过我的身体，四周是一片广袤无垠的蓝色世界。我忘记了时间，沉浸在和这个海豚姑娘的步调一致的喜悦中。

天色渐黑的时候，我们才筋疲力尽地回到海滩。我们好奇地环顾四周。克里斯和布璐变形为海狮和海豚正在互相追逐，芬妮变形为蝠鲼在狼女郎蒂卡妮周围逗趣地起舞，而诺亚则不停地在霍莉面前跳来跳去，他对霍莉说：“你根本不怕水。”这话听起来如此不可思议，我和莎丽调皮地相视一笑。看起来，有两个人已经在这里找到了彼此！

莎丽呢？我对于她有什么意义吗？是的，我们是朋友，但现在的我是否对她意味着更多？我不知道该怎么表达，只能把这个问题暂时搁置，重新开始考虑我们的行动计划。只剩两天了。我们有什么办法可以阻止投毒犯投毒呢？

棉花糖和行动计划

令人难以置信的是，我们的学校秘书海鳗米萨奇小姐愿意开车将我们的三位客人从学校送到迈阿密，晚上再把他们带回来。我最后才领悟到，这一切并非纯粹因为好客。

“这是我们要从城里买的零件清单。”杰克·克利尔沃特递给她一份打印稿，“购物愉快。”

“谢谢。”米萨奇小姐说，“如果我趁这个机会穿上一件新的吊带衫或者换上一双新鞋不会有人介意吧？”

“不，不，我不介意。”杰克·克利尔沃特心不在焉地嘟囔道。

米萨奇小姐看上去很紧张。“哦！您可能根本不在乎我的样子——我还不如穿得破烂一些四处走动。那更省钱！”

“哦不，当然不是！如果您添置了新衣服，我们非常高兴能在秘书处看到您美丽的倩影。”杰克·克利尔沃特说。

米萨奇小姐亲切地点点头。我简直可以看到我们年轻的校长头顶上冒出一句话：“哟！又过了一关。”

我们的海鳗小姐对着后视镜涂了涂口红，这次是深紫色的，然后载着卡拉格、霍莉和蒂卡妮扬长而去。我向卡拉格竖起大拇指，又指了指我的手机。他点了点头，也晃了晃他的手机。我们会保持联系的。

然而我没有想到，在课堂上看手机也不是一件容易的事。当我的手机在数学课上嗡嗡作响时，加西亚先生向我投来严厉的目光。我很好奇手机收到了什么信息，却不得不等到加西亚先生再次在黑板上写板书的时候再看。我飞快地朝桌子下面看了一眼，试图看清卡拉格发来的消息。

不幸的是，艾拉发现了我的小动作。“加西亚先生，可以在上课的时候查看手机短信吗？”

“当然不行。”加西亚先生答道。艾拉冲我扮了一个胜利的鬼脸。

我优雅地报以微笑，幻想着往她头上浇一桶油漆。

我只能等到休息时间再查看手机信息。卡拉格在短信里写道：“我们已经抵达目的地。一人在商店前，一人在商店内。除了我们喜欢的桃子味糖果之外，什么都没有发现。你可以在这里买到它们。”

“祝你好运。”我颇为失望地回了短信。

不幸的是，今天还有另外两门加西亚先生的课——西班牙语课和变形课。而我几乎每个小时都会收到一条卡拉格的短信。在我几乎吞下手机之后——因为变形为虎鲨的我试图用胸鳍查看短信，加西亚先生的忍耐达到了极限。“够了，蒂亚戈！你今天是怎么了？到校长办公室去！”

我们调查小组原本打算在没有核实事实之前不告诉老师们任何事情。但当一位海雕变形人几乎用目光击穿你的时候，不可能不透露一星半点的秘密。“你们这些业余侦探真的让我很吃惊。你的行为很幼稚，你这么做既缺乏责任感也很危险！”杰克·克利尔沃特先生在纸上乱画着什么，“把这个交给法林。你在今明两天可以根据需要随时查看消息。如果你们有任何进一步的消息，立即告诉我。”

我连忙向克利尔沃特先生表示感谢，并回到了教室。

我把纸条交给了加西亚先生，他抬起眉毛飞快地浏览了一遍。然后我坐了下来，拿出手机，安安静静地看卡拉格发给我的新短信，以便艾拉、托克和贝瑞都可以清楚地看到。可惜上面写的是：“你真的知道小杏仁饼的味道吗？”

好吧，直到现在还没有任何有价值的线索。

每收到一条新信息，我就更加确信我们难以找到其他线索了。倒计时开始了。我感到越来越无助。只要我们不知道投毒犯倾倒化学废料的地点，就什么也做不了！如果我们不能阻止他们倾倒化学废料，那么又将有多少动物因此而丧生！与此同时，与父母第一次见面的可怕记忆悄悄潜入我的脑海，弥散开来，挥之不去。我不知道我应该生谁的气：我父母的还是我自己的？所以我就生整个世界的气。

午休的时候，克里斯、诺克斯和我开了一个小组报告准备会。会上，我几乎一言不发，直到克里斯戳了一下我的肩膀。“嘿，你也是小组的一员，你还记得吗？你什么时候能说两句？”或许莎丽花了那么多时间陪我，令他感到气愤。

诺克斯建议道：“如果他只是默默地坐着，什么也不能做，那我们可以把他打扮成礁石，让大家参观参观。”

“抱歉，伙计们，我有些分心。”我承认了错误。

与我相反的是，诺克斯表现得异常兴奋。“来吧，让我们再核对一遍每个人在周四的演讲之前必须完成的任务。”他说，“克里斯打印图片，我练习演示，蒂亚戈准备好珊瑚虫用于展示。在周四之前都能完成吗？”

“是的，我可以。”我口中答道，思绪却在别处。如果我们不能阻止他们倾倒废料桶，我们是不是对此事造成的后果也负有责任？因为我们有可能在某个时候做出了错误的决定？或者因为我们没有得到成年人的更多支持？

诺克斯说，乔装打扮，打扮成礁石……我突然想起多才多艺的芬妮。她可以利用衣服、化妆品和其他辅助工具将自己变成另一个人。我们能不能用这种办法抓住投毒犯呢？可我想不出来怎么做。

接下来的一个小时是应激反应相关的课程。

今天的课很实用，是关于如何应对比自身强大的敌人。莎丽、贾斯帕和我都在聚精会神地听课。

“如果敌人总是采取主动进攻，而你们每次只能被动地做出反应，那么你们将处于一个弱势地位。”怀特小姐解释道，“但是，如果你们变得活跃起来，那么你们的对手就必须应对新情况。谁能给我举一个例子？”

变形为黑豹的诺艾米横躺在桌子上，她抬了抬头。“喂他吃他不该吃的东西，使他变得更虚弱？比如说腐烂的鹿肉之类。”

“当然，他可能不会吃这个。”怀特小姐说。

贾斯帕举手发言了。“一只甲虫没有机会与一头浣熊对抗。

但是，如果你是一只甲虫，可以请求数以百计的甲虫来帮助你一起攻击浣熊！它真的会惊呆的。”

“这不是策略，而是愚蠢。”怀特小姐面无表情地说，“浣熊会为这次盛宴感到兴奋不已。”

当雷奥诺娜举手发言时，我感到很惊讶。“我们可以为敌人设下陷阱。例如，作为电鳗，我没有凯门鳄强大，但是如果我诱使它进入河中缠绕的树根之中，它会被卡住，我就可以随心所欲地对它进行电击了。”

我坐在那里就仿佛被闪电击中一般，感受如此真切。起初，这个想法就像我脑海中的一株嫩芽，很快它就如同花儿一般绽放，变成了一个计划。我迫不及待地想放学，想把信息发送给我们迈阿密的团队：一定要想办法拿到这个家伙的手机或者弄清楚他的手机号码！

回复的消息：明白——我们是在找一头绑架过总统的活的猛犸象吗？

我禁不住咧嘴一笑。“哦，我认为这样的庞然大物会很棒。”我回复了消息，真希望我们的团队可以用手机做到这一点。

晚餐时，来自克利尔沃特高中的援兵们不得不承认他们无法完成我交给他们的任务。“售货员好像把手机当作了猎枪，一次又一次把它抽出来。”卡拉格说，“我们根本没有机会靠近他，他一直拿着手机。”

“但是你不是一口就能吃掉你的猎物吗？”莎丽不解地问。

“猎杀一头雄鹿时，并不是这样的。”美洲狮男孩告诉她。

“至少我们已经收集了部分信息。”蒂卡妮一边说，一边塞给我们手写的时间和信息清单。她和其他人详细记录了什么人进入了商店，却什么也没买，只是和店主聊了聊天。

“哇，太好了，你们做得真细致。”我浏览了一遍清单，不禁打了一个冷战，“什么，有一个穿西装的金发碧眼的女商人也去了，什么也没买？她可能就是我们最大的敌人。”

“知道她长什么样吗？你们可以看一下，我们偷偷地给这些人拍了照。”卡拉格骄傲地说。

我惊喜地问：“现在吗？你们太不可思议了，聪明极了。”

“快点，给我看看！”莎丽催促着将手机从一脸愕然的卡拉格手中抢走。片刻之后，我们就弄清楚这个女人原来就是莉迪亚·雷诺克斯。

“非常可疑——但这还不足以证明什么。”芬妮说，“霍莉，你在第二形态时最有可能拿到那个售货员的手机或者找出他的电话号码之类的。明天是最后的机会！”

“我向烂坚果发誓，明天坚决完成任务。”霍莉嚼了嚼糖果包装纸，“我去拿手机，我们制止那些家伙，好吗？”她瞥了一眼坐在另一张桌子上的诺亚。

“你到底有什么计划？”卡拉格像猫一样敏锐的绿金眼睛看着我，“如果我们知道你的计划，就能提供更好的帮助。”

我挥手示意他和其他人靠近，压低声音告诉了大家我的计划。一阵短暂的沉默。“你们怎么想？”我突然有些不自信地问道。也许我的想法是一堆垃圾，而我只是还没有弄清楚怎么把这个想法清理出去。

“这是一个很聪明的计划。”卡拉格说，“但也很危险。”

“我打赌，这很危险。”贾斯帕透过厚重的镜片担忧地看着我，“我们需要怀特小姐的帮助，必须的！还有警察，也许还有诺艾米。”

芬妮已经站起来了。“我必须立即开始准备。我需要一件非常特别的服装，也许在剧院可以找到类似的服装。”

“我必须在谷歌地图上找到一个适合我们藏身的位置——莎丽，你一块儿来吗？”我一边说，一边向计算机室走去。

“我还有非常重要的事情要处理。”霍莉说完离开了。后来，我们看到她在棕榈树林中教诺亚攀岩。

“所以啊所以，非常重要。”我嘲笑道。

“这当然很重要！”莎丽说，“你从来没有喜欢过一个人吗？”

我的脸唰地红了，喃喃自语地盯着我的手机，尽管手机上并没什么可看的。现在是时候问她是否喜欢过别人了。最后推测一下，她有多喜欢我。

这时，突然有人在淡水区里大吵大闹：“你这愚蠢的甲壳混蛋，把你的肚子从我的沼泽里挪走！你放的臭屁快把人熏疯了！你整天都在吃什么，癞蛤蟆吗？”

哧溜，这个机会转瞬即逝。

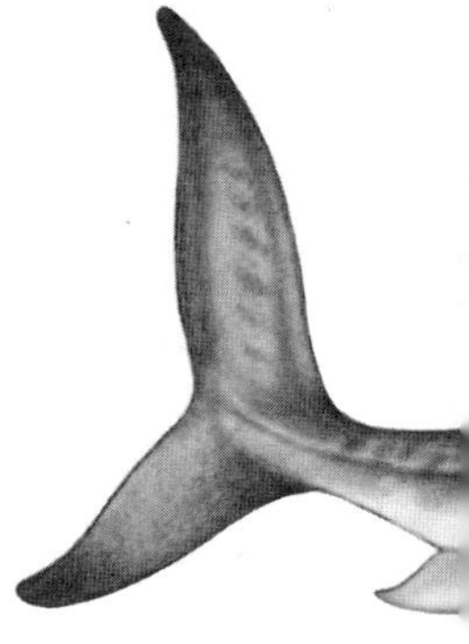

最后的机会

上午9点，卡拉格和他的朋友们还没有消息。10点的时候卡拉格写道：还没有。我受不了了。在英语课上，我一无所获。在西班牙语课上，我的脑袋里留不住任何单词。在变形课上，我如同看病般万分煎熬。

下午，我们才刚刚上完地理课，从沼泽地来的两个新同学早就睡着了。救命的信息到了。“我们找到了这个格雷普的手机号码！”卡拉格在短信里打了很多笑脸。

我站了起来。“我可以去洗手间吗，佩拉吉乌斯夫人？”

当佩拉吉乌斯夫人从水中冒出来时，水从她的壳中倒了出来。海龟变形人那双鼓鼓的眼睛望着我，我看不懂她的表情。“当然，去吧，蒂亚戈。”

几秒钟之后，我蹲在盖好的马桶座上，疯狂地打字。“太好了，伙计们，你们真棒！现在，请按照讨论的方案弄一张新的SIM卡（用户身份识别卡）。吃点东西，休息一下。我们在日落之前碰个头，就在椰子棕榈路与黑溪交汇的地方。这个地方被称为布莱克角。”

我和莎丽、贾斯帕、芬妮一放学就跑到二楼的办公室，去告诉老师我们的计划。

“你们现在知道有毒废料被倾倒在哪里了吗？”杰克·克利尔沃特先生急切地问，我摇了摇头。也许我们年轻的校长惊异于我笑得这么开心。“不知道，但是我有一个办法，可以把这些家伙带到另一个地方——一个我们可以放心埋伏的地方……”

我向他们说明了我们的计划，怀特小姐和杰克·克利尔沃特先生看上去很感兴趣。

“或许能行。”校长说。

“我来负责这次行动，可以吗？”怀特小姐问我们。

我们互相看着对方，不约而同地点了点头。“我们很荣幸。”我笑着对她说。我们的胜算又增加了很多。怀特小姐是我们的格斗老师，这是有原因的，我曾经看到她用一招空手道踢坏了一扇门。是的，门本来就很破了，但这还是令人惊叹。

“我们想问问诺艾米是否愿意和我们一起去。”莎丽说。

怀特小姐说：“最好不要，她大型猫科动物的特征多，人类的特征少。如果她去，容易出事。”莎丽听后有些沮丧。令我欣慰的是，至少还有卡拉格帮忙。

老师们突然变得有些着急。克利尔沃特先生拿起电话，把我们赶出了房间。怀特小姐宣布：“我去准备面包车，吃完饭后我们立刻出发。”她说完大步流星地走了。

班里的同学都注意到了气氛有些不同寻常。这几位从克利尔沃特高中来的客人显得如此尊贵，以至于老师们手忙脚乱也不足以应付，这一点太奇怪了。

“你们有什么事吗？”艾拉一边摆弄腕上的银手镯，一边怀疑地问。那只价格不菲的手镯是她最近刚刚炫耀过的，是她母亲送给她的礼物。“我敢打赌，你们正在策划一些令人讨厌的有关鲨鱼的事情，我说得对吗？”

贝瑞和托克点了点头，他们俩一如既往地站在艾拉旁边，试图用眼神逼我就范。

“我们……呃……”我结结巴巴，一时找不到合适的借口。

幸好贾斯帕跳了出来：“我们正在准备芬妮的生日派对。这个派对将非常隆重，我们可以打赌！”

“是的，没错。”我立即附和。

艾拉看起来像一条鱼，钓鱼的人会认为她更像一条塑料蠕虫。“胡说八道！快告诉我实情，否则……”

“否则什么？”一个冷冰冰的女人的声音问道。身材高大、训练有素的怀特小姐仿佛无处不在，此刻她突然出现在我身边。

“哦，没什么，我们……我们要做功课，对吗，托克？”艾拉灿烂地笑了笑。怀特小姐则面无表情。

贾斯帕和我得以脱身了。后来当我们和海豚小伙伴们坐在棕榈树林中时，我问贾斯帕：“芬妮真的快过生日了？”

“对，在 9 月底。”

“和霍莉同一天，生日在星期五。”诺亚说，我们惊讶地看着他。他已经对我们的客人了如指掌了？还是仅仅对那位松鼠变形人？诺亚继续说：“为什么我们不为她们俩组织一个派对呢？”

“好主意，”我说，“希望我们能沉浸在派对的气氛中。”

“有安慰派对吗？”莎丽好奇地问。

“比庆功派对要少得多。”

晚餐之后，莎丽不得不与海豚小伙伴们道别。对于莎丽来说，这是一个艰难的时刻。因为布璐过于胆怯，她会留在学校。诺亚的内心一直是一名战士，但是不论他的第一形态还是第二形态都有些弱小。

然而，当诺亚听说自己不能加入行动小组时，他发火了。“请再说一遍？你们疯了吗？霍莉也参与其中——如果有人威胁她，谁会奋不顾身地保护她呢？”

“大多数时候，霍莉会高高挂在棕榈树上做侦查员。”莎丽对他说，“所以没有人需要那样做。”

可是他丝毫听不进我们的话。“没人可以动她一根汗毛，知道吗？当海洋之神坦加罗阿站在我的身边，我将在水上、陆地上以及其他任何地方捍卫霍莉的安全！”

“好吧。”我有些感动又有些嫉妒地说。我对身旁的莎丽也有同样的感觉（这感觉很棒）。当我以为她受到大白鲨的威胁时，我毫不犹豫地飞身入海。我差点为她而死！但是她可能永远都不会知道，否则，她一定听说了一条大虎鲨被困在鬼网里的事。

布璐、莎丽和诺亚再次进行了毛利人式的告别，他们郑重地将额头和鼻子贴在一起，然后他们每人都抓了一把黄油玉米味的软心糖豆。我不确定是否毛利人也这样做。

行动开始了。

怀特小姐开着面包车载我们去了布莱克角。克利尔沃特先生没有一起来。我的格斗老师小心翼翼地告诉他，没有他我们也能应付。除了芬妮、诺亚、莎丽和我，我们的短吻鳄变形人内斯特也在。幸运的是，他不属于那伙给我们惹麻烦的人。

怀特小姐终于宣布："我们到了。"我们兴奋地从面包车中爬出来，好奇地东张西望。椰子棕榈路以东是城外的一条简陋的双车道柏油路。一块写着"布莱克角码头"的指示牌告诉我们，这附近真的有一个码头。但这并不是我们要找的地方。在怀特小姐停车的地方，我们看到一边是长着很多杂草、灌木和棕榈树的空地；另一边则是一条并不宽阔的运河，河水深绿，如果沿河望去，你会看到地平线上的大海。我知道那里正在建一个海洋保护区：所有倾倒在里面的东西，即使被稀释了，也会对很多动物造成伤害。

堤岸靠马路的一侧浇筑了混凝土，建成了一个码头。码头边上停泊着一艘名为"硬钱"的残破的捕虾船，这艘无主的旧船以前一定是白色的。河的另一侧是一片绿色的、无法一眼望穿的红树林。我满意地环顾四周，俯身看河里游来游去的小鱼，说道："那些家伙马上就会知道，为什么要把他们引到这个地方来。"我一眼看到了三种不同的鱼，"路边有足够的空间停车、卸货，然后把废料桶翻过护栏倒进河里。"

"对我们来说，这也是个绝佳的地方。"芬妮说，"我们可以埋伏在那边的灌木丛中。"

怀特小姐点点头。"芬妮，当你听到卡车的声音时，就乔装打扮好站在那里，不断挥舞手电筒。一旦我们确定他们是我们要找的人，会让他们在你身边停下来，到时你给我们一个信号。"

没过多久，卡拉格、霍莉和蒂卡妮也来了，我们热情地向他们打招呼。两名最优秀的战士又与我们站在了一起，这种感觉棒极了！诺亚和霍莉微笑地看着彼此。能再次相逢令他们非常开心。

我们兵分几路勘察地形，寻找可以藏身的地方。霍莉满眼喜爱地看着一棵树。“不管你们喜不喜欢，这棵树是我的了！”

内斯特此时已经爬过护栏，正沿着运河岸上狭窄的混凝土平台行走。旁边是茂密的灌木丛。“我可以变为短吻鳄藏在这里。”

“好主意。莎丽和诺亚在水里等候。”怀特小姐说，“一旦有人跳河逃跑，你们就可以抓住他。”

我的大脑飞速转动着。“如果这些家伙感觉到不对劲，脚踩油门逃跑了，该怎么办？有什么办法吗？”

“我有办法。”怀特小姐一边说，一边在面包车的后备厢里倒腾。她拉出一些上面钉着尖钉的薄木板。“霍莉、蒂亚戈，你们的工作是趁芬妮分散那些家伙注意力的时候，把这些木板放在前后轮胎的前面。”

我们马上演习了一遍，像阴影一样穿过马路。霍莉分到了一块特别薄的木板，以便她变为第二形态时也能够随身携带。

太阳已经下山了，但我们毫不在意，大多数林行者和海行者都能在黑暗中行动自如。

怀特小姐示意我们到她那边去。“只要我们还没确定这些家伙中是否有林行者和海行者，我们就不能用意念进行交流。”她嘱咐道，“蒂亚戈，你已经知道如何保护自己不受干扰吗？”

我摇了摇头。于是，怀特小姐带我一起练习了几次：我在脑海中看到一堵墙，当我躲在这堵墙后面的时候，就不会受到任何外界想法的干扰。经过一段时间的练习之后，效果很好，但是我仍然非常紧张。“如果我做错了什么，使大家暴露了，怎么办？”

“你不会的。”怀特小姐一边说，一边用手按了按我的肩膀。

“是的，你不会的。”蒂卡妮一边重复怀特小姐的话，一边严肃地看着我。

诺亚说：“别说了，他更紧张了。”

“不。”我撇了撇嘴，“并没有更紧张。”

“嘿，一切顺利，我们是一个超级团队！”莎丽飞快地拥抱了我一下。这是对我唯一的安慰。

怀特小姐将面包车停在一个隐蔽处，随后她身穿一袭黑衣步行返回。夜色中，她的身材显得苗条又轻盈。

“还有多久开始？”霍莉问道，她撕碎了一片树叶。

怀特小姐看着表。“我们不能太早地把引诱这些家伙的消息发出去，最好等到 11 点。否则他们就有时间问自己的同伙。”

现在是晚上 10 点。“好吧，如果是这样，那我们先饱餐一顿吧。”卡拉格建议道。他把蒂卡妮和霍莉从镇上带回来的东西拆开：香肠、饼干、几瓶苏打水和玉米片蘸酱。“您也来点吗，怀特小姐？”

“但是，好的——这是我的最爱。”我们的格斗老师说着用手从薯条袋中抓了一大把薯条，其他人颇有些担心地看着她。当她继续拿薯条时，霍莉立刻说：“您看那边……”

“什么？”怀特小姐一边问，一边警觉地四下张望。

霍莉趁机把薯条移到了怀特小姐够不着的地方。

我们坐在远离街道的地面上低声交谈，气氛十分热烈。偶尔我们会因为霍莉的话爆发出笑声。当卡拉格发现自己正坐在火蚁巢上时，我们笑得更大声了。他跳起来，拍拍裤子，不停地嘟嘟嚷嚷："该死，火辣辣的！"

我们偶尔可以看到汽车头灯的灯光。夜色渐深，路过的车辆越来越少了。

时间终于来到了11点。"这样，我现在开始编辑诱饵短信。"怀特小姐说。我把一张全新的SIM卡放入随身携带的一部旧手机中。我们明白，如果这个办法行不通，那所有的准备工作就白费了。我们默默地看着怀特小姐打下几行文字——由于我坐在她身边，可以看见显示屏上的文字。

嗨，大家好！

我们在原定的下车地点发现可疑迹象。必须更改计划，否则风险太大。新的下车地点是布莱克角的椰子棕榈路。

会有人在那里用灯光信号指引你们。

其他一切照旧。

祝好运！

布拉德

所有人都屏住呼吸，一动不动。会有回复吗？是的，几秒钟之后，格雷普的回信出现在屏幕上：

明白，老板。

我们非常兴奋，但没有人大声欢呼。不过，莎丽、内斯特和我还是本能地跳了起来。我周身因为激动而发热。

“好吧，我们各就各位吗？”卡拉格问，他的声音出奇的平静。怀特小姐点点头。所有以第二形态参加战斗的人都脱掉了衣服，完成了变形。随着一声长啸和拍打水面的巨响，变成海豚的莎丽消失在水中，留下了一堆衣服让我帮忙收拾。当我正忙着拾掇莎丽的衣服时，一只浅棕色的大猫悄悄地走到我身边。幸亏我曾经见过卡拉格变形后的样子，否则我可能会吓得大喊大叫。“你能帮我藏一下衣服吗？”美洲狮问我。

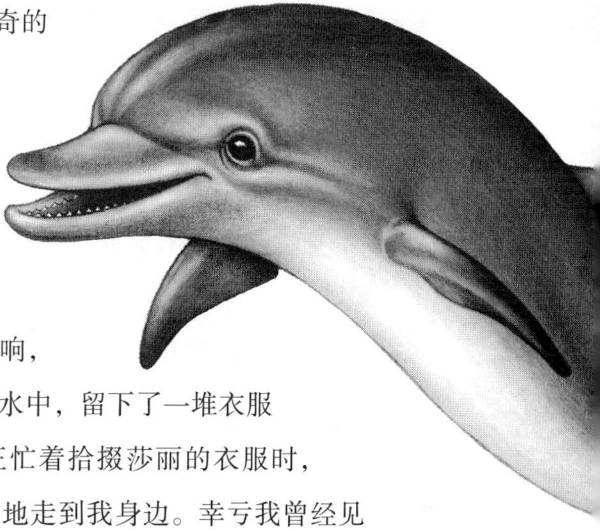

“可以。”我说。

一匹长着厚实白色毛皮的狼从灌木丛后跑出来，来到他身边。她环顾四周，亮出了锐利的牙，似乎是要检验牙齿是否好用。然后她抬起头看着我，轻轻地挥舞着前爪。“哦，是的，请把我的衣服也藏一藏！毕竟，你还有手，我们没有……”

正在最近的一棵树上攀爬的霍莉对我喊道：“我的衣服在那边。谢谢你，蒂亚戈，你真是太好了！”

“当然，很高兴，我一直想成为你们的管家。”我一边嘟哝，一边把霍莉的衣服也收了起来，然后将全部的物品都塞在远处看不见的灌木丛中。

与此同时，芬妮正忙着把自己从一个高高瘦瘦的蓝发女孩乔装打扮成一个头发半秃、腰粗肚圆的老男人。她把最后一缕头发推到橡胶制成的光头套下，又对着一面袖珍镜子照了照，确认妆是否完美。“你可老得真快啊。”我对她说，“会传染吗？”

“试试看。”老男人一边用芬妮的声音回答道，一边向我伸出一只手。

“最好不要。”我说着往旁边退了一步，差点踩到了卡拉格的爪子。

离午夜还差 15 分钟的时候，我们听到了远处低沉的发动机声越来越近，车子的头灯隐约可见。“一辆小卡车！”我们的脑海中传来了霍莉的低声呼叫，“他开得很快！”

“各就各位！”随着怀特小姐一声令下，灌木丛一阵摇摇晃晃、沙沙作响，所有人都听从命令各就各位。一只海豚发出一声轻轻的哨音后，跃入了水中。我跳到了一丛灌木后。地上的沙子有些凉，一丛乱草扎得我的肚子直发痒。

是的，就是那辆我们以前见过的小卡车——和园艺师开的车子差不多大小。小卡车的货厢已经塞满了桶。透过交错的树枝，我看到芬妮两腿叉开站在路肩上，手中挥动着手电筒。小卡车慢慢减速停了下来，发动机传出怠速状态下的咕嘟咕嘟声。我知道怀特小姐已经报警了。在职业选手加入之前，我们只需要拖住这些家伙几分钟。

现在轮到我和霍莉了，我们蹲了下来。我的心脏剧烈地跳动着，我悄悄地穿过马路来到车后，同时尽可能不让钉板扎到自己。我偷偷将钉板推到一个后轮胎的前面。我看到前轮胎处一个小小的身影也在做同样的事情。好的，成功了！我俯身蹲在车轮后，以便等待机会重新冲回藏身处。

芬妮的伪装看上去效果很好。有人从驾驶室向她喊道："你是布拉德派来的人吗？"

"我是。"芬妮用伪装的声音回答道，"虽然我们迫不得已临时改了停车的位置，但是你们还是按时到了，真好。"

三个人从驾驶室跳了下来，从我身边走过，我只看到他们的裤脚。他们打开了货厢的闩锁。我尝试去感受他们当中是否有变形人，无奈我这方面的能力太弱。新到的这帮家伙一言不发，动作熟练地卸下了第一桶货物，把它朝河边滚去。他们把桶抬过护栏，放在岸边，并打开了盖子。一股刺鼻的恶臭扑面而来。我愈发紧张，竟打起嗝来。这一切发生得太快！警察在哪儿？我们不能眼睁睁地看着投毒犯按部就班地往水中投毒！芬妮显然也有相同的顾虑。"等等，别着急，伙计们。最好先把所有的桶卸下来，我们还有足够的时间处理它们。"

我们的幸运就止步于此了。

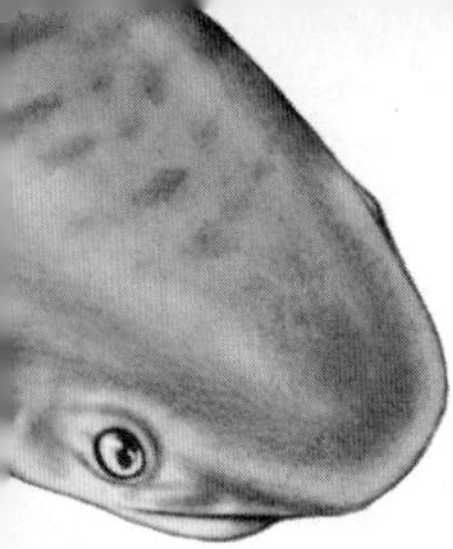

危险的化学废料

“伙计们？你这是什么意思？”伴随着一个粗鲁的女声，一个顶着一头花白蓬乱头发的女人从驾驶室里一摇一摆地出来了，她差点踩到霍莉——原来是我们在“甜蜜之王”糖果店见到的那个女人。所幸霍莉迅速溜到了卡车下方。一只红松鼠和一个男孩迅速交换了一下眼神。我们碰到大麻烦了。三个抬着废料桶的人朝声音传出的方向看过来———其中一人是糖果店里的矮胖女人。

他们竟然发现了我。

“蒂娜，卡车下面有人！”那个矮胖的女人扔下了化学废料桶，一边大声叫喊，一边朝我跑来。我一个箭步冲了出去，但是没跑多远，就被这个女人单手擒住。她的另一只手还在使劲拽头上的一只愤怒的红松鼠。

“马上放开他，快！”霍莉大喊道。

显然这个女人不是变形人，她什么都没有听懂。“嗷！”她大叫了一声，“这是什么？我的头上有东西！”不幸的是，即使霍莉现在用两只爪子死死抓住矮胖女人浓密的头发，并试图将其连根拔起，她也没有放开我。

我的心脏剧烈跳动，全身向前俯冲，试图逃脱。我的 T 恤几乎被拉扯到特大号，随着衣服被撕下一角，我重获自由了。

不过只有几秒钟。很快我又被那个和矮胖女人一起抬废料桶的家伙追上了。他就是“甜蜜之王”糖果店的售货员格雷普。

“太好了，这就是那天有人提醒我们要小心的男孩。”他一边抱怨，一边伸出拳头向我的脸砸来。不过，他的拳头还没有碰到我，就听见一声野蛮的咆哮，一头白狼将他扑倒在地上。矮胖女人也尖叫着脸朝下向前倒地——一头美洲狮纵身跃到了她的肩膀上。

“啊，终于。”我喘着粗气说。

卡拉格的猫眼闪烁。“为什么说终于，这个时机很完美。”他一边对我说，一边用爪子把矮胖女人按在地上，“你需要帮助吗，蒂卡妮？”

“我正这么想。”蒂卡妮答道。她现在必须奋力自卫：起初，她的对手因受到惊吓无法反抗，但是现在他抓住了蒂卡妮脖颈上的毛，并用惊人的力量将她甩开。被甩开的白狼脖子上的毛竖了起来，露出了锋利的牙齿，她发起了第二次进攻。我看到售货员把手伸向夹克口袋——他有武器吗？

蒂卡妮也注意到了这个动作，眨眼的工夫，她一口咬住了他的手腕。空空如也！“蒂亚戈，快点，搜他身，如果他有枪，抢走它。”

霍莉和我几乎在同一时间扑向投毒犯。红松鼠把他右边的所有口袋都搜遍了，我则搜遍了他左边所有的口袋。除了一些糖果包装纸和零散的钞票，我什么也没发现。突然，霍莉用意念之声发出了一阵欢呼。“我找到了！”她一边宣布，一边迅速地把战利品拖向岸边，“我马上送它去该去的地方。”

“不！也许……”我大喊道。

水花飞溅！枪掉进了夜幕下的河中。“……我们还可以用它。”我无力地说完了这句话。

“也不错，这样更好，那东西不见了！”怀特小姐用意念之声对我们大声呼唤道，“别让这些家伙逃掉了！”

但我们还不清楚，到底是谁逃脱谁的控制。

“该死的，它们是什么动物？”因为恐惧，第三个家伙的声音特别尖利。他仍然站在水边的废料桶旁……紧接着，他犯了个错误——扑向了把枪扔掉的霍莉。霍莉惊叫起来。

“你敢？”诺亚像复仇天使一般冲了过来，他的背鳍在水面上划出了一道锋利的弧线。他一跃而起，跳得棒极了。身为黑海豚的他跃起的同时将自己甩向一边，用整个身体拍向那个男人，随后又从他身上反弹回去，姿态优雅地重新落入河中。

那个男人被这股强悍的力量拍倒在地。“救命！我遭到埋伏了！”他呻吟着，像被晾晒的干货那样在栏杆上趴了好一会儿。然后他起身企图逃跑。

这可没那么容易——当他发现鳄鱼的颌骨紧紧地咬住了他的左小腿时，突然意识到了这一点。

“这么尖叫真是夸张。”内斯特说道，但他仍然没有放松对那个男人的控制，“警察到底在哪里？”

“他们说马上就到。”怀特小姐似乎也很担心。这个时候，霍莉已经爬上了高高的瞭望树，并大喊道：“真疯狂，嘿，我忘了你叫什么名字，味道怎么样？”

“还行，但是牛仔裤总有股奇怪的味道。”内斯特嘟嘟囔囔地抱怨道。

糟糕的是，内斯特的口中败将在受惊之后胡乱踢了一通，被踢中的化学废料桶开始摇摇晃晃。它随时可能坠落，有毒废料就要倒入河中了。我惊恐地看着废料桶，我明白自己无论如何都来不及阻止它坠落了。

“内斯特！”怀特小姐冲着跑远的内斯特喊道，“桶——扶住它，快！”内斯特答道：“我会的。”但作为带着厚甲的大爬虫，他并不是特别敏捷，他的几颗牙齿被那男人的牛仔裤卡住了。他开始局部变形，以便用手抓取东西。内斯特从未如此迅速地完成局部变形。我惊恐地看着废料桶越来越向一侧倾斜。莎丽和诺亚发出预警的哨音，他们沿着运河，飞速冲向大海。我希望芬妮不论身处何处都是安全的，我没在周围看到她。

一道阴影从空中掠过。卡拉格松开了躺在地上的男人，以一个有力的飞跃向岸边弹射过去。只见他张开四只爪子，稳稳地落在了废料桶上。桶没有倒，但一些散发着恶臭的脏水从桶中洒出，溅在了他的皮毛上。“真是猫头鹰拉屎！”他说着向前一跃，转身看着那摊脏水，发出愤怒的呼噜声。有一会儿，他似乎想舔干净自己，但又犹豫了一下。“天哪，太臭了……”

“你必须马上到水里去，用水洗掉你身上的臭味！”我冲他大喊。可能因为怕水，卡拉格犹豫再三，迟迟不敢跳进河中。

我飞快向他奔去，只为撞倒他，然后把他扔进河里。只见一个男孩和一只巨型猫像一只巨大的球滚进了河里。当他手忙脚乱地朝四面划水的时候，我在捕虾船边用手帮他擦拭皮毛，以便清洗干净他身上的化学品。我的皮肤开始有灼烧感，但我没太在意。

“谢谢。”卡拉格说这话的时候，他正向后扯着耳朵，胡须绷直，尽量将自己的头保持在水面之上。

“小心，她跑了！”我听到了蒂卡妮的尖叫声，失望地看着原本已经被卡拉格打败的矮胖女人起身逃走了。卡拉格和我急忙沿着岸边游了几米，经过旧船“硬钱”，找到了一个可以上岸的地方。这个过程花了太长时间，那个矮胖女人正拼命地向前跑——她会跑进灌木丛中逃脱吗？

令她没有料到的是怀特小姐。怀特小姐不知是从哪里冒了出来，严严实实地挡住了她的去路。

“站住！”我的老师大声呵斥道。

“滚开，你这该死……”矮胖女人咆哮着抓住了怀特小姐，试图把她摔倒在地。话音未落，矮胖女人突然飞到了空中，接着重重地撞向地面。这一切发生地如此突然，以至于我无法调整自己的行动路线。

几秒钟后，一头脾气暴躁、浑身湿透的美洲狮来到了她的身边，将整个身体压在了她的肚子上。他像家猫般紧挨着她，皮毛上仍然散发着化学品的味道。“很恶心，对不对？你可以全部收回！”

只有那个头发花白的女驾驶员还在逃窜。她慌慌张张地跳进驾驶室，猛踩油门。我紧张地忘记了呼吸。霍莉的薄钉板翻倒了，并被轮胎挤到了一边——该死！但是我放下的第二块钉板奏效了。一阵嘎吱嘎吱声之后，紧接着是一声漏气发出的哨音！钉板上闪亮的金属钉扎进了轮胎。卡车像喝了威士忌一般开始摇摇晃晃，最后左摇右摆地停了下来。货厢里的几个废料桶倒在了地上，所幸它们都没有打开。

蒂卡妮仰望天空，发出欢呼的长啸。卡拉格的手下败将显得有些激动，并试图摆脱卡拉格，但当我们的美洲狮伸出爪子并在她脸上大口呼吸时，她立刻变得老实了。

我欣慰地听到轻微的、忽高忽低的警笛声。声音虽然还很远，但在迅速地靠近。好吧，警察终于来了！我稍稍地松了口气。

但是，你并不总是稳操胜券。

白发女人从卡车上拿出了一样东西，然后跳回路上，脸上露出狰狞的表情。我惊恐地看见一把手枪对准了卡拉格。

“快点，离开这里——所有人都离开这里！”怀特小姐一边对我们大喊，一边使出空手道，试图踢飞白发女人手中的枪。尽管没有成功，但枪口被踢得朝向天空。被击中的叶子纷纷落下。

我们都被吓坏了。一匹狼、一头美洲狮和一只红松鼠四散而逃。内斯特腹部朝下趴在水面上，他潜入了捕虾船下方，严严实实地藏了起来。

我本能地冲向河岸，却被一堆东西绊了个踉跄，是芬妮的道具服装。我迅速地越过护栏，钻入了黑森森的河水中。河水温柔地包围着我。离开这里！我迅速地脱下湿透的鞋子，潜入水下，向红树林游去，这一次我没有变形。

我小心翼翼地在盘根错节的树枝间浮出水面，一边换气，一边观察周边的情况。怀特小姐在哪里？卡车还在原地，头灯变暗了，我看到四个争吵不休的人影正在激动地争论着什么。幸运的是，我们的敌人似乎也没有兴趣在这里开枪了。他们当中的一个人正在对着手机讲话。

一头大宽吻海豚悄无声息地滑到我的身边，是莎丽。

“天哪！你受伤了吗？”她担心地问道。她飞快地碰了碰我的身体，便自问自答了：“很好，你一切正常。只是你的心脏跳动很快，但这并不意味着你病了，对吗？”

“呃，是的。”我一边回答莎丽，一边用意念之声呼唤怀特小姐，“您安全吗？”

“一切正常。孩子们，你们真棒。不用担心，警察很快就到，没有车这帮家伙逃不了。”

但是，几分钟过去了，警察迟迟未到。莎丽终于不安地潜入水中，发出长长的哨声。“你听到了吗？一条船！”

“一条船？这个时间？”我不安地低声说道。我再次潜入水中仔细倾听。尽管我的耳朵不如海豚灵敏，但片刻之后我也听到了船引擎的嗡嗡声，声音越来越响。不管是谁，他都离我们越来越近了。

几秒钟后，发出声响的东西进入了我们的视野，那是一艘白色的摩托艇，长约 6 米，里面有一间小客舱。许多业余船长都有一艘这样的摩托艇，它们被一艘接一艘地紧紧地绑在佛罗里达群岛的码头上。但是眼前这艘摩托艇熄灭了航行灯，目标明确地驶向马路旁的码头，它驶过破旧的虾船，准备停靠。

显然，这是预先计划好的。那些投毒犯们抛弃了那辆破损的卡车和废料桶，朝正在停靠的摩托艇跑去。夜色中，我看到了甲板上那个留着胡须、脑袋半秃的家伙。我当时画的就是他的模拟像。他就是布拉德，那个老板吗？

这绝对是一场噩梦！这些家伙会在警察赶到之前逃走。干尽坏事之后，他们企图逃之夭夭！他们将继续倾倒有毒的废料，而我们却找不到幕后的雇主是谁！

我被熊熊燃烧的怒火包围了，这怒火就像龙卷风一样猛烈。

“怀特小姐！”我大喊了一声，“我们必须做点什么！”

我们做了一些事情。躲在荒野中的怀特小姐勇敢地朝我们跑来，她完全无视这些家伙可能会朝她开枪。

幸亏他们正忙于登船。我们的格斗教练一头扎进水里，迅速完成了变形。当一只虎鲸呼哧呼哧出现在船舷边时，船上一片惊呼。它和这艘摩托艇一样大，背鳍像剑一样隆起。一件在变形过程中被撕裂的吊带背心高高地挂在背鳍顶端。

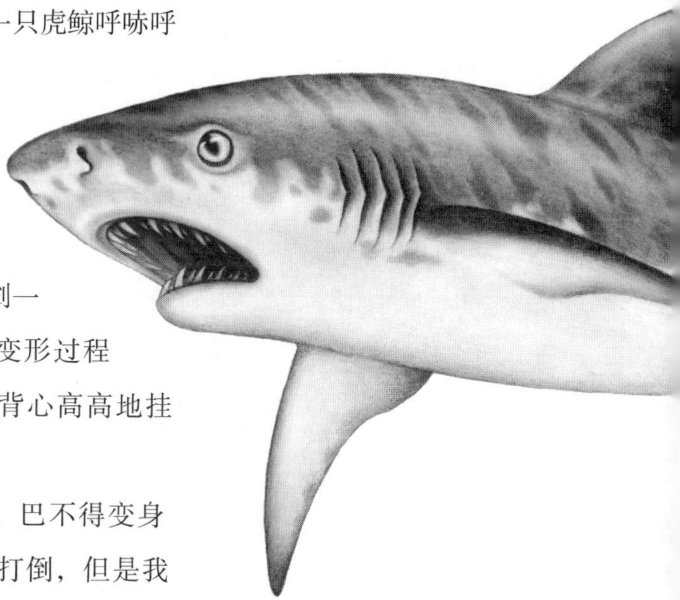

我怒火中烧，巴不得变身鲨鱼将这些家伙打倒，但是我

的愤怒过于强烈，以至于一开始我无法完成变形。不久以后，我终于感觉到了周身的刺痛感。当我变成一条三米半长的虎鲨时，我湿透的T恤被撕得粉碎。当我潜入水中时，他们可以从水面上看到我的身体轮廓，因为当我贴着水面追逐小摩托艇时，艇上的一个女人惊叫起来。我已经下定决心，击沉摩托艇或者咬下一块船体，或者做任何大鲨鱼可以对小船做的事情。

然而虎鲸挡住了我的路。“停下！别这样，蒂亚戈！”怀特小姐的声音听起来有些刺耳。

起初，我想咬她，因为她妨碍了我。很快我就被自己吓了一跳，我不想那样，我必须控制住自己！

“对不起。我……等一下。”我停了下来，放慢速度，并试图控制自己的情绪。那可真的不容易，因为当摩托艇的舵手猛踩油门时，船尾已经水花四溅了。尽管这艘逃离的船已经满载，它的速度仍然很快，正朝着公海驶去！我无法忍受袖手旁观。

怀特小姐潜入了水中。过了一会儿，船突然停了下来。一头虎鲸正倾尽全力压制着摩托艇的船头。酷！只要我不惊慌失措、鲁莽行事，我们团结在一起就比投毒犯们更强大。

“准备好了吗？”我身旁的虎鲸小姐问道。我简短有力地回答了一句“是的”。

“好吧，干掉他们。”怀特小姐说。在我的脑海中，我看到人形的她咧嘴一笑，然后说：“走吧！”

我决定试试摩托艇的稳定性，于是从侧面把它撞到了一边。然而它依旧轰隆隆地向前行驶，仅仅在塑料船体上留下了凹痕。怀特小姐来回地用黑白的大脑袋将船推离航线，让它无路可走。

船上一片诅咒声。

现在，我们开始轮流撞船了。这真的很有趣，摩托艇开始剧烈地晃动。可惜留着胡须的那个家伙抓得牢牢的，但是另一个家伙落水了。“欢迎来到我家！”莎丽一边说，一边用尾鳍对落水者狠狠地一击。

糟糕的是，这些家伙又抽出了手枪。尽管摩托艇像在暴风雨中那样摇曳，但是变形为虎鲸的怀特小姐无疑是他们不会漏掉的目标。

“当心！”我拼命地喊。她能想办法躲过子弹吗？

展示托盘

有好一阵子，怀特小姐都险些中弹。我是绝对不会让我最心爱的海豚冒此风险的。

“真是受够了那个会爆炸的东西——你们管它叫什么？”莎丽说。

“你想干什么？当心点！”我大声对她喊道。但她已经弹射出水面，毫不费力地跃过了摩托艇，将它甩在了后面。在游向另一侧时，她撞了那个爱扣动扳机的女人，女人连同她的枪都被打入河中。有人放了一枪，幸好子弹落入了水中，并没有造成伤害。

“鲨鱼！鲨鱼！救命，救救我！”女人一边呛水，一边在水里胡乱拍打。甲板上的人显然更顾忌自己的性命。我几次绕过那个女人而没有碰她——用恐惧惩罚她就已经足够了。

警察终于开着三辆巡逻车赶到了，闪烁的蓝灯照亮了整片区域。

怀特小姐开始行动起来。她将捕虾船旁的摩托艇逼到码头壁上，摩托艇的侧面抵在混凝土墙上吱吱作响。现在，警察可以轻松地抓住四个污染环境的罪犯和开摩托艇的人了。

怀特小姐和我借机潜入水中，游到了远处，以便我们悄悄完成变形。

“你们需要这些吗？”卡拉格、霍莉和蒂卡妮在不远处向我们打招呼，他们从面包车的后备厢里拿了一些衣服递给我们。起初，我们并未发现异常。所以，当我发现怀特小姐的手臂在流血时很震惊。“您受伤了！”

“只是子弹擦伤——多亏了莎丽。”她说完担心地看了我一眼，“你的手怎么样？”

我看看我的手掌，霍莉帮我举着袖珍手电筒。我的手被化学溶液灼红了，感觉就像被严重晒伤了。“有点痛。”我承认道，“卡拉格，你呢？”

“只是一点皮外伤。”我们的美洲狮朋友微笑着说，“再次谢谢你。”

怀特小姐把未受伤的手搭在我的肩膀上说：“来吧，我们去接受治疗。”我们的目光相遇，我知道，她不会告诉任何人我曾经离巨大的危险有多么近。她也为我终于能够控制自己的情绪而感到骄傲。

我们走到警察身边，很开心地看到投毒犯们正被告知他们的权利并戴上了手铐。之后，我们轮流汇报了如何艰难地阻止了化学废料从布莱克角倾倒入海洋保护区。

“做得好，伙计们。”警局行动小组负责人看上去非常满意，“这次我们有足够的证据提起诉讼。”他向我点了点头，显然他还记得我，“那家伙看起来真的和你画的模拟像一模一样。”

一位警官在查看怀特小姐的胳膊和手时说：“我很抱歉我们

没能及时赶到。我想，我们低估了这件事的严重性。老兄，救护车在哪里？这位女士和那个男孩都需要治疗。”

救护车很快抵达。当一名医护人员用绷带为怀特小姐包扎时，另一名医护人员将药膏涂在我受伤的手上，并用薄绷带包住了我的伤口。刺痛在逐渐消退，我松了一口气。

我听见身边的一个警察说：“两把枪都不见了，很不利啊。”

“为什么不见了？”我的脑海中传来芬妮的声音。这时，一块巨大的、扁平的东西正从水面上升起，它看起来就像一张黑色的巨型煎饼。

“您快看……这看起来很奇怪。”我指着芬妮无辜地说。

警察们用强光手电筒照亮了水面——他们确信，那个黑乎乎的东西中间就是一把手枪，它就像放在一只展示托盘中似的。“它刚好落在了我身上。”我们的蝠鲼变形人报告说。

“这……不会有人相信我们的。”一位年轻警官嘟囔着，抬头看着自己的上司。很快他又闭上了嘴。“是的，史蒂文斯，你不必在报告中注明这一点，明白吗？”

“是的，先生。”

“也别把虎鲸扯进来。可能没人见过这些，人们很容易被这种离奇事件弄糊涂。”

“是的，先生。”

“好了，史蒂文斯，现在把这些证据从水里捞出来。它在河岸上，快被水浪冲走了，好吧？”

“马上去，先生。当然，先生！”

这时我们惊讶地看到，一辆时尚的黑色豪华轿车极速驶来，停在了警车的后面。究竟是什么人？

当一个熟悉的身影从车上走下来时，我的身体顿时僵住了——那是一位身穿鸽子灰职业装的女士。莉迪亚·雷诺克斯！

她向那位脸色阴沉、沉默不语的胡须男点了点头，然后快步走向警察，和他们交谈起来。“这一切一定都是误会。您究竟指控我的客户布拉德·卡钦斯基什么？”啊，这个家伙的名字不是“斯威特林”。

当然，艾拉的母亲也注意到了我。当她对我微笑时，我的脊背感到一阵凉意。

“这辆卡车怎么在这里？”她问我。

“因为你的人用它来运送倾倒到大自然中的化学废料。”卡拉格对她说。

莉迪亚·雷诺克斯并没有退缩。“我的人？我只代表这位先生，与事情本身无关。”她的声音变得咄咄逼人，她再次看向我，“那为什么这辆卡车会出现在这里？”

我愉快地告诉她：“我们给那个家伙发了一条短信，将他指引到这里，所以我们抓住了他和其他人！”

“啊哈。”艾拉母亲的蟒蛇眼凝视我片刻之后，转向警局负责人，“就是这样，一个学生的恶作剧。这辆卡车原本要将化学废料运到附近的垃圾填埋场，但这些年轻人引诱并阻止了它！”她指着我们说。

我惊恐地看着她。“不，不是那样的，我不是那样说的！”

“您自己听到了，这个男孩刚才说了什么，警官。”

莉迪亚·雷诺克斯皱着眉头。“未成年人的这种行为不可取。

后果可能很严重！这些是危险品，会危害公众健康。我想您已经记下了这些年轻人的个人信息吧？”

“我们记录了。”一位警察将信将疑地说。

莉迪亚·雷诺克斯的食指指着我绑着绷带的手。“这就是这些年轻人处理化学废料的证据！他们狂妄自大地导演了这一切，对环境造成了严重的破坏。”

“不是那样的，我想你心里也清楚。”怀特小姐的声音听起来冷冰冰的。

“是的，很多目击者可以证明，情况完全不是你说的那样。”蒂卡妮的嘴唇抽动着，但愿她不会因为愤怒而引起牙齿的局部变形。

我担心地看看这几位警察，揣摩他们的脸色。他们不会相信那些胡编乱造的谎话吧？请不要相信她！因为担心，我的手越来越疼了。

幸运的是，警局负责人并没有受到干扰。“这样吧，我们现在都去警局。然后，雷诺克斯夫人，我们心平气和地聊一聊，您的客户可以向我们解释一下，为什么他必须在深夜将这些化学废料带到垃圾填埋场掩埋。”

当我们抵达警局时，所有人都精疲力竭、忐忑不安——在短短时间内，这已经是第二次了。幸运的是，莉迪亚·雷诺克斯的说法很快就站不住脚了，因为垃圾填埋场在晚上不营业，这些投毒犯提供不了任何货物运输的材料。“那么，你们可以走了。回学校好好放松一下——下次就把罪犯留给我们处理吧，好吗？”听到警察这么说，我们都松了一口气。

“你们处理不了”这句话我差点脱口而出，还好我没说出来。在莉迪亚·雷诺克斯可能对我们犯下更多罪行之前，我们快步走到门口。就在我握住门把手的那一刻，警局负责人突然清了清嗓子，说：“等一下！还有别的事。”

我们紧张地站住了。

“你们知道吗，一个环保组织为参与抓捕污染肇事者的人提供了一份奖励？”

我们慢慢地转过身。一份奖励？

“哦，太好了！到底奖励几条鱼？”莎丽开心地问。

“一条也没有，但是有 1 万美元，我们会尽快将奖金转账给你们。”我们听后便推门离去。

“这些钱可以换几条鱼？”莎丽执着地追问。

“这取决于鱼的种类——例如金枪鱼很贵，小鱼就便宜得多。”诺亚答道。其他人开始讨论 1 万美元可以买到多少鲱鱼。因为过于震惊，我竟有些懵了。“1 万美元？这是真的吗？”当我们爬上面包车时，我问怀特小姐。

“如果你们不知道这么多钱怎么处理，可以捐赠给学校。”怀特小姐打趣道。几个声音略显尴尬地答道：“哦，不。”

我们很快达成一致意见，学校应该获得 1000 美元，我们行动小组的人也一人 1000 美元。这么多钱！我简直无法想象，每当我想到它时，就浑身洋溢着一种暖洋洋的感觉。我必须尽快告诉约翰尼叔叔。

“我现在不在乎钱，我们什么时候回到蓝礁中学？”霍莉打着哈欠，揉了揉眼睛。

诺亚摸摸她的赤褐色鬈发。“保持一点清醒，我想我们会在学校受到像迎接英雄般的欢迎。”

“一定会的。”芬妮一边喃喃地说，一边把头靠在窗户上，睡着了。

是的，我们受到了欢迎。可当我们又累又脏、满脸疲态地回到学校时，一心只想尽快回到自己的宿舍，然而，在学校的入口处兴奋不已的人群正等着迎接我们。奥利维娅、利努斯和玛拉在为我们加油，朱娜和布璐在我们周围跳舞，谢尔比和谭力等几个二年级学生开始鼓掌，这带动了在场的其他人为我们鼓掌。

“你们做到了！再也没有污染物了！”贾斯帕爬到门厅的桌子上蹦蹦跳跳，就好像他的小短腿装了弹簧一样。

变成毛茸茸的棕色海狮的克里斯向每一个走近他的人鼓掌。“那是超级酷的行动，伙计们。”

“你们是大沼泽地的救星，谢谢，万分感谢。”变为人形的艾拉说道。她的眼中真的噙着泪水，她身旁的死党们沉默而尴尬地看着她。

“一切都很顺利，真是太好了。”杰克·克利尔沃特说道。在怀特小姐还没来得及拒绝之前，克利尔沃特已将惊呆的她拥入怀中。“但是你受了伤，真的糟糕透了，阿丽莎。我很抱歉！”

“为什么？”怀特小姐冷冰冰地说，“开枪的又不是你。”克利尔沃特又拥抱了她一会儿。

“虽然不是我，但是我批准了你们这次疯狂的行动！”

在我们还没来得及拒绝之前，已被大家拥入自助餐厅。在那里，大家亲切地拥抱我们，轻拍我们的后背，诺艾米舔了舔我们，厨师约书亚则在我们的嘴里塞满美味。最后，我们还差点被激动的雷奥诺娜电了一下。那时的我已经疲惫至极，我迷迷糊糊地说道：“再见，伙计们，我要去睡觉了。”然后，我摇摇晃晃地走进宿舍，来不及洗漱就一头倒在了床上。

黑暗中的恐惧

幸运的是，星期三是非常平静的一天。早餐后，我立即打电话给约翰尼叔叔，再晚点他就必须开车去橙花汽车旅馆换班了。他简直不敢相信发生了什么事。“呃，然后歹徒把你们赶走了？”

“不，恰恰相反，是我们把他们赶走了。”我告诉他，“他们试图乘船逃脱，但变形为虎鲸的怀特小姐很快就把他们堵住了……”

“也就是那个时候，你的手碰到了化学废料？”

“不，不，是之前就有一个废料桶几乎快倒了，你知道吗？我们扶住了它，没有倒。为此，我们每个人都将获得 1000 美元的奖励！”

“哇！1000 美元？就因为你们没有让废料桶翻倒？”

“差不多吧，结果都一样。1000 美元！是不是很疯狂？也许我们现在就可以找到公寓住了！”

电话那头沉默了很久。“这不仅仅是钱的问题，你知道的。如果这个雷诺克斯夫人仍然不希望我们找到新的住所……”

“她绝对不希望。”我答道。我的好心情一下子消失殆尽。“我必须挂电话了，我们马上就要上课了。”

毕竟，上课可以分散我的注意力。卡拉格、霍莉和蒂卡妮获准展示他们的变形技巧。

由于整个班级的同学还沉浸在昨晚欢迎仪式的激动情绪之中，加西亚先生自发地用人类学课代替了数学课和物理学课。“你们不反对，是吗？”我还从未见过他如此狡黠地笑，“我们可以谈论像黑手党头目阿尔·卡彭一样臭名昭著的恶棍。”

教室里传来响亮的回答：“是！”于是，我们在课堂上了解了很多与罪犯有关的情况，包括当代的和我们所在地区的某些罪犯。

“在迈阿密也有一个团伙老大建立了一个类似黑手党的组织。”加西亚先生说道，“他的名字是卡尔·比特格林。据说他富可敌国，但至今没有人能够证明这些钱是黑钱。明面上，他只经营连锁餐厅，另外还有几家商店。”

我记得火箭提到过这位比特格林先生。莉迪亚·雷诺克斯是他的律师，也是那个负责将化学废料倾倒在野外的混蛋的律师。在课堂上，我们了解到布拉德·卡钦斯基曾经策划并实施过一些洗钱活动，但他只是个帮凶。那笔巨款经他手流入黑暗的渠道。

由于他拒绝向警察透露任何有关其幕后人员的信息，因此我们对指使他以违法的方式处置有毒废料的幕后老大一无所知。可能是卡尔·比特格林，也可能是其他人。我们可能永远都找不到。

我举手发言：“我有一个问题——如何查出某家商店的实际拥有人？”

“有相应的数据库。”加西亚先生答道，“商店叫什么名字？”

“甜蜜之王。”我的嘴唇很干。

当加西亚先生在他的防水电脑前敲打键盘时，莎丽、贾斯帕和我就在一旁焦急地等待着。“这个商店是由一家设在迈阿密的国王食品公司经营的。”加西亚先生告诉了我们地址。

我知道后大吃一惊。这家公司与莉迪亚·雷诺克斯的律师事务所在同一栋办公楼。这真是一个诡异的巧合。我偷偷瞟了一眼艾拉，她僵硬地坐在座位上，目光凝视着前方。显然她也认出了这个地址。

我来不及细想。下午的安排是乘坐租来的带玻璃舱底的游船出游，客人们可以在不弄湿脚的情况下观赏到美丽的珊瑚礁。

珊瑚——这不禁使我想起了明天，也就是星期四，该轮到我做课堂报告了，我必须取得一个好成绩。可是，我们小组至今还没有好好准备过呢。

在最近的一次碰面中，我们试图解释清楚所有必要的报告内容，但我们总是不知不觉地回到投毒犯这个话题。

“你们认为这个留着胡须的家伙真的只是莉迪亚·雷诺克斯的客户吗？”诺克斯问。他焦急地在水箱里不停地游来游去。

“我听艾拉说过，这个家伙为莉迪亚·雷诺克斯工作，而不是她母亲为他工作。”我再次提醒其他人。

“他为什么要为她工作？她是律师，并不需要这么奇奇怪怪的员工。”克里斯耸耸肩，然后挑衅地看着我，“我也不喜欢她，但你们一定有什么误解。她是一些卑鄙家伙的法律代表，但这只是她的工作。”

我一时不知如何作答。我只知道莉迪亚·雷诺克斯很危险，而且只要有机会，她就想方设法陷害我——她女儿的敌人！但倘若没人相信我，我知道又有何用？当她在办公室以那种恶毒的方式询问我时——我是指鱼翅汤——除了火箭，没有其他人在场。我只希望她不要企图做有损于学校的事情，她在学校公投之后向杰克·克利尔沃特先生投去的恶狠狠一瞥，至今我印象深刻。上一次，我们设法搅乱了莉迪亚·雷诺克斯为蓝礁中学制订的可怕计划。但如果将来她的盟友拉帮结派——艾拉邀请那些爬行动物来这里，无论这是否存在别有用心——对学校的未来进行投票的话，结果会大为不同。啊，绝对不会发生这种事！我试着安慰自己。

晚餐之后，我坐在宿舍前，望见隔壁的诺亚正在向霍莉展示自己的房间。透过敞开的房门，我看见诺亚宿舍的墙壁上挂着一幅巨大的新西兰海报，他正在向霍莉展示自己的木雕百宝箱。“哇，那是抹香鲸的牙齿吗？”她问。

“这是我的一位好友脱落的牙齿，他是我在新西兰最好的朋友。”诺亚答道。从他的声音中，我听出他想家了。

霍莉温柔地说：“不过你在这里也有非常好的朋友。莎丽和布璐真是太好了……蒂亚戈和其他人也是如此。”

“是的。”诺亚答道。

我突然有了画画的兴致。于是，我拿出画板和软笔，借着宿舍的灯光开始作画，十几只飞蛾在灯上盘旋飞舞着。

当耳边传来赤足踩在沙子里的声音时，我抬起了头。

“蒂亚戈……我帮你找课堂报告演示用的珊瑚虫吧。但是你必须和我一起去。”原来是莎丽，“顺便说一句，我想带你看一看我的家乡。”

每当我看到她时，尤其当她对我微笑时，我的心脏就剧烈跳动起来。“呃……现在？”

“当然，现在。”她瞥了一眼我的画板。

“你画的诺亚真漂亮。你要把它作为生日礼物送给霍莉吗？”

“是的，这幅也是，这样她就可以当作礼物送给诺亚了。”

我给她看了我昨天画的另一幅画，画上是一个面带灿烂笑容、一头赤褐色鬈发的女孩。

“好主意！走吧！相信我，你会喜欢的。”

“如果你这么说的话……”不论怎样，我心爱的女孩会在那里。

我把画板放回房间，把T恤拉到头顶，然后把一只手搭在手臂上。这种柔软的人类皮肤即将变成像浅灰色砂纸一般的皮肤，这种感觉仍然有点怪。但是我开始喜欢当鲨鱼了。

虽然我知道自己又高又壮，但依然对夜幕下的大海有点恐惧。不，不只是一点点，而是感觉太吓人了。尽管我能在黑暗中看得很清楚，但海洋显得阴沉而充满敌意。好在我的海豚朋友就在身旁，而且她显然很开心。

“你看，我收藏的贝壳。”当我们游出礁湖时，莎丽骄傲地对我说。她收集了两打精美的贝壳，并在海床上摆出图案。我啧啧称奇地欣赏了好一会儿，才和她向外海游去。莎丽在海浪间快乐地滑行，快速地扎入水中追逐嬉戏，不时下潜上浮地换气。

慢慢地，我终于让自己放松了下来，开始注意到今晚异常美丽。在月光的照耀下，经过我们身边的鱼群就像银币一样闪过。海藻在水流中摇曳，它们看起来厚实而柔软，我真想依偎在其中。

“啊，有人在狩猎。”莎丽说完潜下海面，向一只章鱼游去。那只章鱼正用八只脚在海底前进。它显然吃了一惊，闪在了一块岩石的后面。

“别害怕。我看起来像一只会吓到小软体动物的动物吗？”莎丽问道。

章鱼藏得更深了。

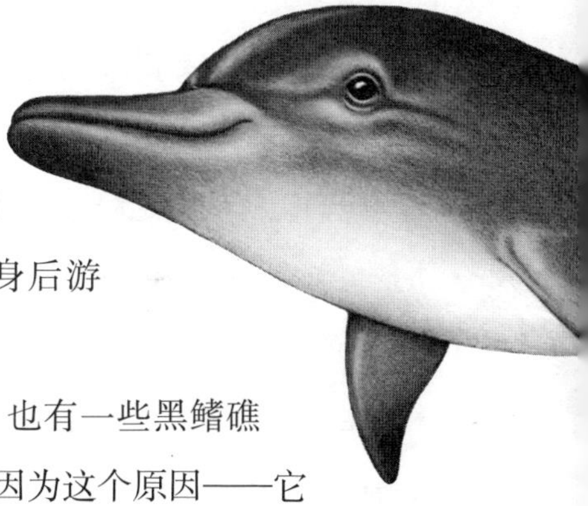

“你可不是那样的。”我对莎丽说，“但是，如果你环顾四周，会发现一条巨大的虎鲨在你身后游动……”

我不是这片区域唯一的鲨鱼，也有一些黑鳍礁鲨，尽管现在很晚了——或许恰恰因为这个原因——它们看上去还是清醒的。它们是拉尔夫的同类。我很想向它们打招呼，但它们可能不会对此表示欢迎。

莎丽想让我看看新发现的东西，于是发出了热情的哨声。这些新东西就像一件飘逸的、色彩鲜艳的长袍，优雅地在水中摇曳。

“这是什么？”我惊讶地问。

“你们称它为西班牙舞者，我无意间听到的。”莎丽一边说，一边随之起舞。但她很快就笑得前仰后合，无法继续。“它是一只海蜗牛。你在白天可以看到它发出耀眼的、美丽的红光。”

我着迷地看着那个生物，直到我撞到一棵一手长的小树，树枝上长有羽毛。“这又是什么？”

“一只管虫。”莎丽说着用鼻尖碰了碰它。刹那间，管虫就撤退不见了。当真正的树木看到伐木工人出现时，一定也乐意这么做。

“哇，那是我见过的最美丽的蠕虫。”我对莎丽说。我发现她非常开心。她的家乡，一切都与众不同……甚至要比其他地方都美得多。

“鱼儿们都睡了吗？”我问莎丽。

“当然。”她答道，“我带你去看！”

我们游到珊瑚礁附近，她用鼻子指着一条一手长的鱼。只见那条鱼躺在一丛珊瑚中睡着了。“有意思，我从不知道鱼是这样睡的，我还以为它死了呢。”

然后我第一次真正地仔细打量珊瑚礁……深感惊讶。它看起来与白天完全不同，此刻的珊瑚礁仿佛变成了一片开满番红花的花草甸。在准备演讲的过程中我了解到，它们并不是植物，而是动物——珊瑚虫，它们的触角在水中伸展，试图捕获一些食物。

我的尾鳍缓缓划动着，在这片全新的水下世界来回巡游。在这里，白昼进入了梦乡，完全不同的生物在夜间活跃。我突然注意到原本声响很大的莎丽已经很久没有吹口哨了。我环顾四周，竟发现黑漆漆的海洋中只有我一人。

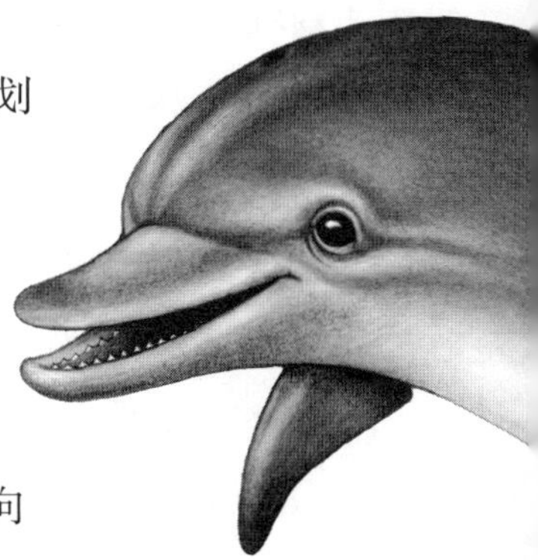

“莎丽？”我不安地喊道，并脱离了计划中的路线向前游去。突然之间，周围的一切都变得陌生、阴森又恐怖。那个海豚女孩在哪里？我到底在哪里？我能在紧要关头独自找到返回的路吗？

“噗。”突然有东西从岩石后面冲出，向我扑来。我向后一缩，迅速闪到一边。原来是那只熟悉的海豚。“哈哈，真有趣，你那么害怕！”莎丽一边说，一边开心地摇晃着大脑袋，划动胸鳍模仿我刚才惊慌失措的样子。她看上去变成了一只傻乎乎的海豚。我狂跳的脉搏慢慢地平静下来。

“如果我条件反射反咬你，你会怎么做？”

“对哦，我没想过。”莎丽答道。这令我更喜欢她了，因为大多数将我视为鲨鱼的人只会想到这个。

“来吧，我们抓点珊瑚虫。”我建议道。莎丽试着用鼻子把一个小家伙从石灰洞中拉出来，但是她很快放弃了尝试，为了避免将它碾碎。

“这样不行，我们要把它和它的房子一起带走。”莎丽说。

我还在犹豫。我并未自诩“珊瑚杀手”！“这样可以吗？”

“我们会把一切重新归还海洋的，那样就行啦。”莎丽说。

我们从珊瑚礁最不显眼的位置钳断了一小块珊瑚，并准备把它带回蓝礁中学当作展品。

深夜里，我们沿着自助餐厅的阳台向海滩游去。突然，莎丽用意念之声对我低声说道：“等一下，蒂亚戈！那边有人。

主楼后面，就那里，厨房入口的位置，有两个人在说悄悄话。好奇怪。”

尽管我什么都没看见，但还是游得更加小心翼翼了，以免被人发现。“我们要偷听吗？”莎丽问我，“只有不懂礼貌的人才会这么做，对不对？”

我们就在彼此身边，完全可以理解对方的意思。“是的，呃……但那是艾拉和她的母亲。”我小声答道。莉迪亚·雷诺克斯夜晚出行到基拉戈岛这边，一定是冲着我们来的。“如果他们有伤害我或者学校的计划，我想知道。”

“好吧，我们从明天开始讲礼貌。”莎丽说道。我们向前靠得很近，以至于我们的肚皮已经触到水底了。在这里，我们可以清楚地听到她们俩的对话。

艾拉似乎很不解。“布拉德做了这么可恶的事情，你怎么能替他辩护？这真的是最后一次将有毒废料倒入大沼泽地和大海！”

莉迪亚·雷诺克斯耐心地说：“替作恶的人辩护，也是我作为律师的工作。当然，这并不意味着我赞同他们的行为！卡钦斯基先生犯了一个大错误，这很明确。”

“是的，他被抓了，”艾拉痛苦地说道，“他帮雇主赚了很多钱。妈妈，他有时候也为你工作，我知道。你真的不知道这些人将化学废料倾倒在自然保护区吗？”

“当然不知道。我的心肝宝贝，你怎么会想到这些事呢？”莉迪亚·雷诺克斯听起来很惊慌。至少有一点点。

“那幕后黑手是谁？”

“我当然不知道，这些人也不会将自己的雇主告诉他们的律师。这样，我的宝贝，我现在必须离开了。我和卡尔约了明天一块儿吃早餐。来吧，让我抱抱你……下次我把与你的新手镯配套的项链带给你，好吗？它真漂亮，而且才1000美元，是真正的便宜货。但是你必须要小心，不要在变形时弄坏了它，好吗？”

“我一定会小心的。”艾拉向她保证，听起来她的情绪比之前好多了。她们俩朝停车场的方向走去。

莎丽和我游回了海滩，我们有很多事情需要好好考虑。

从哈利一到哈利十

我原本打算为珊瑚虫取名哈利。但是因为有十个珊瑚虫兄弟姐妹被我们一块儿带出了大海，所以我把它们分别命名为哈利一到哈利十。我把它们安放在大厅的水族馆里，它们一定觉得很舒服。

不久之后，属于我们的时刻到了。我们练习过了，也做好了准备。现在只有一件小事还没到位：已经开始上课了，我们的课堂报告被安排在第一个，但克里斯还没出现。把珊瑚图片带来是他的任务！他到底什么时候到？

“他一定会嘭的一下从门外弹进来。”诺克斯用意念之声轻声对我说，“你会看到的！”

这话原本可以让我平静下来，但是不幸的是，诺克斯的声音听起来十分紧张。

离报告开始只有 15 分钟了，我急得直冒汗。佩拉吉乌斯夫人正在讲一段旅行中的奇遇，但愿她还能多讲一会儿。

我们的客人卡拉格、蒂卡妮和霍莉正在仔细地聆听。周六早上，他们三人就必须启程离开了，真遗憾。

还剩 5 分钟。那个该死的家伙在哪里？我终于知道自己犯了什么错误。我这个笨蛋竟然相信了一头靠不住的、一团糟的加利福尼亚海狮，他从不认真对待任何事！

诺克斯焦虑地在浅水区里来回游着，他轻轻地拍了拍我的腿。“我们可以在没有图片和展品的情况下做报告吗？”

“也许可以吧，但这于事无补，我们永远也不可能取得好成绩了。”我失望地低声说道。

佩拉吉乌斯夫人清了清嗓子。“好吧，女士们，先生们，我们现在开始聆听课堂报告。首先，我们要了解的是珊瑚礁！”

我尽可能缓慢地站起来，向讲台走去。诺克斯在我腿旁游动，就像我在遛一条鱼似的。我的目光已经往门口瞟了20次。克里斯没有出现。我磨磨蹭蹭地把装着珊瑚虫的塑料盒摆放好。但这并没有赢得超过10秒钟的时间。

所有人的目光都集中在我身上。全部？哦不！霍莉不停地看向诺亚，他也在看着她。

“好的，你们可以开始了。”我们的老师说。我感到她在逐渐失去耐心，更不用说我们的同学了。艾拉和贝瑞在交头接耳，脸上挂着幸灾乐祸的笑容。每当我看到艾拉，就会想起她和她母亲的秘密谈话。谁会想到她还有良知呢？尽管昨天她的收获不多，但她还是探听到了一些关于她母亲的事情。

“好吧，大家……”我开场了。我一边向大家微笑，一边偷偷看我的笔记。

就在这时，一个留着金色长发的瘦男孩突然气喘吁吁、笑容灿烂地冲了进来。克里斯！我一眼就看到他手里的一堆文件，顿时松了一口气。“对不起，我来晚了！我原本想早一点打印出图片来，但办公室的彩色打印机罢工了……”

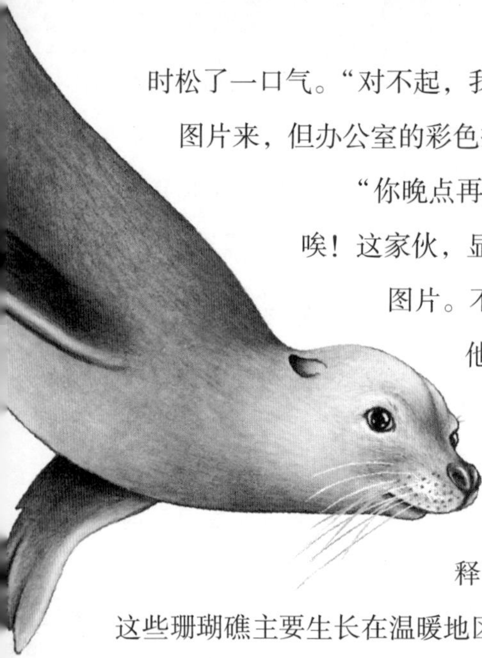

“你晚点再解释，报告开始了！”我抱怨道。

唉！这家伙，显然他只记得今天早上要打印这些图片。不过，我总算放松下来，也不再生他的气。

我们的报告开始了。一切都如此完美。克里斯将自己的魅力发挥到极致，详细解释了在哪里可以找到珊瑚礁。虽然这些珊瑚礁主要生长在温暖地区，但在寒冷地区和深水里也有珊瑚礁。接下来，诺克斯接力讲解了珊瑚的不同类型，我为他高高举着展示图片，克里斯则在一旁帮助传递对应的图片。我们就像三枚严丝合缝的齿轮啮合在一起。

接下来，是演讲的高潮部分。“现在——请调暗灯光！”我说道，“我们将向大家展示一些特别的东西！”

此处应掌声雷动。

“你们看到的是……真正的活珊瑚虫！”

但什么都没有发生。什么都没有。

“我们的贵宾尚未完全清醒，也许它们对光线的突然变化感到有些疑惑……”克里斯企图用闲扯拖延一些时间。

我担心地偷瞄了一眼保鲜盒。哦不，难道是哈利一家都死了吗？

“怎么了？”诺克斯疑惑地冒了个泡。

“我怎么知道，谁是珊瑚虫专家，你还是我？”我压低声音嘟囔了一句。

“嘿，嘿，来，小哈利！”克里斯用手指轻轻叩击盒子。我怀疑这样是否有用。如果有一股比它大 1000 倍的力，就会对我造成地震的效果，在这种情况下，我是绝不会出来的。

托克和汤姆金（现在都是短吻鳄的形态）显然失去了兴趣，他们开始用布满鳞片的鼻子互相攻击。艾拉涂起了指甲油。朱娜则开始在桌子底下偷看一部新小说。我能看出贾斯帕非常想做填字游戏。

“也许不算太糟糕，毕竟我们的一些来自海里的学生晚上是住在海里的，也许在那……”佩拉吉乌斯夫人开始发言。

突然，盒子里的“假花瓶”终于“开花”了。

“……嗒嗒嗒，它在那里！”克里斯安慰道。“哈利，那只小珊瑚虫，还有它的兄弟姐妹！我们现在把它们传阅一下，这样每个人都可以看到它们。”

“等等，”诺艾米说，“我帮你。”她用牙齿咬住容器，在教室里跑来跑去，直到每个人都看到了哈利。

克里斯冲她微笑。“太棒了，谢谢。”

最后，我进行了总结陈词。“许多珊瑚礁已经死亡，因为气候变化导致海水变得太温暖，令它们无法生存下去。在这种不利的气候下，它们失去了温和的藻类的庇护，变成了一具具苍白的骨骼……”

“我终于可以吃珊瑚虫了吗？”诺克斯问。

“它们有名字！”克里斯发出嘘声，“我们不能吃任何有名字的东西！”

“是吗？口味上没有差别吧。”

我稍微提高音量，注视着诺克斯。“这就是为什么我们要将这种珊瑚锚定在一个新的地方，以便它可以在那里生长并形成新的珊瑚礁。谢谢大家的聆听！”

我们赢得了雷鸣般的掌声。克里斯和我向大家鞠躬致谢，诺克斯则绷着脸。

“谢谢，小伙子们，还有一个很棒的计划……与培育珊瑚礁有关。”佩拉吉乌斯夫人赞许地说，并给了我们一个笔直的一分。我们互相击掌庆祝。当诺克斯的胸鳍撞击我的手掌时，发出柔和、湿润的声音。

鱼 蛋 糕

怀特小姐又为我开小灶进行了训练。现在，我们变形为虎鲸和虎鲨并肩游回了学校。

“你又成功了。”我最喜欢的老师对我说，“但是当局面变得紧张时，你仍会不知所措，在追捕投毒犯的时候就遇到了麻烦。”

“我知道。”我暗自叹了口气，“您真的认为，有一天我能做到吗？关于自我控制？”

“如果你坚持练习，就会越来越好。”怀特小姐安慰我说，“过去的已经过去了。但新的机会总会到来。”

或许，我们俩都想到了我与我父母的那次见面。“我什么时候才能再见到他们？我能够让他们爱我或至少对我多一些关注吗？”

不过在此之前，蓝礁中学将举办一次庆祝会：一场双人生日派对，同时也是客人的告别派对。周六早晨，他们就将乘坐蒂卡妮父亲的小型螺旋桨飞机飞回克利尔沃特高中了。真遗憾。

我还没有给我们的蝠鲼送过礼物，这太不应该了，因为我真的很喜欢她。“你打算送芬妮什么？”我问克里斯。

“她点了一个鱼蛋糕，我会亲自为她烤制。”他说。

我愣了。“鱼蛋糕……有鱼的蛋糕？”

克里斯笑得很开心。“我们不是海行者吗？还会有惊喜哦。”

“我很害怕。”我说。克里斯笑得更厉害了。

我们会成为真正的朋友吗？或者，我们之间永远会有隔阂，就因为我们都喜欢莎丽？这很难说。

为了寻找一个绝妙的礼物创意，我开始在网上搜索……我偶然发现一家公司从海中取出鬼网，并用它制作了名为“布瑞斯奈特”[①]的手镯。很酷的东西！我仍然处于破产状态，离拿到奖励金肯定还有段时间，但是也许我可以自己动手制作。

两分钟后，我四下张望，以确保没有人注意到我。我打开了垃圾箱的盖子——是的，在一件破T恤、一只碎盘子和一块脏海绵下面的是一张黄蓝相间的鬼网，鲨鱼形态的我就是被这种网缠住的。我前往学校的劳作室，在那里我一定可以用铁丝做一个搭扣。一个小时后，手镯就做好了。它看起来非常漂亮。

学校劳作室里不止我一个人——因为大家都喜欢芬妮和霍莉，所以整个学校都活跃起来了，有人策划，有人做手工，有人烘焙和烹饪。除此之外，为了向芬妮致敬，学校还将举办一场乔装大赛，因此还有人正忙着设计服装。杰克·克利尔沃特开车带着我们前往吉拉格，以便我们可以找到制造惊喜所需要的材料。不过我决定不参加乔装大赛了。在惊心动魄的抓捕行动之后，我需要的是休息。因此，我自愿加入了装饰组。

一下课，海豚团队、朱娜和我就开始在室外进行布置。我把

---

① 即 Bracenet，公司名称。这是一家真实存在的环保企业，专门收集和清理“鬼网”，并在将其清洁和分类之后制作成各类时尚饰品。本书在“致谢”中专门提及了该公司。

发光的灯链在灌木丛中系好，朱娜将彩带缠在棕榈树的树干上。莎丽和布璐试着在树木间挂上一条写着“生日快乐”的大横幅。我们时不时担心地望望天空，天空一片阴沉。

“或许我们应该装扮装扮自助餐厅。”朱娜说。

“不必了吧，外面的环境好多了。”我说道。因为我还从未参加过在海滩上举办的聚会，我有些迫不及待了。

“但天空看起来阴沉沉的。”布璐一边说，一边担心地看了看天空中的云，“是不是会有雷雨？”

“会下一场雷雨，但它很快就会过去。”莎丽一如既往地乐观。

“对，西风会把它赶到海里。”我一边附和，一边把一个闪闪发光的花环挂起来。

当我们快要结束工作时，来自克利尔沃特高中的两位朋友正从沙滩上缓缓走来。“哇！”当卡拉格和蒂卡妮看到我们布置的会场时，卡拉格由衷地赞叹道，“这儿美极了。”

突然间，一阵狂风刮过，布制的旗帜被狂风撕扯下来，随风飘走了。

“这儿曾经美极了。”卡拉格忙改口道。

装饰组的小伙伴们向我投来责备的目光。“西风，嗯？赶到海里，是吗？”

“好吧。”一大滴雨水砸在我的鼻子上，“我们去餐厅吧。”

朱娜丝毫没有在意雨水，继续忙着手中的活儿。“废话。我们是糖还是鱼？”

雨下得越来越猛烈。几分钟之后，雨水倾盆而下，冰冷而刺骨。

“啊，我们还是在餐厅里庆祝吧。”莎丽说。我们迅速地把布置好的物品取下，然后抱着一大堆湿漉漉的装饰品，跌跌撞撞地跑进了餐厅。

变成红松鼠的霍莉正在一棵树上追逐着什么。不一会儿，那面丢失的旗帜又被她拖回了地面。她像一个穿着超大长袍的小鬼，顶着那面旗帜进了餐厅。

欢乐的时刻终于来临了。五彩的花环闪闪发光，一切都装饰一新，全校同学都挤在大厅和餐厅里，兴高采烈地交谈。送给霍莉和芬妮的礼物已经摆在了礼台上，盛大的开箱仪式马上开始。

“啪！”加西亚先生亲自安装的聚光灯亮了，刚好照亮了手捧巨大蓝色鱼蛋糕、正乐呵呵地穿过大厅的克里斯。他正向霍莉和芬妮走去……突然一个踉跄，克里斯绊倒了。蛋糕从他手中飞出一道优雅的弧线，然后像一只蓝色的奶油肉丸一样砸在了变成犰狳的贾斯帕身上。在一阵轻微的口水声之后，那座蓝色的奶油山峰下开始有东西在蠕动，一张棕色的嘴、两只小耳朵和两只纽扣般的眼睛露了出来。

霍莉尖叫起来，芬妮的太阳镜差点从鼻子上掉下来。她俩都快哭出来了。

“哦，不！”芬妮说，“克里斯，这真是……等一下！”

她也注意到，克里斯看起来一点也不悲伤，他满脸笑容。克里斯说：“你们最好拿着这个。”他打开门卫间的门，把真正的蛋糕拿了出来——一个绿色的蛋糕上点缀着棕色的小圆点和粉红色的面制鱼儿。

“榛子香草和三文鱼奶油蛋糕！”克里斯一边大声说道，一边鞠躬递上他的作品。所有人都如释重负地热烈鼓掌。

芬妮发出一声欢呼，霍莉则悄悄地伸出一根手指头插进蛋糕里尝了尝味道。这个时候，贾斯帕从一块覆盖着厚厚的蓝色奶油的纸板下面爬了出来。“我表演得怎么样？很有趣吧？”

“噢耶。我应该把你舔干净吗？”卡拉格问。贾斯帕谢绝了。

派对正式开始了。

走音和亲吻

在此起彼伏的祝贺声和响亮的生日快乐歌声之后，自助餐开始了。克里斯、海豚团队、我和其他人一起冲向鱼蛋糕、鱼卷、鱼汤和鱼柠檬水（因为它和鱼一起吃味道特别好才得此名）。素食者可以享用蓝绿色沙拉、海藻煎饼和海藻奶昔。我一边嚼着大虾串，一边看着卡拉格和蒂卡妮大口吃着香肠、迷你比萨和朱娜拿手的肉桂巧克力松饼。霍莉则对玛拉烤的坚果奶油华夫饼更感兴趣。

等到大家吃得半饱的时候，朱娜宣布：“为了向我们的朋友芬妮致敬，乔装大赛现在开始！”

餐厅里传来阵阵赞叹声。我凑上前一看，嘿！一条有着巨大背鳍的鲨鱼正在水中游弋！它的背脊甚至比我的还要大，是大白鲨吗？

“伙计们，别慌，是我。”礁鲨拉尔夫宣布道。原来，他只是把巨大的鳍卡在了自己的身上。

我低下头，发现一只足球漂在水面上。但是当帅气的金发男孩汤姆金一脚踢向它时，足球“哎哟”地大叫了一声。原来水母塞尔达正藏在里面。

“如果你不希望有人踢你，就换上别的衣服。”汤姆金抱怨道，他的蟒蛇朋友杰罗姆补充了一句“对！”。

“傻瓜！”塞尔达被激怒了，“这就是最适合我的服装！”

“我知道有一些更好、风险更小的服装。”朱娜说完快步涉水走向道具箱子所在的储藏室。“嘿，我喜欢这样。”当我们的班长回来的时候，塞尔达欢呼雀跃。过了一会儿，一顶漂亮的女士帽在餐厅里漂来漂去。

蒂卡妮将自己打扮成一个面色苍白、眉头紧皱的女吸血鬼。她身披一件红黑相间的斗篷，时不时地露出局部变形的牙齿。这身装扮为她赢得了二等奖。霍莉夺得了第一名。她装扮成一颗会跑的草莓从一张船桌跳到另一张船桌。

“你们怎么找到我的？”卡拉格问道。他抬起爪子发出一声嘶吼。他首先变成美洲狮，然后伪装成老虎——他请人把皮毛染成了橘色，并涂上了黑色的虎纹。

“棒极了。”我笑着说。毕竟，我是虎鲨，我可以这么说。

但三等奖并不属于他，而是被海牛玛拉收入囊中。她打扮成长发飘逸的美人鱼，局部变形技巧娴熟。

“那么，让我们唱起来吧。”颁奖仪式结束还不到 10 秒，蒂卡妮就一边宣布，一边跳上了搭建在大厅的舞台。这并不令我惊讶，毕竟我们的客人——尤其是蒂卡妮——希望能在告别派对上一展歌喉。当蒂卡妮唱起罗比 · 威廉姆斯的《感觉》时，她仿佛正置身于体育场中央进行表演，令人印象深刻。甚至连汤姆金也被吸引住了。虽然他已经退到角落里，但我看到他双眼微闭随着节拍轻轻摇摆。他看起来很开心。

“蒂卡妮，你唱得太好了，你应该上传到油管上。”卡拉格仍然是一只老虎的扮相，他深情地看着蒂卡妮。

蒂卡妮不好意思地笑了笑，她的牙齿看起来颇具杀伤力。

“我不知道你对这种没完没了的咿咿呀呀怎么看，真的很烦人。”杰罗姆说着走了出去。

汤姆金罕见地露出尴尬的神色。“他只是不喜欢音乐。”汤姆金咕哝着。这应该只是一种借口。

“我也可以像蒂卡妮这样演唱。就在上一个假期，我参加了一个歌唱工作坊，是由一位真正的明星主持的。”艾拉说着走上舞台，仿佛这个舞台本就属于她。“拉尔夫，播放我的歌！”

在接下来的几分钟里，艾拉扮成Lady Gaga①的样子，唱起了她的《狗仔队》。原本拥挤的舞台前越来越空，而餐厅却越来越拥挤，大部分同学都在艾拉的歌声中逃走了。由于掌声寥寥，艾拉生气地将话筒递给了托克。令人意外的是，托克的嗓音虽然粗犷，但歌声着实很好听。他演唱了一首《旭日之家》。尽管托克是我在学校的宿敌，但我还是立刻为他鼓掌了。

诺亚也上台了，他打扮成AC/DC乐队②歌手的模样，化着黑白相间的妆容，头发上抹着发胶，咆哮着读了一首*T.N.T.*的歌词，也获得了听众们的一致好评。

演出的高潮部分出现在芬妮和布璐登台演唱阿巴乐队③的《当我吻了老师》的时候。当歌曲唱到一半时，莎丽和诺亚将克

---

① 美国女歌手，她的音乐风格前卫、另类，并以独特的装扮与夸张的表演风格著称。

② 澳大利亚摇滚乐队，成立于1973年。

③ 瑞典的流行组合，成立于1972年。

利尔沃特先生请到了舞台上，克利尔沃特先生稍稍推辞了一下。芬妮和布璐同时从两侧吻了他的脸颊，他的脸上立刻留下了鲜红的唇膏印。我忍不住笑起来。

“嘿，你们不能这样做，老师可不答应。”克利尔沃特先生笑着自卫，接下来，他站在舞台上为大家带来了一场视听盛宴。原来，他和诺艾米悄悄排练了一支劲歌热舞。克利尔沃特先生身穿牛仔裤和白衬衫，诺艾米则以黑豹的样子出现。舞台前再次人头攒动，所有人都为校长热烈地鼓掌欢呼。

我看到不远处的怀特小姐也在微笑着鼓掌。演出结束后，克利尔沃特先生汗流浃背地爬下舞台，来到她身边。“很酷的表演。”怀特小姐对他说。

“暗中排练可真不容易。”克利尔沃特先生侧头看了她一眼。“你觉得怎么样，阿丽莎……等这些热闹过后，周六我们去喝一杯怎么样？”

怀特小姐脸上的笑容消失了。她双臂交叉，直视前方。“抱歉。周六我已经有安排了。”

可怜的杰克。或许怀特小姐有太多不好的情感经历。她曾经告诉我，感情的重要性可能被高估了。杰克会设法让她赴约吗？毕竟前几天她、杰克和其他老师还相约在基拉戈吃了饭，听了乐队的演唱会，但这可能不算数。

想到这里，我有些心烦意乱。这时，克里斯打扮成“海豹”的样子在讨人欢心。只见他像海狮一样用后鳍支撑起身体，用前鳍击打鼓掌，同时用嘴巧妙地接住别人扔给他的鱼。大家都笑着为他加油，只有我陷入了沉思，因为我不得不认真思考他曾经对我说的话。令人难过的是，他认为人们只爱作为海狮的他。正因如此，当我看到黑豹诺艾米坐在变回人形的克里斯身边，并对他发出咕噜咕噜的声音时，我暗自感到高兴。

大约有十份礼物在等着霍莉和芬妮轮流拆开。“哇，”芬妮惊喜地叫了出来。礼物包装纸下露出一副缀有花朵和水钻的太阳镜。“这是谁送的？”

“是露西和我。”雷奥诺娜骄傲地宣布，而露西则蜷缩着两三只手臂，打开墨镜给芬妮戴上。“真漂亮！”

现在轮到霍莉了。她得到了一盆生机勃勃的小胡桃树和一卷纸。她好奇地打开这张纸，然后搂住了诺亚的脖子。“哦哦，太棒了！谢谢！”

所有人都好奇地伸长了脖子，我破译了写在纸上的华丽书法：

起亚奥拉，霍莉！我认为你很棒，这是一张我很快就去看你的凭据。或者我会安排你来见我！你的诺亚。

我偷偷地擦了擦眼睛。

芬妮还惊喜地得到了一张侦探片碟片，霍莉则开心地拿到了克利尔沃特先生送的一副潜水镜。我看见下一个就是我送给芬妮的礼物，便急切地挤到前面去，一方面想知道我的手工艺品是否会受欢迎，另一方面还想向她解释这件礼物的由来。

芬妮撕下了包装纸，仔细看了看黄蓝色的尼龙手链。“酷！这不是用他们收集到的鬼网做的吧？”

“是的，但这是我自己做的。”我有点不好意思地说。

我得到了一个温暖的微笑。这个微笑如此温暖，以至于我如同被催眠了一般一刻也不愿意移开视线。芬妮一直看着我，似乎也不想把视线从我身上挪开。“你从哪里找到的鬼网？在附近吗？”

“非常近。”一个略带嘲讽的声音说。艾拉挤上前来，她的眼睛闪着令人毛骨悚然的光，表情有些得意扬扬。“达芙妮看到他是从学校的垃圾桶里捡来的！”

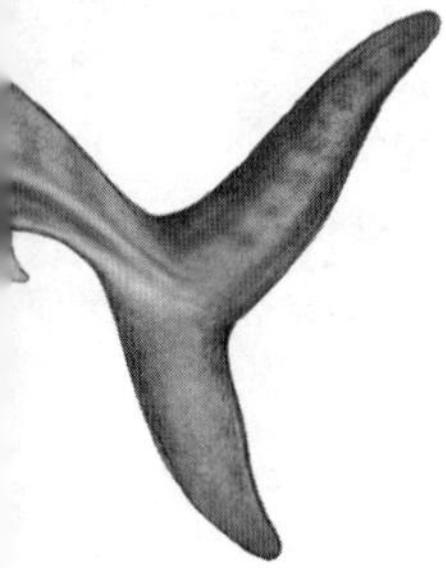

错的时间错的话

我感到脸在发烫。垃圾桶里的礼物，这太令人尴尬了。

那只该死的红嘴鸥一直在监视我，然后通通告诉了艾拉！

“你做什么了？”芬妮和其他人都一脸疑惑。

“是的，实际上……”我结结巴巴地说，“必须把它弄走……因为它很危险……但这是我之前从海里弄来的。”

“你在海里找到的鬼网吗？”芬妮问。

“没错。”我说，松了口气。

“你说真话了吗？你根本什么都没说。”贝瑞不信任地看着我，“你怎么把鬼网弄过来的？没有人会这么粗心地靠近这样的网。”

“呃，我本应该保持距离的，但后来反正我被那可恶的东西给缠住了。”我坦白道。

所有人都盯着我看。

“你在水下被缠住了？”莎丽脸色苍白，“你会死的！你被网困住了多久？”

“我不知道，时间几乎停滞了——我也差点放弃了，”我承认，“情况非常危急。是佩拉吉乌斯夫人救了我。”

“哇！”芬妮立刻将手镯戴在右手腕上，“这是一件有故事的礼物。”

“你怎么会一个人在海里？对于新手来说，有伴同行更好。”贝瑞问道。他看着我，就像我是沙丁鱼而不是虎鲨一样。

“我是自己游出去的，怎么了？”我瞪着他，怒火中烧，“有什么不一样吗？”

“你真是太古怪了。”艾拉做了一个轻蔑的表情。显然，她还是不喜欢我，不论我抓到多少破坏环境的违法者，这种情况都不会改变。

“可惜她说得没错。”就连一向支持我的朱娜都这么说，“不过，你一定小心翼翼地避开了大白鲨吧？”

哦，天哪，我从没想过情况会变得越来越糟！“呃……这么说吧，它没有躲着我。”

“你把这些事捂得严严实实的。可真行啊。”杰克·克利尔沃特无意中听到了我们的话，看起来他并不感兴趣。

“哦，我想起来了，这一定和莎丽父母那件事有关，”诺亚说，“在莎丽出走期间，我们听说这里有一条大白鲨出没。你还记得吗，布璐？我们俩往一个方向去寻找莎丽，而蒂亚戈往另一个方向去寻找莎丽。”

莎丽睁大了眼睛看着我。“你知道有一条大白鲨在附近……你还是独自游出去找我？”她慢慢靠近我，注视着我的眼睛。我强迫自己迎上她的目光。“结果就变成这样了。”话刚说出口，我就为自己说了这样的丧气话而懊恼，“我只是很担心你。”

“你真是太好了。”莎丽一直注视着我，用一种千年之后我都无法忘怀的眼神看着我。

克里斯似乎做了一番思想斗争。他终于开口了。“这不是他为你做的唯一一件事，”他对莎丽说，“他还和你的父母谈过，显然效果很好。”

克里斯真好。

“蒂亚戈，你曾经……真的吗？”莎丽看着我，脸上露出灿烂的笑容。“我指责了你的父母，你也曾指责我的父母。真是太可笑了。”我苦笑着点点头。莎丽伸出手想要搭在我的手臂上，但她立刻改变了主意。她一把抓住我的手说：“过来！这里有一个迪斯科舞厅，在陆地上跳舞就和在海浪中赛跑追逐一样过瘾！”

莎丽拉着我跳进迪厅舞池，五彩斑斓的迪斯科舞球在舞池里嗡嗡作响。芬妮开心地玩起了雷鬼[①]，那是她喜欢的音乐。可惜下一首并不是适合舞者相拥挪着小碎步来跳的舞曲。不过，能在莎丽面前乱蹦乱跳，还能看到她纵情欢笑的样子，我已经觉得很美好了。现在，她知道我喜欢她，知道我愿意为她冒险！我们之间的关系会有变化吗？当然，目前毫无变化。

两首歌的间歇期间，内斯特突然端着一杯黄色的果汁来到了

---

① 指一种特殊的牙买加风格音乐。

我俩身边。“你要再来一杯吗，莎丽？杧果、百香果、酸橙，你最喜欢的口味。我特意为你调的。”

“不，谢谢，我现在不想喝。”莎丽虽然有些生气，但仍然耐心地回答了他。

二年级学生谭力一直在含情脉脉地注视着莎丽。现在，他终于鼓起勇气走过来了：“你跳得真好，我觉得你是这里最漂亮的女孩。”

“谢谢。”莎丽说完继续和我跳舞。

我暗自叹了口气。不要再来一个竞争者了！为什么我偏偏喜欢上了学校里最受欢迎的女生？

下一首歌过后，莎丽和布璐一起去了洗手间，诺亚和我则站在舞池旁。我们闲逛了一会儿，聊了聊我们认识的二年级学生。比如，我们蓝礁飞行中队的狂热分子谢尔比和第二形态是寄居蟹的亚米。亚米正在自学霹雳舞，但似乎收效甚微。

诺亚的情绪高涨。他的脸上化了黑白相间的妆，冲我笑时露出一口洁白的牙齿。“告诉我，你为什么要在那么危险的情况下一个人出海？你喜欢上她了吗？”他调侃道。

我顿时愣住了，被他说中了。是的，我喜欢上了她。但现在不能承认。“胡说八道，你怎么想得出来？我们在同一所学校，我们只是朋友，我当然要……”

诺亚突然沉默了，他的目光越过我的肩膀。我警觉地一转身……莎丽和布璐回来了。我从莎丽的表情看出，她们听见了我们的对话。

“来，我们走吧。”她对布璐冷冷地说，就退到舞池的另一边去了。过了一会儿，她和克里斯出现在舞池里。克里斯看起来帅气而潇洒，那是他与生俱来的气质。

我的感觉糟透了。为什么我没有勇气对诺亚的问题说“是”？现在，我把一切都弄糟了。哦，天哪，我为什么要说“胡说八道”？简直不能更糟了！我的感情为什么就不能像霍莉和诺亚那样简单？

“你还好吗？”变回人形的贾斯帕问道，他的额头上还有一些奶油，“你看起来并不开心。”

“我不舒服。”我说，“可能是吃多了。”

好吧，我对最好的朋友撒了谎。

“告诉我，上面那个人是谁？我不认识他。”贾斯帕指着一个衣着鲜艳的男生——红色的超短裤、黄蓝相间的 T 恤和一件绿色衬衫。他疯狂地扭动着身体，挥舞着手脚，不知怎的，这让我想起了竞技表演中的牛仔——即将从马背上摔下来的牛仔。

我定睛看了一会儿。“他不是二年级学生吗？”

“不是。我以前从未见过他。”

尽管我心情不好，但这个人引起了我的好奇心。莫非有人潜入了我们学校？他是谁，为什么这么做？

“我们现在就去问问他。”贾斯帕说。当那个陌生男生向餐厅走去时，我们跟了过去。

“嗨，我叫蒂亚戈，你是谁？你是新来的吗？”

男孩笑着答道：“不，我不是。昨天你和我还在一起做报告呢。”

我暂时忘却了烦恼：“诺克斯？！”

“正是。”他往嘴里塞了一卷三文鱼。

“但你不是说你没有腿吗？”贾斯帕惊讶地问道，“你从来就没变过人形，你一直在水族箱里！”

“想法是会变的，对吧？”诺克斯说，“所以，我现在又要去跳舞了。有腿可以做这么多事情，真好！”

说得对。很快，我就会用自己的腿走进宿舍，安安静静地待一会儿了。至少这是我想要的。但卡拉格、蒂卡妮和霍莉拦住了我。“我们还得告个别呢。明天早上我们就要回去了。”卡拉格说着抱住了我，“和你在一起是一件非常特别的事情。”

“对。”蒂卡妮补充道。我突然发现吸血鬼的扮相也很好看。“你没事吧，蒂亚戈。”

“你送给我们的画棒极了。”霍莉放下手中的坚果树，过来拥抱了我。她小巧的身体在我的怀里就像一根绷紧的弹簧。“谢谢你！如果你没有邀请我们来这里，我就不会认识诺亚了。”

“必须说感谢的是我。”我感动地说，“没有你们，我们不可能抓住这些坏家伙。一路平安……偶尔想念一下我们，好吗？”

“必须的。”卡拉格说。

在泪水夺眶而出之前，我转身进了宿舍。

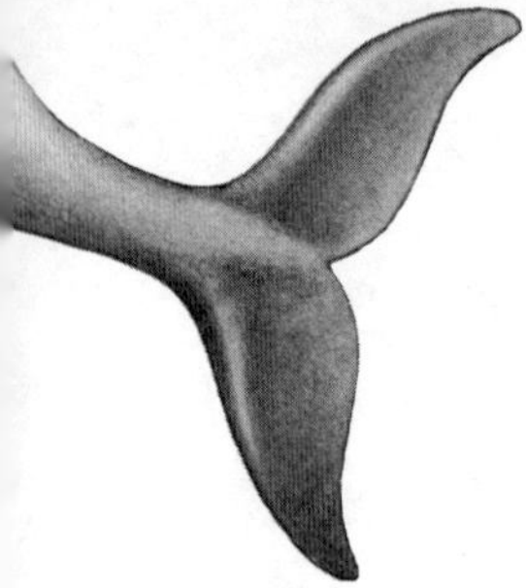

特制果仁巧克力

周末，约翰尼叔叔又来接我去迈阿密。我在考虑是否要告诉他我在告别派对上的糗事。不过，他只匆匆见过莎丽一面，可能无法理解我对她的喜爱。毕竟他已经单身多年。再说，他也不是一个性格开朗的人。

“我们必须从尼莎那儿搬出去。”他一边说，一边往嘴里塞了一块肉桂口香糖安慰自己，“她说了，这对她来说太拥挤了。她还需要一些独处时间。”

“哦，我明白了。”我难过地答道。或许是因为约翰尼有一回弄脏了地毯。“现在怎么办？我们睡在沙滩上吗？”

约翰尼的下颌宽阔突出，这让他满是皱纹的脸显得异常坚定。“不。我还没有放弃。我已经打印了三张新的找公寓广告。希望在那些地方还没有人给我们抹黑。”

“可是莉迪亚·雷诺克斯是怎么知道我们要去哪里求租呢？”

“我可以告诉你。”约翰尼摇下侧窗，把手臂伸出去，向上指。

我把头探了出去。一只海鸥正在我们头顶盘旋。他跟着汽车一路飞翔，就像被粘在了上面一样。

“一个变形人？”

“正是。”

“该死！”我恶狠狠地看了一眼海鸥，他也恶狠狠地回看了我一眼。

还好只有一只海鸥，而不是两只。我在一个街角下了车，选择了一条曲折的路线，以便摆脱可能的跟踪者，最后我来到了火箭家。我随身携带了一些火箭需要的特殊调料，那是火箭托我从学校带的，以便他实施对姐姐们的复仇计划。

我刚来到门口，就听见火箭的姐姐们的声音，她们今天在家。“爱——德——华，把你的门关上好吗？你那些讨厌的模型的胶水味太臭了！”年纪小一些的哈蒙娜嘟嘟囔囔地说道。哈蒙娜希望自己有一天能够出人头地，成为油管上有影响力的人物。但是，她首先要设法使账号的订阅人数超过 345 人（我已经查询过了）。

我看着火箭，这种情况让他绝不还口真是太不人道了。但是在复仇行动之前，我们不得不先把她们俩骗到一个安全的地方。于是，火箭大喊了一声：“好！”

短暂的沉默。“你说的‘好’是什么意思？”

“我把门关上。”

“我懂了。”

我们从房间里拿出了恶作剧的原材料，然后在厨房里开始钻研我们称之为“食品技术项目”的恶作剧。我们小心翼翼地用刀子和注射器尖端揭开巧克力的底部，以便吸掉巧克力内芯。显然这只注射器是其中一位姐姐的，她是护士，常用注射器来补充化妆品。我的视线一再地停留在火箭的手上，他的动作非常精准和巧妙。

“下一步是什么？”当我们把所有的巧克力的内芯都抽空后，我问火箭。

“现在，我们可以把它们重新注满。”火箭咧嘴一笑，从巨大的红色冰箱里取出了一只玻璃杯。“比如这是劲辣的芥末，或者这个，辣椒酱。”他重新填充了一块巧克力，并用液体巧克力重新封住底部。“几乎看不出来！反正她们俩会看都不看就一口吃掉，同时目不转睛地盯着一部令人难以忍受的电视剧。”

“我从学校带来了犰狳粪便。把它作为一种配料如何？”

“史诗级的配料！”火箭笑得前仰后合。

我们一起把棕色的粪球塞进巧克力中，然后再把它们封起来。火箭边做边问道：“你们学校有犰狳吗？还有什么人？”

“主要是海行者，嗯，就是水生动物……哦，还有一只黑豹。”我小心翼翼地将“美食”推进巧克力外壳中，“你不是也想来加入我们吗？”

“不，我喜欢普通的学校。”火箭耸了耸肩，“不过我可以在你们那儿学到一些实用的变形技巧。你们学校有课后辅导吗？”

“我想没有，但我可以问问。”我答道。

我们沉默了几分钟，聚精会神地忙碌着。突然火箭说：“工程师。”

“什么？”

“我不想成为一名宇航员，我想成为一名工程师，成为可以建造这些东西的人，让另一个人和我一起飞。”

“那就我吧。”我脱口而出，直到我意识到这对于虎鲨变形人来说可能不太适合。遗憾！但是与普通人相比，还有别的工作更适合我这样的人，虽然我一时想不起来。

当我们一起做好半包“恐怖巧克力”时，火箭看起来很满意。重要的时刻来临了。

我们庄重地走进起居室，哈蒙娜和莎尼科娃正窝在沙发里，一边聊天一边查看智能手机。“哇，酷，已经有 346 个订阅者了！有一个新加入的！”哈蒙娜高兴地说，“人数在涨了。”

火箭清了清嗓子，以便引起她们的注意。“喂，你们两个，谢谢你们在妈妈上班的时候照顾我。”他把巧克力递给了她们，“我有礼物要送给你们。”

她们俩从沙发上缓缓站起来。

哈蒙娜笑了。“哦！你真是太好了，天文怪胎。”她友好地看了我一眼，“我想，你的新朋友对你产生了很好的影响。”

“我知道，我们有时候并不容易相处，而且对你很严格。”莎尼科娃一边说，一边把吃惊的火箭拉到身边，揉了揉他的头发，“这不关你的事，爱德华。是这份工作让我感到很不爽。”

火箭和我交换了一下不安的眼神。两个男生产生了同一个想法——两个姐姐比想象中的要好。我们最好把礼物从她们手里拿走，而且要快！

然而为时已晚。

哈蒙娜已经打开了包装，拿出一块果仁巧克力塞进了嘴里。我们呆住了。

她咀嚼了几秒钟，什么也没发生。

“脆脆的，”哈蒙娜说着伸了一个懒腰，“不是很甜，但是很辣。我喜欢。”

“时候到了。”我暗自激动。这块一定是“贾斯帕特制”。我几乎有了试一试的冲动。

这时，莎尼科娃也抓起了一块巧克力。“哦，辣椒！挺酷的！”

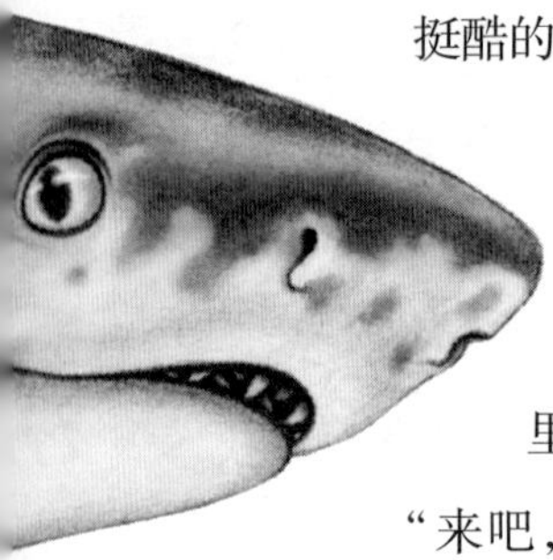

“是啊，嗯，很酷。”火箭已经泄气了，以至于当莎尼科娃把巧克力盒子递给他时，他条件反射式地拿走了一块巧克力。他尴尬地在手里摆弄着这块巧克力，不知道如何是好。

“来吧，尝尝吧。”他姐姐微笑地对他说，“我们可不想吃掉你所有的存货！还是说，我们看起来像彻底的利己主义者？”

“不，我们今天已经吃了很多甜食了。”我说。

姐姐们不同意。火箭别无选择。他小心翼翼地咬着巧克力，我希望他吃的是辣椒。但是从棕色的馅料来看，我认出它是“贾斯帕特制”。

“真好吃——呃，我去一下洗手间！”火箭突然急忙说道。片刻之后，我听到了冲马桶的声音。

在此期间，莎尼科娃又尝了芥末口味的巧克力。

“又是一块超级辣的！嗯，味道有点疯狂。不过感觉太好了，你懂我的意思……你叫什么名字？”

“蒂亚戈。”我悄悄地把刚拿的巧克力塞进裤兜，很快它们就会变成巧克力芥末泥。

我们被邀请坐在沙发上，一起看了几集《生活大爆炸》。那是火箭最喜欢的电视系列剧，十分有趣，只是有点唠叨。在两集之间的间歇，火箭问我："我没弄错的话，你和你叔叔正在找公寓，是吗？"

"是的，没错，"我沮丧地说，"我们现在睡在朋友家的沙发上，这可不好玩。"

"我之所以这样问，是因为我奶奶的房子里刚有几间房间空出来——也许适合你们。"

我不由自主地坐直了。"太好了！但是我最好现在就向你坦白，有人和我们对着干，会恐吓我们的房东。否则，我们也不会被赶出去，早就该有新住处了。"

火箭和姐姐们对视了一眼。"我想没人能吓着萨莉。"莎尼科娃说道，"她曾经是一名战斗机飞行员。"

一个小小的希望，比蝴蝶还小的希望，在我心中升腾起来。我的老鼠朋友火箭在一张纸上写下了地址和电话号码，交给了我。他站起来对我说："让你叔叔马上开车过去。我和你们一起去。奶奶一定会高兴的。"

我虔诚地接过那张纸条，就仿佛它是开启我新生活的密码。"你真好！"我对他说。我立刻给约翰尼叔叔打了电话。

"听起来不错。我马上就出发。"我从他的声音中听到了希望。火箭和我也很快出发了。

"爱——德——华！"当我们走到走廊里时，客厅里传来一个声音。

"什么事？"

"那些巧克力在哪里买的？"

火箭低声抱怨了几句。

我笑着关上了身后的门。

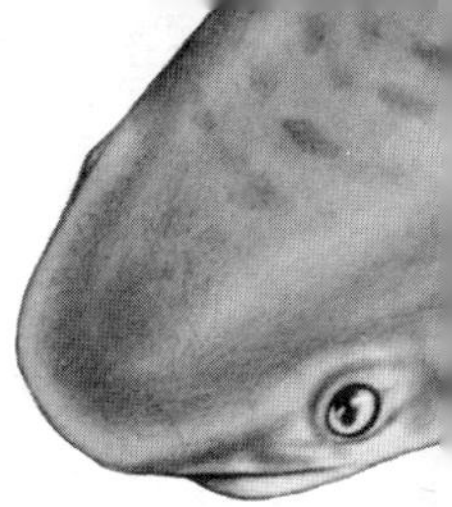

萨 莉 奶 奶

火箭的奶奶萨莉住在迈阿密绿树成荫、舒适惬意的椰树林社区，这里远不及我们之前住过的自由城热闹。

当火箭带领我们驶进一条狭窄的、树木与灌木丛生的小路时，我颇感惊讶。在一栋最美丽的房子前，车子停住了。那是一栋两层楼的房子，外墙漆成了淡黄色，花园里种着一棵杧果树，树上的果实已经成熟。几只孔雀在附近趾高气扬地散步，还有几只悠闲地栖息在树上。

“你看这儿怎么样？”我小声问约翰尼。

“从这里到大海只隔着几条街。”他低声回答。

这里非常适合两个海行者！但我尽量不喜形于色。这太好了，这不可能是真的，这行不通，我暗想。海鸥还在监视着我们，他正沿着道路快速滑翔。

我们面前的门打开了。只见萨莉有一头微微发灰的黑色短发，坚毅的脸庞上有一双清澈、警觉的眼睛，眼睛周围已经爬上了皱纹。她穿着橙色上衣、九分牛仔裤和徒步凉鞋，看起来一点也不像一个奶奶。

“嗨，奶奶，他们就是我跟你提过的人。”火箭说，“那家伙的名字叫蒂亚戈，他聪明得令人感到害怕，但其他方面都很好。”

“就像你一样，”萨莉说着摸了摸他的头发，“你的土星五号模型已经完成了吗？大家进来吧。”

一只橘色虎斑猫上来蹭我的腿，我俯身抚摸它。“顺便介绍一下，那是橙汁。”火箭说着后退了一步，“它不是我最好的朋友，你明白我的意思。”

我忍不住笑了。火箭最好不要在这里变形！

“您居然是战斗机飞行员？”约翰尼好奇地问道。那时，我们正坐在大厨房里，端着一杯冰镇自制柠檬水，它闻起来有鲜榨柠檬、新鲜薄荷和烧熔的电线的味道，这可能是橱柜上的电子元件造成的。

萨莉把杯子放在我面前，然后坐下来，把脚搭在一张空椅子上。“嗯，我为海军驾驶拦截机并驻扎在航空母舰上，但在80年代，女性不允许执行战斗任务。最高统帅部都是白痴！那么，现在说说你们的事情吧。”

起初，我们有些犹豫，但是因为萨莉奶奶看上去非常友善而专注，我们逐渐放松了下来。10分钟后，我们笑着说起约翰尼叔叔的“英勇事迹”：他最近在汽车旅馆的停车场里制服了一位手拿威士忌赤身裸体跳舞的客人。我向萨莉奶奶报告，我学校的餐厅被水淹了。火箭则绘声绘色地讲了送给同父异母姐姐自制巧克力的趣事。萨莉奶奶笑得直拍大腿。

“好吧，我带你们去房间看看。”她说。我和约翰尼快速地交换了一下眼神。是个好兆头！火箭满意地向我点点头。

二楼有两间卧室和一间客厅。此外，还有一间浴室，里面有大浴缸和老式的浴帘，帘子上画着蓝色、红色和黄色的鱼。虽然房间并非很新，但看起来非常舒适。所有住户共用厨房和露台。

“有几件重要的事，”萨莉说，“我睡眠不太好。有时候，我会在凌晨 3 点钟走到厨房给自己泡杯咖啡或烤煎饼。”她抬起胳膊，指着一只放在炉子上的旧铁锅，“那会打扰你们吗？”

“不，当然不会。”我立刻向她保证。

“几年前我开始学习萨克斯管。我练习的时候，可不怎么好听。你们可以忍受吗？”

“完全可以。”约翰尼叔叔回答道。

“我真的很喜欢吃进口的法国奶酪。很臭哦。”

“我可以试试吗？”我问。

萨莉咧嘴一笑。“如果橙汁每天都在你们的地毯上拉屎，你们也会说很好，对吧？”

“我们只会在毯子上抹果酱作为报复。”约翰尼开玩笑式地抱怨道。

“太好了，那么，如果你们愿意，就可以住在这儿了。”萨莉报了一个我们可以轻松承受的租金。

约翰尼和我对视了一眼，一起用力地点了点头。我们互相握了握手。火箭满意地笑了。但是还会有人破坏我们的好事！也许因为我们为艾拉心爱的大沼泽地挺身而出，她会在她母亲面前为我说些好话了？不太可能。

和萨莉奶奶告别后，我们假装离开了。事实上，我们偷偷地转身，穿过杂草丛生的花园又爬了回来。我们躲在粉红的夹竹桃树丛后面，从那里我们可以观察到房子的入口。

不久之后，一辆的黑色SUV（城郊多用途汽车）驶近，两个身着深色西装的壮汉下了车。他们大摇大摆地走到前门，用拳头猛砸大门。他们的肌肉几乎要爆裂了，即使从远处我也能看到他们面无表情的脸。橙汁蹑手蹑脚地走到门口，瞧着新来的访客，没有靠近他们。

“其中一个人是林行者。”约翰尼叔叔小声对我们说，“但我目前无法分辨出他是什么动物。”

火箭和我点点头，压低了脑袋，希望这些家伙不会发现有三个变形人正蹲在灌木丛中。

门开了，火箭的奶奶出现了，她比西装男矮一个头，似乎在询问来访者的来意。她还没说完，那两个男人就一起挤进了屋子。

“哦，天啊。”我说。

“这里也不能住了。”约翰尼既愤怒又悲伤地说道。他直起了身子。

“来吧，我们去帮帮她，然后……”

“等一下。”火箭一把抓住他的T恤，把他拉了回来。

屋子的方向传来一阵诡异的隆隆声。房门又打开了，那两个穿着深色西装的男人跌跌撞撞地从门口的楼梯上摔了下来。他们双臂护住脑袋，但这并没有太大用处，因为四面八方的击打如雨点般落在他们的身上。萨莉像挥动网球拍一样毫不留情地挥动着平底锅，拼命地拍打其中一个人的大腿，他差点瘫倒在地，然后她又抓住了另一个人的肩膀，伸手去敲第一个人的脑袋。最后一刻，这家伙只能用手臂遮挡，但这也抵挡不了再次落下的平底锅。这两个家伙终于灰溜溜地逃走了。

“别想再回来了！”萨莉奶奶冲他们大声喊道。当他们跳进SUV时，萨莉奶奶还高举着平底锅追着他们跑。我津津有味地看着萨莉奶奶用平底锅砸碎了SUV的后窗，并在车身的金属板上留下了几个凹痕。SUV带着刺耳的轮胎摩擦声一溜烟跑了。

我们三个躲在灌木丛后面笑得合不拢嘴。

“我马上把我们的家具和行李搬过来。”约翰尼叔叔咧着大嘴笑道。我已经很久没有看到他这样开心地笑了。我们相互拥抱了很久。我们终于又有了一个家。

“你觉得你奶奶也是林行者或者海行者吗？”我问火箭。

“不知道。如果是这样，肯定是很危险的动物。或许她是像你这样的鲨鱼，谁知道呢？”他咧嘴一笑。

“或许是某种鸟，毕竟，她是飞行员。”我推测道，“你说呢，约翰尼？她是还是不是？我是说，一个变形人。”

“她是一个变形人。”约翰尼低声说道，“但我不确定，她自己知不知道。”

“哇！说不定哪天我会小心翼翼地跟她谈一谈。”火箭的鼻子紧张地抽了抽，“记得问问你们学校，我能否偶尔去参加你们的课后辅导？那肯定很酷。奶奶在群岛上教授飞行课，还可以顺便把我带到你们那儿。”

“我会问的。”我保证道。离别时，我感激地差点捏碎了火箭的手。

访 客 众 多

当约翰尼叔叔开车送我回到学校时，我们立刻感到不对劲。“发生了什么事？”约翰尼惊讶地问道。

蓝礁中学被爬行动物包围了——很多手臂般粗的蟒蛇在地面爬行，地面几乎被遮住了，蟒蛇的数量之多我已无法计算。停车场里爬满了大大小小的鳄鱼，淡水池塘的岸边已经完全被它们占领，在通往海滩的小路上还有鳄鱼们正张着嘴争吵不休。

我立刻明白发生了什么事。“这些都是艾拉从大沼泽地邀请来的林行者！”我低声说道，“她在这些家伙面前对这里赞不绝口，鼓动他们来这里上学。但愿他们会忘了这件事。”

“显然并没有。”约翰尼叔叔以步行的速度驾车绕过一个四条腿的沼泽地居民。这只鳄鱼丝毫没有理会汽车，他正悠闲地穿过停车场，布满鳞片的鼻子瞄准了学校的正门，尾巴在沙地上留下了一条拖曳的痕迹，与其他的痕迹相交而过。一时间，我听见无数意念之声在交谈，无法辨认是谁在说话。

“你为什么要爬到我身上，你这个白痴？滚回你的地盘去，否则我会咬死你！”

“谁放屁了？我们什么时候才能有吃的？”

“没错，我刚想问。艾拉说可以随到随取。唉，这不是真的！”

“这肯定是真的。艾拉说，如果你掐住厨师的脖子，他会为你做任何你想吃的。”

车停之后，我和约翰尼对视了一眼。“我们最好等到他们离开再下车，”约翰尼说，“我可不想被咬。”

“但他们可能不会离开。”我说。

过了一会儿，我壮着胆子下了车，小心翼翼地以免踩到任何人的腿或尾巴。就在这时，艾拉冲了过来。她看上去心情大好。“哦，太棒了，你们终于来了，英迪拉、布西、迪诺、莉玛、杜丽、埃达、布兰多、凯戈尔和波丽！杰罗姆和汤姆金比你们先到了，他们在这里有宾至如归的感觉。”

“我们要的是乐子。”一只鳄鱼说，“这儿哪有乐子？”

“相信我，你们会玩得很开心，这里的课程真的很酷，周日还开放巧克力喷泉。”艾拉大声宣布。她看起来似乎很满意，仿佛一切都会如她所愿地进行下去。或许是如她和她妈妈所愿？

由于过度兴奋，一只鳄鱼的头部发生了局部变形。他是一个长着蓬松黑发的男生。“哦，”他说，“今天星期几？”

“我想是星期四或星期二。”一条年轻的、和我手腕一般粗细的蟒蛇说。

“不，今天是星期天！”一只胖鳄鱼兴奋地说，“吃巧克力去！”

爬行动物中一阵骚动，艾拉的表兄弟和其他人都开始行动了……虽然动作不快，但有些势不可当的架势。

“我们不变形的话，能吃饱吗？”蟒蛇抬起脑袋问道，“我总觉得这样太麻烦。”

艾拉犹豫了一下说道：“哦，不一定要变形，没关系。毕竟，我们中的一些人永远不会变形。”

当杰克·克利尔沃特从学校走出来，走到艾拉的面前时，她退缩了一下。他仔细打量着众人，看上去并不热情。“大家好。请问你们是谁，来这里做什么？”

艾拉又恢复了自信，她高高地扬起下巴。托克和贝瑞皱着眉头像保镖一样站在她身旁。“看不出来吗？这些是我的亲戚和朋友。”

“我没有问你。”显然，杰克·克利尔沃特知道这场骚动的始作俑者是谁，“你们想干什么？”

新来的家伙们一愣。有人低声问道：“我们应该怎么说？”

一只鳄鱼出声了，他用意念之声大喊道：“我们要来这所学校学习！”

其他人仿佛想起了什么似的，迅速附和着。“我们要学习！我们要学习！我们要学习！”

杰克·克利尔沃特的表情缓和了一些。“这样啊，你们想学点东西，我认为这很好。这就是学校的功用。”

我们的车还停在停车场的另一边，因为根本无法通过。“有人和他们事先演练过。”我不安地对约翰尼低声说，“那个人知道老师想听什么。”

“究竟怎么学？”我听到一个新来的不安地嘟囔道。

我用“你瞧瞧”的表情看了看约翰尼，他扬起了眉毛。“他们就这个德性。”

“杰克不会真的让他们进来吧？如果他听到他们之前说的话……”

可能他没有听到，但他应该一直在附近。即便如此，我们的校长还是有些犹豫了。

艾拉说话了。“我知道您在想什么——您在想，他们永远付不起学费，他们肯定拿不到全额奖学金。”她的眼睛里闪着好战的光芒，“不过，请您记住我母亲的承诺：她会为所有从大沼泽地来到学校的新爬行动物变形人付学费。”

“啊哈，她真慷慨。”杰克·克利尔沃特深吸了一口气，然后似乎抽搐了一下。“好吧，伙计们，先进来吧。”他一边说，一边打开了门，“我们可以在里面谈。”

与此同时，克里斯、贾斯帕、玛拉和其他同学也来到了门口，他们正在试图弄明白发生了什么事。当成群结队的蟒蛇和身上挂满鳞片的蜥蜴从他们身边川流而过的时候，他们看起来很震惊。

约翰尼叔叔和我对视了一眼。道别时，他拍了拍我的肩膀。“你会看到一切都会好起来的。”他喃喃道，“我从没想过我们可以找到一个新的住处，结果怎么样？我们找到了迈阿密最好的房子。那么其他的也会好起来的。”

“必须的。”我冲他一笑。我是蓝礁中学的学生，我会继续努力成为最优秀的那一个。不论有没有爬行动物！

我急切地环顾四周，寻找莎丽，但哪里也看不到她。突然，贾斯帕从灌木丛中跳出来了。

“嘿，蒂亚戈！太好了，你回来了。”

“你想我了吗？”我半开玩笑地问。

“当然。”贾斯帕笑容满面地看着我。他用手指将眼镜往鼻子上推了推，“而且我很确定，莎丽也很想你。”

“她是这么说的吗？”我满怀希望地问。

“不，没有直接说，但犰狳能感觉到。”贾斯帕答道。

我禁不住笑了。“虎鲨能感觉到什么时候该吃晚饭了。”说罢，我们一起走向餐厅的巧克力喷泉，准备在沼泽地客人之前抢先采取行动。

致　谢

再次向我的儿子罗宾致以最衷心的感谢。他是最好的试读者和初审编辑！感谢我的编辑弗兰克·格里斯海姆，他的评论一如既往地给了我很大帮助。除此之外还有一些颇受青睐的名字，我的一流的预告片制作人和试读者安娜·布尔纳，不可或缺的维基老板萨宾娜 ·赫斯科恩，乐于助人的克里斯蒂安·塞斯和我的妹妹索尼娅。同时，衷心感谢阿瑞纳出版社的斯蒂芬妮· 莱希特，她非常照顾我。感谢我的经纪人盖尔德·F.鲁姆勒和玛蒂娜·库舒克。特别向尤利娅·哈德海克尔表示感谢，她读完了我所有的小说！感谢来自拉戈岛潜水乐园的安雅和来自佛罗里达鲨鱼潜水区的约翰船长提供的独特体验！

顺便说一句，把海洋中的鬼网加工成手镯的公司确实存在，它叫作布瑞斯奈特。您可以在 https://bracenet.net 上找到有关它的信息。

如果您想了解更多有关《林行者》和《海行者》或者我的其他青少年小说的信息：请查看 www.katja-brandis.de 和我的油管频道 Katja Brandis Autorin。

图书在版编目（CIP）数据

海行者. 营救海豚女孩 / (德) 卡蒂亚・布兰迪斯著; (德) 克劳迪亚・卡尔斯绘 ; 邱海颖译. -- 福州 : 海峡文艺出版社, 2022.10

ISBN 978-7-5550-3045-4

Ⅰ. ①海… Ⅱ. ①卡… ②克… ③邱… Ⅲ. ①儿童小说—长篇小说—德国—现代 Ⅳ. ①I516.84

中国版本图书馆CIP数据核字（2022）第136428号

海行者：营救海豚女孩

［德］卡蒂亚・布兰迪斯 著 ［德］克劳迪亚・卡尔斯 绘 邱海颖 译

出 版：海峡文艺出版社
出 版 人：林 滨
责任编辑：陈 瑾
编辑助理：卢丽平
地 址：福州市东水路76号14层
电 话：（0591）87536797（发行部）
发 行：北京浪花朵朵文化传播有限公司

选题策划：北京浪花朵朵文化传播有限公司
出版统筹：吴兴元
编辑统筹：尚 飞
特约编辑：宋燕群
营销推广：ONEBOOK
装帧制造：墨白空间・Yichen

印 刷：天津中印联印务有限公司
经 销：新华书店
开 本：889毫米×1230毫米 1/32
印 张：9
字 数：130千字
版次印次：2022年10月第1版 2022年10月第1次印刷
书 号：ISBN 978-7-5550-3045-4
定 价：45.00元

读者服务：reader@hinabook.com 188-1142-1266
投稿服务：onebook@hinabook.com 133-6631-2326
直销服务：buy@hinabook.com 133-6657-3072
官方微博：@浪花朵朵童书